2014

W0359586

CASA BIANCA

Du même auteur

Madame du Barry, un nom de scandale, Perrin, 2002.

Couple interdit, Fayard, 2006.

Le Roman de l'Italie insolite, Le Rocher, 2007.

Les Racines de la liberté. Le débat français oublié. 1689-1789, Perrin, 2007. Prix Wikibéral 2008.

Mafias. Histoire de l'industrie de la peur, Le Rocher, 2008.

Il faut sauver le petit bourgeois, PUF, 2009 (trad. italienne, *Salvate il piccolo borghese. Una classa sociale troppo bistratta ?*, Università Bocconi Editore, 2010).

Le Roman de la Rome insolite, Le Rocher, 2010.

La Première Contre-Révolution (1789-1791), Puf, coll. « Les fondements de la politique », 2010.

Un pouvoir invisible. Les mafias et la société démocratique (XIXe-XXIe siècle), Gallimard, 2012. Prix de l'essai de l'Académie française 2013 ; Prix des Ambassadeurs 2013. *Patti scelerati. Una storia politica delle mafie in Europa*, UTET, 2013.

I Nuovi Orizzonti del crimine organizzato, colletti bianchi, affari criminali e mafie (avec J.-F. Gayraud), Palerme, Edizioni di Storia e Studi Sociali, 2013.

Repenser les biens communs (dir.), avec Béatrice Parance, CNRS Éditions, 2014.

Les Antipolitiques, Grasset, 2014 (trad. allemande, *Die Antipolitischen*, Hamburger Édition, 2015).

Blasphème. Brève histoire d'un crime imaginaire, Gallimard, coll. « L'esprit de la cité », 2016. Prix du livre d'histoire du Sénat.

Via Appia. Voyage sur la plus ancienne route d'Italie, Équateurs, 2016.

Histoire de la République en France, du XIVe siècle à nos jours (avec Thomas Branthôme), Economica, coll. « Corpus Histoire du droit », 2018.

Jacques de Saint-Victor

CASA BIANCA

ÉQUATEURS

ISBN 978-2-84990-552-4.

Dépôt légal : mai 2019.

© Éditions des Équateurs / Humensis, 2019.
170 *bis*, boulevard du Montparnasse, 75014 Paris.

contact@editionsdesequateurs.fr
www.editionsdesequateurs.fr

« Il n'y a plus de déserts. Il n'y a plus d'îles. Le besoin pourtant s'en fait sentir. »

Albert Camus, *L'Été.*

Comment en étions-nous venus avec Michela à cette solution saugrenue de retaper une maison dans l'extrême sud de l'Italie ? Je me le demande encore ce matin en fermant le porche du prieuré avant de prendre l'avion pour Paris. Sur la place du village, le glacier n'a toujours pas ouvert son magasin. Tout est paisible, immuable. C'est bien le souci...

PREMIÈRE PARTIE

Et, soudain, une autre Italie

I

Fin de la discussion

Le passé ne se répète jamais, paraît-il. Je n'en suis plus si certain. Nous roulions sur cette pointe, la plus orientale d'Italie, à l'extrémité des Pouilles, et, allez savoir pourquoi, cette banalité me trottait dans la tête. C'était peu après *ferragosto*, le 15 août italien. On crevait de chaud. Michela avait ouvert la fenêtre à la sortie de la petite ville de Maglie.

Un souffle de braise nous cingla le visage. Un vent surgi du septième cercle de l'enfer. Je soupirai.

— Tu y tiens vraiment ? On ne respire déjà plus...

Il y eut un instant de silence.

— J'ai besoin de fumer.

Fin de la discussion.

Depuis le mois de juillet, nous passions comme chaque année l'été dans un village de la côte ionienne, non loin de Tarente, l'ancien port des Spartiates. Tout pour plaire en apparence. Accès direct à la plage. Agréable, pratique, ennuyeux. Mer, piscine, piscine, mer. Sable brûlant et parasol. Michela commençait à se languir ; même plage, même mer. Et toujours les mêmes têtes.

Revoir tous les ans les amis de la plage ne me dérangeait pas. Cela permettait de prendre le pouls de nos deux pays. « Alors, qu'est-ce qui a changé chez vous depuis l'année dernière ? » Les sujets étaient variés. France-Italie. Paris-Rome. Deux belles cultures inquiètes sommées de se plier sans préavis au nouveau monde. Ici, la résistance s'organisait différemment, tantôt avec fantaisie, tantôt avec humeur ou rage, contre les *americanate* et la « politique de la canonnière » de Bruxelles. La plage à l'italienne avait quelque chose de dépaysant qui me changeait de la station balnéaire à la française ; les vacances de Monsieur Hulot ne m'avaient jamais fait rêver. Pour Michela, il en allait autrement. Elle était du coin. Alors, à la longue, ce séjour annuel sur la côte ionienne finissait par avoir pour elle le goût de vacances de Monsieur Hulot *à l'italienne*.

Pour son anniversaire, j'avais voulu lui changer les idées. Tout ce qui est répétitif finit par lasser, même au paradis ; du moins je l'imagine. Je lui proposai quelques jours dans un hôtel de luxe. Mais où aller ? Je n'avais pas le droit à l'erreur. Michela sillonnait déjà l'Italie pour ses conférences et ne supportait plus l'hôtel. « Les vacances, c'est fait pour se reposer *chez soi*. »

Fin de la discussion.

Je pris la décision de bouger tout en restant « chez nous ». Les Pouilles, la Pouille ou l'Apulie sont immenses comme les hésitations autour de ce nom étrange. L'Apulie demeure à mes yeux le substantif le plus aimable pour décrire cette terre de quatre cents kilomètres, la plus longue région d'Italie et même d'Europe. Elle recèle bien des secrets : le Salente, ses menhirs et ses murs à sec remontant à la civilisation messapienne, la côte adriatique, avec ses monastères et ses ports byzantins, les îles Tremiti, la vallée d'Itria et ses petites huttes en pierre, les *trulli*, le désert des Murges et ses églises troglodytes, etc. Tout ici ramène aux origines. Celles de notre civilisation.

Trois semaines avant la date fatidique, je n'arrivais toujours pas à trancher. Je tapotais tous les matins sur mon clavier à la recherche d'un endroit original : impossible de me faire une idée. Il y avait hélas l'embarras du choix. Michela ne m'aidait pas. Elle se désintéresse de tout ce que le monde moderne range sous le vocable fumeux de « tourisme ». Son seul souci : être en bord de mer. Sur ce point, qu'importe qu'elle soit philosophe, elle restait avant tout italienne, c'est-à-dire une adepte inconditionnelle de la plage et du soleil. J'étais plus « campagne » qu'elle ; toujours à l'affût d'un lieu nouveau ou d'une ruine antique. Mais c'était son anniversaire. La ligne était donc tracée : l'hôtel ne devrait pas être loin des rives de *Mare nostrum*.

Je penchais en faveur d'une *masseria* retapée – on désigne ainsi dans les Pouilles l'équivalent du mas provençal ou de la gentilhommière gasconne. Malheureusement, certains prix s'avéraient extravagants. Les plus abordables paraissaient trop belles pour être vraies. Elles exposaient une mer de rêve, or il suffisait de déplier une carte et se rendre compte que ces logis étaient situés à l'intérieur des terres.

Pour éviter les arnaques, je décidai de consulter les amis du *lido*. Les gens « du cru » ne sont-ils pas toujours de bon conseil ?

2

La rivoluzione non va in vacanza !

Au *cercle des nageurs*, où se réunissait chaque été une partie de la classe moyenne de Tarente, les voisins de notre parasol s'étaient mobilisés. J'y descendais chaque jour en fin de matinée et chacun me donnait son avis. Marco, un avocat dans l'immobilier, me suggéra un *resort* à Monopoli, « tenu par des amis ». Un « *resort* de très grand luxe », genre palace californien. « Mais non ; amène-la plutôt à Otrante, chez un de mes cousins qui a ouvert un très beau B & B », dit Valentina, la jeune pharmacienne de Barcelone qui revenait tous les étés voir *la Mamma*. Elle prononça *Bi-and-bi*, avec l'accent anglo-salentino. « Oui, excellente idée. C'est le moment parfait pour y aller », renchérit Chiara, ancienne militante communiste, et la plus aisée du groupe. En Italie, les deux choses ne sont pas saugrenues. « En ce 15 août, ils fêtent les Martyrs d'Otrante », s'enthousiasma-t-elle. Chiara est une communiste très pieuse, ce qui n'est pas non plus incompatible dans ce Sud bizarre et œcuménique. Christianisme et révolution peuvent y faire bon ménage. « Le Christ des barricades », comme on disait en

France en 1848. Ainsi Chiara éprouvait-elle une compassion sincère pour « ces pauvres chrétiens massacrés parce qu'ils avaient refusé de renoncer à leur foi ». Leurs ossements reposent maintenant sous la cathédrale. Ce massacre se déroula en 1480, mais personne ne l'avait oublié dans le coin. Le grand dramaturge Carmelo Bene s'en était inspiré pour sa fameuse pièce, *Nostra Signora dei Turchi*.

Ce goût de l'histoire est-il propre aux nations malheureuses ? Les nostalgiques de la « grandeur » napoléonienne sont chez nous les meilleurs spécialistes de cette question. « Il faut aller voir les os de ces martyrs, le pape va bientôt les canoniser », renchérit Ernesto, un ancien magistrat ayant travaillé au pool antimafia à Rome. Ce dernier faisait campagne pour devenir syndic du village à la place d'un général en préretraite nostalgique du Duce et dont le compte Facebook exaltait Mussolini.

Vue de Paris, cette terre était vraiment bizarre.

J'écartai le port d'Otrante car Michela n'aimait pas la côte adriatique : « Le soleil se couche dans le dos. » Elle préférait la côte ionienne. Ici, c'est une question existentielle. Le Salente est un petit bout de terre entre deux eaux qui se font face à moins de quarante kilomètres de distance. Le talon de la botte s'enfonce comme une étroite cale à bateau entre les mers ionienne et adriatique. C'est d'ailleurs la signification du terme « Salente » dans la vieille langue des Messapiens, le peuple qui occupait la région avant les Grecs et les Romains, puis à nouveau les Grecs et les Normands. « Entre les deux mers. » « Tu es *Adriatique* ou tu es *Ionio* ! » Les deux camps se font la guerre depuis des siècles, comme

Sienne et Florence, Gênes et Venise. Michela était « ionienne ». Otrante, et toutes les autres localités splendides de l'Adriatique, étaient donc exclues d'office. Je le regrettais : les paysages sont plus spectaculaires sur la côte adriatique, en particulier au sud d'Otrante et au nord de Brindisi, avec ces ports antiques bâtis sur la via Appia Traiana, la vieille bretelle créée par l'empereur Trajan. Ces havres connurent durant tout le Moyen Âge une richesse à la vénitienne en commerçant avec Byzance. La chute de Constantinople, conquise en 1453 par les Turcs, marqua le déclin brutal de cette région. Depuis, elle vit hors de l'histoire.

— Si j'étais à ta place, j'irais à Gallipoli. La vieille ville qui surplombe la mer Ionienne est magnifique, suggéra Rosella, une amie médecin exerçant à Tarente.

J'avais déjà visité Gallipoli en plein été. Elle se situait certes sur la mer Ionienne Mais impossible d'y séjourner. On se serait cru à Saint-Tropez ou à Ibiza. Trop touristique pour Michela. Porto Cesareo ? « C'est plus réservé et il y a des plages aussi belles que celles des Maldives », lança Saverio, l'architecte. C'est alors que Rocco, le banquier communiste à la retraite dont l'*ombrellone* jouxtait le nôtre, s'énerva. « Encore ces Maldives ! *Basta !* Va plutôt chez moi en Calabre », dit-il en me montrant de sa main bronzée l'autre côté du golfe de Tarente. « Là-bas, il y a des jeunes communistes qui se réunissent chaque été sur la plage de Roccella Jonica pour parler de la révolution. »

À plus de soixante-dix ans, Rocco était le seul parmi ces petits bourgeois plutôt prospères à ne pas avoir renoncé aux espoirs de sa jeunesse. Il rêvait encore d'un monde sans classes. Il défendait le « paradis communiste,

Il Sole dell'avvenire », comme il disait. Il était même prêt à reconstruire le mur de Berlin. Toute la plage s'en foutait ; alors, il haussait le ton et criait sur les toiles de nos parasols : « La révolution ne part pas en vacances. *La rivoluzione non va in vacanza !* » Et, fier de sa provocation, il renchérissait : « *Marx va bene tutto l'anno, anche ad agosto.* » Marx, c'est parfait toute l'année, même en août !

Oui, vue de Paris, cette terre était plutôt bizarre.

J'avais beau partager certaines critiques de Rocco sur notre époque, je me voyais mal passer quatre jours à la plage à psalmodier *Das Kapital* du matin au soir. Mon ambition était plus modeste. Je voulais des « lendemains qui chantent » mais pour quelques jours seulement... C'est alors qu'Augusto, descendant d'une vieille famille « baronale » de Lecce, me suggéra le cap de Leuca, la pointe extrême de l'Italie où se rencontrent les mers ionienne et adriatique. Un lieu intrigant. « Il y a de belles propriétés comme à Biarritz, ajouta-t-il. Après, l'Europe s'évanouit, c'est l'Afrique ou l'Asie. » La fin d'une civilisation ?

Je n'arrivais pas à m'imaginer une station balnéaire au bout de cette lande sauvage. L'élégance des golfs de Chantaco et de Chiberta semblait si loin. Augusto ajusta son grand panama en paille.

— À la fin du siècle dernier, c'était le rendez-vous des barons du Salente.

3

Un autre Finistère

On ne sort paraît-il de l'ambiguïté qu'à ses dépens. J'optais donc pour le cap de Leuca, ce lieu ni ionien ni adriatique, un entre-deux idéal pour qui ne voulait pas trancher. Pour accéder à ce non-choix absolu, il fallait descendre le Salente, du nord au sud, en empruntant de petits chemins pierreux. Tout me rappelait l'aube de l'humanité. Terres plates, rouges de fer, aride d'oliviers, de pins et de vignes. Partout des huttes de pierre et des petits murets le long de routes en toile d'araignée qui griffaient ce paysage calcaire.

Pendant des siècles, seuls quelques mulets avaient sillonné ces routes au milieu des vignes et des oliveraies ardentes et débonnaires, ponctuées, çà et là, par des sanctuaires, des chapelles, des offertoires et autres ergastules isolés. Ils offraient des images d'un autre temps, spartiate ou messapien, peut-être même plus ancien encore. C'est ici qu'avait balbutié l'art des villes. Ces *trulli*, ou plutôt ces *pagliare*, sorte de huttes d'esquimaux en pierre sèche, dont la terre des Pouilles est toute bossuée, se soulevaient de terre depuis des millénaires ; c'étaient les plus anciens édifices coniques de l'humanité. Ils avaient mieux tenu que les cabanes de chaume ou de branchage du Nord germanique. Les pays de pierre sont pauvres mais ont su conserver leur histoire ; c'est peut-être ce qui les rend plus attachants. Ils gardent les vestiges d'un monde de l'enfance. Ici, tout était resté à hauteur d'homme. Ces *trulli* me faisaient penser aux tombeaux de Mycène ; ils ont inspiré tous les mausolées et les grands monuments funéraires, comme celui d'Hadrien à Rome, le futur château Saint-Ange, ou le Panthéon. La civilisation n'a fait qu'agrandir ce qui a été conçu à échelle humaine.

Des cyprès indiquaient l'entrée de petits domaines datant de l'époque romaine, peut-être même de la Grande Grèce.

Cette pérégrination aurait suffi au plaisir d'un Parisien en mal de latinité.

En arrivant à Leuca, perdue au milieu de nulle part, il parut évident qu'Augusto avait dit juste. Tout à coup, le paysage changeait brusquement. Camouflées dans des jardins luxuriants, des maisons surgissaient des pinèdes, dans des styles baroque, mauresque ou floridien, rivalisant d'extravagance. La dernière bourgade d'Italie était couverte de villas patriciennes de la fin du XIXe siècle, bâties par les familles patriciennes de Lecce pour y passer l'été à l'abri de tout regard.

Ce petit port, à quelques milles de Corfou, est surplombé par un vaste promontoire sur lequel trône la dernière église d'Occident. La grande basilique sanctuaire de Santa Maria de Finibus Terrae.

Finibus Terrae. Un autre Finistère, aussi perdu que celui de Bretagne mais exposé au soleil d'Afrique.

Il fallut quelque temps avant de trouver l'hôtel au milieu de ces rues en sens unique. Tout à coup, Michela sursauta. « C'est là ! » Le site de voyage avait dit vrai. Pas de tromperie sur cet établissement quatre étoiles avec piscine en terrasse. Elle donnait bien sur les deux mers.

Sans nous attarder, nous allâmes aussitôt visiter la basilique Santa Maria bâtie sur le lieu même où, selon la légende, saint Pierre aurait débarqué de Palestine pour se rendre à Rome. Il est possible que l'apôtre n'ait jamais mis les pieds par ici. Mais qu'importe. De ce promontoire perdu, je scrutais les terres d'Afrique ; on ne voyait à l'horizon que la brume de mer et le soleil torride déjà sur le couchant. La lumière disparaît vite dans cette extrême pointe de l'Europe, favorisant quelques réflexions sur notre destin. Tout est parti d'un Sud brillant pour finir dans un Nord morose. Qui a dit que les « grandes nations sont pluvieuses » ?

Nous étions à peu près seuls sur cette immense terrasse, où se tenaient souvent des manifestations religieuses, comme sur la place Saint-Pierre de Rome. En bas, quelques petits bateaux de *pescatori* se croisaient dans les eaux troubles des deux mers.

En redescendant à Leuca, par le sentier longeant l'aqueduc, il se dégageait une impression de paix et de solitude. L'*acquedotto pugliese* avait été bâti du temps de Mussolini pour irriguer cette terre de malaria qui est depuis devenue une sorte d'Éden, un Lubéron italien, la nouvelle destination privilégiée des bobos de la Péninsule. On les appelle ici « radicaux-chics ». Je les trouvais moins caricaturaux que ceux de l'Hexagone, mais bon, c'est une question de nuances. Tout cela n'avait pas beaucoup d'importance. Je pensais avec satisfaction que nous allions passer quelques jours magnifiques, loin des soucis de Paris et de Rome.

J'étais loin d'imaginer que commençait pour nous une longue *Via Crucis*.

Celle du touriste contemporain.

4

Un tralala à la parisienne

Le soir même de notre arrivée, j'avais décidé d'impressionner Michela – et aussi de me faire plaisir – en réservant une table dans un restaurant conseillé par les amis du Lido. « Tu verras, c'est l'établissement le plus élégant de tout le coin. » Bel emplacement avec vue sur la mer, larges tables drapées avec bougies au milieu des pins. La propriétaire arriva pour nous placer. C'était une femme opulente, habillée de façon sophistiquée, portant des sandalettes en fines lanières de cuir à la romaine, bijoux et robe à frou-frou. Elle avait cet air conquérant d'une tenancière de restaurant parisien, sûre d'elle et faussement souriante.

Elle nous installa près de la rambarde de la terrasse, à flanc de rivage. Je jetai un œil sur les flots sombres en contrebas. La légende rapporte qu'on y entend la nuit les sanglots des fils de Médée, découpés et jetés dans l'eau par leur cruelle génitrice. Cette magicienne aurait voulu se venger de Jason, son amant qui avait préféré en épouser une autre. L'esprit fougueux de Médée a laissé des traces. Son infanticide digne d'un roman de gare a beaucoup marqué les gens du coin, m'avait dit Augusto. Les bons esprits se déchirent pour savoir si Médée a réellement sacrifié ses enfants à son amour déçu ou s'il ne s'agit que d'un meurtre symbolique. Certaines romancières ont même pris ardemment sa défense et en ont fait le modèle d'une femme libre.

Qui niera que bien des Méridionales ont hérité du tempérament exalté de cette séductrice de l'Olympe ? C'est un des secrets de leur charme mais cela explique aussi leur caractère impérieux. Circé, la tante de Médée, transformait ses amants en bêtes, raconte Homère. Tous les hommes n'ont pas comme Ulysse le philtre d'Hermès pour se protéger des attraits de ces nymphes.

Je jetai un œil autour de nous. Il flottait parmi les tables cet embarrassant silence des couples dans les restaurants trop chics où tout pousse à la discrétion, à la réserve. À l'ennui. L'embarras serait-il devenu synonyme de l'élégance ?

Heureusement, nous étions en Italie et ce savoir-vivre de surface ne résista pas longtemps au tempérament local ; les mauvaises habitudes reprirent vite le dessus. Le couple d'à côté s'extasia sur les plats aussitôt arrivés sur la table. *Ma che bello !*

On mangea beau mais mal. À la première bouchée avalée d'une entrée bizarre de crevettes crues lancées sur une salade de poisson, je pensai au restaurant Lemeunier, rue de la Chaussée-d'Antin, décrit par Francis Ponge : « Ô monde des fadeurs et des fadaises, tu atteins ici à ta perfection ! » (*Le Parti pris des choses*). On n'aurait pu mieux dire. Le plat principal, chaudement conseillé par le serveur, se révéla de la même facture que *l'anti-*

pasto, format chichiteux de pâtes aux *gamberi* enroulées comme une pièce montée.

D'un commun accord, on décida de ne pas prendre de dessert et d'aller manger une glace à la première *gelateria* venue sur la plage.

Je demandai l'addition. « Pas de dessert ? » Notre mouvement de la tête fit comprendre au garçon qu'il ne servait à rien d'insister. On ne se laisserait pas intimider. Le serveur repassa une dizaine de fois devant notre table sans apporter la note. Toujours imperturbable. Cela dura un bon quart d'heure, peut-être plus. Michela trépignait. « Quand est-ce qu'on nous libère ? » La tenancière finit par arriver avec un air faux, digne d'une Pompadour de province. « Le dîner vous a plu ? »

Évidemment, nous avons répondu par un « oui » hypocrite pour nous sauver au plus vite de tout ce *tralala*. Mais notre libération ne marquait pas la fin de nos déconvenues.

La nuit à l'hôtel fut la seconde station de ce chemin de croix. Une fois dans notre chambre, décorée comme une maison des Cyclades, murs et sols en pierre blanche, lit en fer et fausse jarre antique, Michela se dirigea sur la terrasse pour fumer une dernière cigarette. En refermant la fenêtre avant de se coucher, elle poussa un cri : « Il n'y a pas de volet ! »

Les ennuis continuaient.

Pour une raison inexplicable, la plupart des hôtels du Mezzogiorno que nous avions connus, en Sicile, en Campanie, en Calabre ou dans les Pouilles, ne disposent pas de volets mais de simples rideaux. Ce qui est fort désagréable : ces derniers laissent filtrer dès l'aube les rayons du soleil, brûlants dans ces contrées en été. Les habitants du cru associent peut-être cette lueur matinale à la « divine lumière » de Dante mais, pour Michela, elle ressemblait plutôt au triomphe de Lucifer. Un simple reflet suffisait à la réveiller.

Dès cinq heures du matin, les rayonnements du matin dansaient sur les murs comme une boule de discothèque. Michela commença à se retourner dans le lit, l'oreiller sur la tête, en pestant contre ces « habitudes stupides du Mezzogiorno ». Puis elle se leva, tira les rideaux dans tous les sens pour se protéger de ces traits lumineux et, de guerre lasse, prit son masque d'avion dans le sac... Tout ce raffut finit par me réveiller. Et alors impossible de me rendormir. Nous dormions toutes fenêtres fermées par crainte des moustiques ; Michela en avait la hantise. Dans cette ambiance calfeutrée, blindée pour ainsi dire, la chambre s'était transformée au fil de la nuit en annexe du purgatoire ; je suffoquais. La pièce disposait bien sûr de la climatisation mais Michela l'avait éteinte « pour ne pas s'enrhumer ».

Au petit matin, j'étais sur le pied de guerre, impatient d'échapper à mon enfermement cellulaire. En entendant les premiers pas des clients, j'ouvris discrètement la porte de la chambre et dévalai vers la salle à manger.

Elle était déjà fréquentée par quelques lève-tôt dans mon genre. Près de la baie vitrée donnant sur la terrasse, j'observai un couple de bourgeois de Milan, avec leur accent si caractéristique. La femme beurrait les tartines de son homme pour les lui mettre ensuite dans la bouche : « *Ne vuoi un pezzottino, vero ?* » « Tu la veux la petite tartine, tu la veux vraiment ? »

Je m'assis sans réfléchir derrière une dame d'un âge

certain, très bronzée, qu'on devinait riche et désœuvrée. Elle tenait en laisse un petit chien muni d'un collier en or. À cet instant, une Anglaise discrète, la quarantaine bien marquée, accompagnée d'une jeune Italienne d'une vingtaine d'années, jolie et timide, s'installa sans y prendre garde près de nous. La soixantenaire les accapara aussitôt. « Vous êtes en vacances ? »... Les deux filles répondirent poliment et tentèrent de reprendre le cours de leur conversation intime. Mais la dame ne les laissa pas en paix. Les deux filles bien élevées finirent leur *colazione* en supportant les élucubrations de la dame qui passa un moment très agréable à s'écouter parler.

Sur ces entrefaites, Michela débarqua, l'air bougon. « J'ai passé une nuit épouvantable. Tu as ronflé toute la nuit. » Pour éviter cette autre nuisance sonore – qui se cumulait dans les hôtels avec le bruit de l'ascenseur ou le service d'étages – Michela avait acheté un casque antibruit qu'on utilise sur les chantiers pour se protéger les oreilles contre les sons du marteau-piqueur. Les boules Quies ne lui suffisaient pas. Mais, cette fois, elle avait laissé son casque de chantier à Rome.

La journée commençait mal.

À la moindre anicroche, tout pouvait partir en vrille. Comme je me doutais que le bain à Leuca ne lui plairait pas, à cause de sa plage de galets coupants, je proposai à Michela de faire dans la matinée un tour à la grotte Zinzulusa. Elle m'avait confié qu'enfant elle avait voulu visiter cette caverne préhistorique située près du port de Castro sur l'Adriatique, à quelques kilomètres de Leuca. Son père, qui ne rigolait pas, ne le lui avait jamais permis. Puisque nous étions dans le coin, c'était l'occasion idéale de réparer une frustration de gosse.

Le bonheur tient parfois à peu de chose !

5

« Bienvenue en Grèce ! »

La route conduisant à Castro surplombait une mer plate, accablée de soleil. Elle avait des faux airs de chemins des Cyclades ou du Dodécanèse, avec leurs oliviers agrippés au sol pierreux dévalant vers le rivage.

En arrivant en face du port, nos portables français et italiens raisonnèrent brusquement en affichant ce même message : « Bienvenue en Grèce ! » Pour eux, nous étions déjà dans le Péloponnèse ou à Corfou, en face du détroit d'Otrante, le passage de l'Adriatique dans la Méditerranée. Le message n'était pas totalement erroné. L'Orient commençait à l'emporter sur l'Occident, avec sa philosophie, sa poésie, son théâtre. Plus de religion, de misère et de mystères.

Pourtant, rien ne ressemble plus à un port italien que la petite ville de Castro qui surplombe de son château la mer d'une centaine de mètres, comme sur la côte amalfitaine. On aurait pu se croire à Positano ou à Ravello. Le nom même de cette bourgade me plaisait bien ; il faisait songer à l'abbesse de Castro du cher Stendhal.

J'avais proposé de visiter la grotte Zinzulusa avant le repas, au moment où le soleil était à son apogée. La caverne s'ouvrait dans la falaise peu après le port... On disait le lieu mythique. Selon certains, des animaux préhistoriques inconnus se cachaient depuis plusieurs millions d'années dans ses lacs souterrains. En général, ce n'est pas le genre de chose qui intéresse Michela mais les souvenirs d'enfance sont parfois dévorants.

L'arrivée par la corniche offrait un panorama impressionnant sur l'Adriatique. À bien y regarder, le lieu n'inspirait pas confiance. La roche s'affaissait dans l'eau et l'eau s'engouffrait avec force dans la grotte, comme aspirée par une bouche de l'enfer.

La descente vers la grotte se faisait à même la falaise par un petit escalier en pente raide. La réverbération sur la roche était telle que j'avais gardé sur le nez mes lunettes de soleil. En arrivant en bas de l'escalier, juste avant de pénétrer dans la caverne, je réalisai mon erreur. Flûte ! J'avais laissé mes lunettes de vue dans la voiture. Je me suis retourné pour remonter les chercher : la file de touristes qui attendait derrière nous à la queue leu leu avait grossi et s'étendait en serpentant jusqu'en haut de la falaise. Trop tard pour rebrousser chemin, sous peine de perdre ma place. Quand Michela se rendrait compte de mon étourderie, je m'attendais à un cinglant : « Toujours aussi imprévoyant. » Mais, à ma grande satisfaction, je vis qu'elle avait, elle aussi, oublié de changer de binocles. Cela me valut un sourire. « Deux universitaires en vacances », dit-elle, en se moquant de notre modeste sens pratique.

En bons myopes, nous fûmes réduits à garder nos lunettes de soleil durant toute la visite de la grotte

Nous avancions en titubant dans ces boyaux obscurs et humides. Il n'y avait pas d'alternative : c'était ou ne rien voir à cause du noir, ou ôter nos lunettes de soleil et... ne rien voir non plus. Nous fîmes la visite de cette cavité naturelle comme le cyclope de l'Odyssée.

Évidemment, je n'ai rien écouté des explications de notre guide sur l'existence de cette faune préhistorique tapie au fond des lacs souterrains qu'il nous indiquait avec application. Je n'avais qu'une peur : trébucher sur le sol glissant et me péter la figure pour notre premier et seul week-end prolongé de l'année.

De toute façon, la grotte m'est apparue, tout au moins ce que j'ai pu en voir, assez banale. Ce n'était pas, comme je le croyais, une cavité naturelle laissant la mer s'infiltrer sous les parois. Ici, l'eau n'avait fait que creuser une arche à l'entrée. Le reste de la préhistorique Zinzulusa n'était qu'un antre terrestre, certes de grande ampleur ; où les Allemands, ou bien la Résistance, purent cacher des armes puissantes durant la Seconde Guerre mondiale. Mais rien de bien différent de ces grottes qu'on peut visiter en Périgord. Je restais fort déçu. Je m'attendais à une caverne aquatique comme la *grotta azzurra* de Capri qui servait de piscine à Tibère. Suétone et Tacite ont prétendu que cet empereur sanguinaire y violait les petits enfants ; un pédophile avant l'heure. Mais on sait aujourd'hui que ces deux auteurs ont raconté n'importe quoi pour souiller la mémoire de cet empereur misanthrope retiré dans son île de Capri, dégoûté par les intrigues du monde. Il faut toujours se méfier des rumeurs et des écrivains faisant de l'Histoire...

En sortant de la grotte, une belle surprise m'attendait. Le boyau ne débouchait pas en pleine campagne, comme en Périgord, mais directement sur l'Adriatique. Michela voulut se baigner dans cette eau limpide et profonde, protégée par l'arc voûté de l'entrée de la caverne.

Je l'attendis sur les rochers. Il fallait bien se dévouer. De toute façon, je ne me serais jamais hasardé dans cette eau dont on devinait, au fond, quelques stalagmites encore bien acérées. En plus, le lieu ne paraissait pas très sûr. Des groupes de *picciotti*, avec des accents à couper au couteau, venus des périphéries de Tarente ou de Lecce, tournoyaient autour des touristes qui abandonnaient leurs affaires sur les roches pour se baigner. Mieux valait monter la garde sur les sacs. Après une demi-heure, même Michela fut indisposée par tous ces *ragazzi del Sud* qui se faisaient de plus en plus pressants dans l'eau ; je lui proposai de retourner grignoter un morceau à Castro.

Malheureusement, en ce début d'après-midi, le port semblait désolé. Il devait être à peine plus de quinze heures et la plupart des bars étaient fermés ou déserts ; les terrasses exposées à ce soleil brûlant n'attiraient pas un chat. On aurait dit une ville après un siège. La pierre du Sud à l'heure du café n'a pas le charme qu'on lui prête dans le Nord. Ce bain de lumière épuise toute énergie. L'esprit est perdu, comme après un plaisir trop fort.

Nous nous sommes mis à errer d'un point à l'autre du bled, à la recherche d'un bistrot convenable. Rien.

— Bon, allez, ça suffit ! Rentrons nous reposer à la piscine de l'hôtel, trancha Michela au bout d'une heure, indisposée par cette déambulation infructueuse sous un soleil d'Afrique.

Inutile d'insister. Un mot de trop et, c'était palpable, tout pouvait s'envenimer. On ne risquait pas encore la catastrophe des couples qui se séparent durant l'été. Mais je sentais qu'on frôlait le genre de crise qui pourrit toute une journée.

Le retour à l'hôtel se fit en silence. Dans la voiture, la tension ne retombait pas. Nous avons longé en sens inverse la côte adriatique pour revenir à Leuca et je ne pus m'empêcher de trouver moins belle la mer en bas des falaises de pins. « C'est tout de même inouï de ne pas avoir trouvé un bistrot décent ; je t'avais bien dit qu'il fallait rester à l'hôtel »...

Je m'interrogeais en silence sur le sens de notre séjour. Nous étions encore plus stressés que si nous étions restés à la maison. Pourquoi dépenser autant d'énergie et d'oseille pour ce résultat pitoyable ?

6

Un cercle vicieux

Nous sommes arrivés à Leuca vers dix-sept heures. Il fallait se dépêcher : il restait à peine une heure pour profiter de la piscine. En cette fin août, le soleil se couchait vite sur le cap. Le vent se levait et il commençait à faire frais. À la piscine, nouvelle avanie : toutes les chaises longues étaient occupées. Heureusement, le couple anglo-italien de filles, étendu dans un des angles à côté du *pool house*, se leva pour nous céder aimablement la place.

Le lieu semblait idéal, à l'ombre de deux oliviers incrustés dans la terrasse. Michela s'apprêtait à reprendre la lecture du roman de Joan Didion qu'elle n'arrivait pas à terminer depuis une semaine. Elle n'eut pas le temps de lire la première ligne qu'une femme commença à hurler contre ses enfants dans une langue gutturale dont il était difficile de savoir s'il s'agissait du batave, du danois ou du suédois. Plus la dame haussait le ton, plus les mômes la défiaient, accentuant le niveau sonore. Ces cris réveillèrent dans mes souvenirs ceux des filles d'Hermann se lançant à l'assaut des légions de Varus.

Après quelques minutes de ce supplice, la mère de famille fondit sur ses enfants et les poussa de tout son poids dans la piscine. Puis elle leur enfonça la tête dans l'eau comme pour les noyer. La méthode était singulière mais efficace. Après avoir bu copieusement la tasse, les deux marmots ne firent plus les fiers. Quelques petits sanglots et ils se tinrent à carreau sur leur banc jusqu'au dîner.

On crut respirer. Mais la muse du Nord n'était pas venue seule dans ce cul-de-sac de la romanité. Une autre famille du même cru fit son apparition et le mari de ce second couple s'adressa à notre Walkyrie. Ce devait être un petit comique car notre voisine partit d'un grand éclat de rire. Les pensionnaires du Cinq Étoiles tournèrent la tête dans notre direction. L'homme continua sur le même ton ; sa compatriote poussa des sons rauques de ravissement.

Quand ses rires atteignirent des aigus de *coloratur*, Michela referma violemment son livre. « Bon, on ne peut pas lire ici. Je remonte dans la chambre ! » Elle semblait prête à faire un esclandre. « Qu'est-ce qu'on fout ici ? » marmonna-t-elle en remontant l'escalier. Je la suivais embêté. « Je te l'avais pourtant bien dit que je ne supporte plus les hôtels. »

Cette auberge de luxe était pourtant ce qu'il y avait de mieux sur le marché.

Le cercle vicieux du vacancier se refermait sur nous. Départ en fanfare, atterrissage dramatique. Combien de fois n'avions-nous pas éprouvé cette insatisfaction dans un « lieu touristique » : trop commercial, trop clinquant, trop « refait », trop de monde, la voiture qu'il fallait garer à une demi-heure du « plus beau village », etc., les Pullman devant les pyramides égyptiennes ou les temples grecs, les « cités touristiques » prises d'assaut et qui avaient des allures d'un pèlerinage à La Mecque, l'acharnement esthétisant des rues piétonnières des centres-villes, etc. Tout se ressemblait. Bref, plus on voyageait, plus on éprouvait un peu partout un malaise toujours identique : l'illusion d'un déplacement sur une planète standardisée par l'industrie du voyage.

Le système empêchait de s'interroger : il poussait toujours à *faire* ce qu'on n'avait pas encore *fait*. « Tu as *fait* les Canaries cette année ? Oh ! figure-toi que l'année dernière, nous avons *fait* les Highlands ; cette année, nous allons *faire* Bora-Bora et l'année prochaine, qui sait, l'Islande »... Toujours cette logique productive. Faire, produire, exceller.

Heurs et malheurs du tourisme globalisé. C'était la raison pour laquelle j'hésitais de plus en plus à bouger pendant les vacances. Il fallait bien s'ouvrir, découvrir, aller à la rencontre des autres... Mais étais-je obligé d'accompagner les milliards de Chinois, d'Indiens, d'Européens et d'Américains ? Ils pouvaient bien visiter le monde sans moi. Les Modernes se disent plus « ouverts » à d'autres cultures. Ils passent leur temps à sillonner la planète. Pour quels résultats ? J'ai bien peur qu'on s'ouvre de plus en plus au moment où on se connaît de moins en moins.

J'avais fini par décider de partir à la découverte de moi-même : on gagnait en sérénité. En vacances, je m'en foutais de « faire » ; me reposer était ma priorité. Notre priorité. Nous serions des sédentaires.

— Ravie de te l'entendre dire, marmonna Michela. On aurait dû rester à la maison. Au moins, j'aurais pu lire tranquillement mon roman dans le jardin...

Le coup de fil de Dino vint sauver la situation. Dino est un ami romain de Michela. Il avait décidé cette année-là de passer ses vacances dans le Salente. Descendu avec un couple d'amis non loin de Leuca, à Tricase Porto, sur l'Adriatique, il proposa de nous retrouver à dîner le soir même dans un petit village à l'intérieur des terres. « On m'a donné l'adresse d'une bonne *trattoria* ». Nous pourrions ensuite redescendre à Tricase pour la fête du village. C'était l'idéal, pensai-je, pour se changer les idées et oublier les mésaventures de la journée.

7

« Au moins tu aurais pu... »

Rouler à la tombée de la nuit dans la presqu'île salentine relevait de l'épreuve. Les petites routes intérieures des Pouilles sont souvent très mal dessinées. Les voyageurs du XVIIIe siècle en déploraient déjà l'état critique. Un comble pour les héritiers des bâtisseurs de la via Appia !

Le poids de l'Histoire a beaucoup joué. Après Charles Quint, le royaume de Naples disparut et le Mezzogiorno fut traité comme une colonie espagnole. Les autorités de Madrid nommèrent des vice-rois qui se comportèrent comme leurs homologues au Mexique, pillant tout sans se soucier des populations locales. De là datent ces infrastructures arriérées.

Depuis, la situation ne s'est pas améliorée. Les routes du Salente sont restées dangereuses et vilaines ; or, ce n'est plus la faute des vice-rois espagnols. J'ai mis longtemps à comprendre pourquoi ces voies qui traversent les champs d'oliviers et les murets de pierre n'offrent pas les mêmes sensations poétiques qu'en Provence. Ici, le moindre chemin asphalté est défiguré par de longues rambardes de fer inutiles qui lui donnent des airs d'autoroutes chimériques. Il faudrait ôter tous ces parapets disgracieux mais cela remettrait probablement en cause une longue compromission des édiles de la province avec quelque riche constructeur local.

Le pire, ce sont les indications routières. Totalement fantaisistes. Avant l'invention du TomTom – le navigateur automobile –, il ne fallait surtout pas se fier aux signaux routiers. Le nom d'une destination disparaissait comme par magie à un carrefour ou un croisement crucial, quand ce n'était pas une flèche rouillée qui avait changé de place avec le vent.

— Toi qui te plains toujours de la standardisation des voyages, eh bien ! tu devrais être ravi. Ici, c'est comme avant.

Michela avait marqué un point. J'étais nostalgique d'un tourisme à l'ancienne, plus artisanal, et voilà que je me plaignais de ses désagréments.

Tous les bleds du Salente sont pleins de sens interdits établis en dépit du bon sens. Avant d'accéder à la splendeur du centre-ville, le tracé force en général à emprunter les rues les plus laides des faubourgs, comme s'il fallait décourager le touriste. Nous étions arrivés à Taurisano, la patrie de Giulio Cesare Vanini, ce libre-penseur libertin qui finit atrocement mutilé et brûlé vif à Toulouse en 1619, lorsque je me perdis dans les faubourgs.

— Attention, il faut tourner à droite !

— N'était-ce pas plutôt à gauche ?

C'était un sens unique.

Il n'en fallait pas plus pour que ça tourne au vinaigre dans la voiture.

— Et moi qui croyais que tu avais au moins le sens de l'orientation...

C'est toujours dans ces moments délicats que revient en boucle la maxime de La Rochefoucauld : « Je connais des mariages heureux, je n'en connais pas de délicieux. »

— Tu te fous de moi ! C'est ton pays et tu n'es pas fichue de m'y guider.

La voiture rend le chauffeur et le passager toujours un peu nerveux.

— Je t'avais pourtant dit de ne pas prendre la via Nelson Mandela. Tu es nul !

Je lui demandai comment elle arrivait parfois à se rendre aussi odieuse.

— Oui, je suis un peu nerveuse, admit Michela ; mais si tu étais juste un tout petit peu plus intelligent, tu aurais remarqué que je suis en train d'essayer de diminuer le nombre de mes cigarettes...

Fin de la discussion. Le « si-tu-étais-juste-un-petit-peu-plus-intelligent » annonçait des orages qu'il était plus judicieux d'éviter. Il y a des phrases comme celle-là qui sonnent le tocsin dans un couple après un ou deux ans de mariage. Chaque pays a ses formules magiques que la femme brandit comme le sorcier avant la pluie. Michela avait la sienne. Mais, en Italie, la plus courante était le « *Potresti almeno...* Au moins, tu aurais pu »... « Au moins, tu aurais pu aller faire les courses ; au moins, tu aurais pu aller chercher les enfants ; au moins, tu aurais pu faire le ménage ; au moins, tu aurais pu... » La première fois où cette phrase surgit dans un couple est un moment crucial à noter. C'est un partage des eaux conjugales. Il n'y aura plus de retour en arrière possible.

C'est comme lorsqu'Adam a mangé la pomme. Fini le paradis terrestre. Ce ne sera pas nécessairement l'enfer mais la conjugalité, avec ce composé de hauteurs et de bassesses ; il faudra « vivre avec ». Cela faisait longtemps que nous étions entrés dans cette ère familière et au fond rassurante.

J'attendais donc l'orage avec philosophie.

Heureusement, par un coup de chance, en reprenant la seconde à droite, nous arrivâmes sans trop de difficulté à notre rendez-vous, après avoir dû effectuer quand même un demi-tour parfaitement illégal.

J'étais sauvé pour ce soir.

Le restaurant était situé dans le jardin d'une immense maison en pierre ancienne. On nous plaça au fond de l'enclos, près du mur d'enceinte, sous une belle pergola de vignes. Dino nous présenta ses amis, un avocat d'une petite soixantaine, encore très sportif, et sa compagne, une belle femme d'une quarantaine d'années, élégante, qui travaillait à Rome dans une haute autorité de l'audiovisuel. La conversation roula sur tous les sujets du moment. Il y eut, c'était obligé, un petit moment sur Berlusconi qui occupait encore la présidence du Conseil et faisait rire l'Europe avec ses parties fines à la villa d'Arcore...

Avec un vin de Malvoisie et un Negroamaro un peu corsés, la discussion chavira rapidement sur des sujets plus estivaux. Dino proposa à la cantonade de louer un voilier pour voguer vers Corfou ou quelques îles grecques du Dodécanèse, juste en face du canal d'Otrante. Michela se tourna vers moi. « Excellente idée, non ? » Je ne réussis même pas à esquisser un enthousiasme de façade : je ne supporte pas le bateau. La seule perspective de rester plusieurs jours à me tenir les tripes sur le pont avant d'un rafiot me faisait horreur.

Rien n'aurait été pourtant plus simple que de feindre. En Italie, l'essentiel de ce qu'on dit en soirée, et parfois ailleurs, est le plus souvent de pure forme. Une façon de passer le temps. On s'enthousiasme, on bâtit des châteaux en Espagne et le lendemain, tout est oublié ; le naïf qui aurait cru aux propos de la veille – « alors, on le loue ce bateau ? » – passera pour un raseur ou un importun. Un esprit sérieux du Nord. J'aurais dû m'en souvenir. À son regard exaspéré, je compris que Michela m'en voulait de gâcher la partie.

J'en oubliai même jusqu'au repas.

Le « clou » de ce dîner devait être une spécialité du coin, les *moniceddhe*. Derrière ce nom barbare se cache un plat qui ne plaît qu'aux Français et aux habitants du Salente : les escargots.

Auraient-ils été mal préparés ? Les gens d'ici affirment que leur recette est la meilleure : « Nos *moniceddhe* sont très savoureuses (*molto gustose*) et bien plus digestes que les escargots cuisinés en France où, partout, c'est le goût de l'ail qui prédomine », avait dit Giancarlo. La prévention souvent justifiée des Italiens à l'égard de la cuisine française est connue. Mais ce que j'avais dans l'assiette avait un goût infect de terre et de sel. Je le laissai.

La fête du village n'était pas à côté. Il fallait reprendre la route pour se rendre dans la vieille ville de Tricase, perchée dans les terres, bien au-dessus du port où ils étaient descendus. Je traînais un peu les pieds. Ces fêtes de village, j'en avais fait beaucoup dans le Lubéron. Toujours la même chose. Seule l'histoire de ce saint local me toucha. Adolescent, San Vito faisait des miracles et sauva le fils de l'empereur Dioclétien, ce qui n'empêcha pas ce dernier de le faire crucifier parce qu'il avait refusé d'abjurer sa foi chrétienne.

Et c'est alors qu'il m'est arrivé quelque chose d'inattendu. Quelque chose que je croyais ne plus jamais pouvoir ressentir.

Une révélation.

8

Le miracle de Tricase

Sur la petite place du patelin, les hauts faisceaux de lumière qu'on appelle ici des *luminarie* donnaient des allures fastueuses à la fête du village ; on se serait cru à une réception des *Mille et Une Nuits*. Les lampadaires en bois, aux dessins raffinés et aux couleurs scintillantes, sont typiques du Salente. Les artificiers locaux ont acquis un savoir-faire inégalé dans le monde et sont maintenant très recherchés par Hollywood. Ils transforment le plomb en or.

Les cloches se sont mises à sonner et la statue du saint sortit de l'église au milieu des cierges, suivie de son dais en pourpre, entourée d'une foule de fidèles, certains portant la statue sur leurs épaules. Le saint fut ainsi transporté dans les rues du centre-ville, au milieu des enfants et des élites municipales drapées de l'écharpe tricolore, vert, blanc, rouge. Une fanfare à la Verdi fermait la procession religieuse, une musique un peu trop enlevée selon moi pour un événement sacré mais au diapason de l'esprit de la procession. Le cortège s'arrêta devant la mairie où le *sindaco*, le premier magistrat de la ville en italien, lui consigna les clefs de la cité. Pas de rivalité ici entre le royaume de César et celui de Dieu ! Comme saint Bernard l'avait suggéré, la clef spirituelle s'imposait à la clef temporelle. San Vito était le protecteur de Tricase, il avait droit aux clefs du bourg. Les martyrs de la foi sont très appréciés dans le Salente : les nombreuses invasions sarrasines ou turques ont certainement renforcé par contraste les croyances locales. Les saints ont aussi des fonctions plus prosaïques. Depuis le Moyen Âge, les paysans du cru invoquent le nom de San Vito pour conjurer la morsure des animaux venimeux et une sorte de tremblement qu'on qualifie en France de « danse de Saint-Guy ». Dans le sud de l'Italie, on parle du « bal de San Vito » pour évoquer la chorée, cette maladie qui provoque des mouvements incontrôlables.

La force de cette fête locale m'impressionna. Elle ne tenait pas tant dans la richesse des décors : la cascade de feu le long du palazzo Gallone, ou les chapiteaux autour du kiosque à musique. Cette prouesse, au fond, m'indifférait.

Le choc venait de la ferveur de cette foule qui semblait répéter une geste immémoriale. Peu importe que cette fête ait été très ancienne, comme la procession de Tarente, ou récente, comme le *palio* de Sienne, créé seulement, on l'ignore souvent, en 1904, elle avait pris une dimension d'éternité. Comme si elle avait toujours été là.

Un sentiment de pérennité m'envahit. Je ne l'avais pas ressenti depuis mon enfance, quand on allait à la feria de Bayonne, au début des années 1970. Le dimanche, ma mère, mon père, Henriette, la dame de compagnie de mon grand-père, et moi, tous habillés comme des lords anglais, assistions le matin en grande pompe à la messe dans la cathédrale, et non plus à Saint-Étienne, la petite église sulpicienne de notre quartier où je n'aimais pas aller. Ce jour-là était magique. Mon père nous conduisait en R16 jusqu'au centre-ville. Il parvenait souvent à garer la voiture près de la pâtisserie réputée pour ses tourons, cette confiserie espagnole aux amandes, ou, en face, devant l'étude du notaire protégée par des grilles que j'associais à une prison... Dans la cathédrale, vieilles familles et prolétaires priaient pour le salut de leur âme. C'était la France un peu guindée de « Mon Général ». Pas très drôle mais digne. Avec le recul, elle m'inspire du respect. D'autant qu'elle n'était pas si sévère. Le soir, les rues s'animaient, on hissait les couleurs du Pays basque, les drapeaux tricolores du vieux pays et on découvrait parfois la bannière à fleur de lys d'un original provocateur... Et puis, il y avait le chocolat chez Cazenave. Et les Dames de France, un des piliers du « goût » provincial. Tous ces souvenirs s'étaient envolés après l'adolescence. Comme si, entre Pompidou et Mitterrand, la France avait muté sans prévenir. Elle faisait toujours la fête mais en se regardant le nombril. La fête de la musique, la « teuf », Jack Lang et la nuit blanche, la bringue à tous les étages, etc. Malgré les dépenses engagées et l'élan des organisateurs salariés, tout cela me paraissait fabriqué, commercial, pour ainsi dire « surjoué ». Une fête pour faire la fête. Même en province. Je n'ai plus jamais ressenti en France cet esprit de la fête de mon enfance ; certains me disent que je me trompe.

— C'est ton côté vieux con nostalgique.

En général, si je me hasardais à parler de ces petits regrets, Michela ne manquait jamais de me remettre à ma place. « Les souvenirs embellissent tout », ne cessait-elle de dire. Tout le monde le disait aussi et je m'y résignais.

Jusqu'à ce soir-là, à Tricase.

C'est alors que je compris qu'on *me* trompait. Ou qu'on se trompait. Car je ressentis à nouveau des sensations que j'avais oubliées depuis l'adolescence. Il avait fallu attendre plus de quarante ans et me retrouver dans le cul-de-sac de l'Europe pour éprouver à nouveau cette impression. Ce n'était donc pas toujours le temps qui embellissait les souvenirs et produisait le navrant « c'était-mieux-avant ». Les choses changeaient aussi. Et pas toujours en bien. En regardant cette fête de Tricase, je compris ce qui manquait chez nous. Inutile de se lancer dans de savantes réflexions. J'avais lu les ethnologues critiques et leurs bavardages sur le « dilemme de l'authenticité », « l'authenticité chaude » et autres discours sur le « mythe » de l'authentique. Le verdict de nos experts s'avérait toujours le même : l'authenticité est une croyance du tourisme moderne qui permet de prendre en charge des problèmes sociaux et personnels afin de donner le sentiment de les résoudre sans rien résoudre du tout. Passer quinze jours dans un *ashram* en Inde « pour se ressourcer », faire un *trek* au Népal à la rencontre d'ethnies perdues, ou observer des lavandières en costume provençal distiller de la lavande avec un vieil alambic en cuivre, alors que cela fait plus d'un siècle que la distillation se fait avec du propane. L'idée était toujours de revenir à l'authentique pour se « régénérer ». Pure illusion. Chacun jouait à être ce qu'il n'était pas, comme dans ces parcs de loisirs où des *businessmen* avides ressuscitaient des mondes imaginaires. Mais cette fausseté était recherchée par la civilisation du kitsch. Tout comme les Anciens pensaient qu'en sacrifiant un animal ils apaiseraient la colère des dieux.

J'avais le sentiment que nous étions entrés dans l'ère du *faux* triomphant qui brisait nos impressions d'enfance. Comment retrouver celles-ci à Disneyland ? Pourtant il suffisait d'un patelin du Mezzogiorno, où l'on ne se regardait pas faire la fête, mais où on la faisait simplement, pour que tout bascule. Je découvris alors que « l'authentique » était encore possible. Il y avait un « je-ne-sais-quoi » de ce que je ressentais petit. On voulait me faire croire que c'était un souvenir sublimé. Eh bien non ! Ces impressions d'enfance, je ne les retrouvais plus en France mais elles ressurgirent ici, à Tricase, dans ce trou du Salente.

Pour combien de temps ? Il fallait se dépêcher car, si trop de « regards extérieurs » comme le mien se penchaient sur cette fête, alors c'en serait vite fini de son authenticité. Mais, au fond, qu'importe !

Et, comme tout ce qui touche l'esprit humain est fragile et éphémère, mon regard a changé en un éclair sur cette région. Je me suis mis à vouloir vivre sur cette terre du Salente qui m'avait redonné cette émotion perdue.

Le lendemain, je hantais dès l'aube les agences immobilières du coin à la recherche d'une maison pour y passer les vacances.

9

Les aliénés voyageurs

Il fallait bien le reconnaître. Avec Michela, nous n'étions pas adaptés au tourisme moderne. Je le regrettais. Rien de plus lassant que l'original systématique qui veut aller à l'encontre de tous les goûts de son temps. Et pourtant nous n'arrivions pas à être en phase avec le nôtre. Nous avions beau multiplier les efforts, cela ne marchait pas.

Que faire dans ces conditions ? Difficile à l'ère du globalisme dominant de reconnaître qu'on n'aime pas voyager « en touriste ». *Turista per sempre !* Touriste pour toujours ! C'était le nom d'un loto célèbre en Italie et le rêve de certains : réussir sa vie en devenant « touriste pour toujours » !

À la fin du XIXe siècle, on aurait mieux compris ma réserve. À l'époque, le tourisme de masse était encore balbutiant et la communauté scientifique s'inquiétait de toute cette population qui commençait à avoir la bougeotte. Thomas Cook, un missionnaire baptiste, venait à peine de transformer la pratique de l'évangélisation en affairisme juteux. Certains ne pouvaient déjà plus rester le week-end chez eux. Il fallait qu'ils bougent. Un psychiatre bordelais, Philippe Tissié, s'en inquiéta au point de publier en 1887 un livre pour guérir ceux qu'il appelait les « aliénés voyageurs » : ce nomadisme lui semblait le signe d'un mal profond. La Faculté inventa le symptôme du « voyageur fou », de la « dromomanie », du déterminisme ambulatoire, de « poriomania », etc.

Tout a bien changé.

Michela et moi étions peut-être les derniers spécimens d'une espèce en voie de disparition. Nous n'étions pas des « dromomanes » mais plutôt des laissés-pour-compte de l'âge du loisir. Nous étions faits pour être sédentaires. C'était au moins une chance de nous être rencontrés.

Alors, pourquoi s'entêter ?

Autant l'assumer. Et s'installer une bonne fois pour toutes.

Ça tombait bien : en regardant les prix des baraques dans les agences du coin, je me suis rendu compte qu'elles étaient abordables.

J'ai donc laissé Michela se débattre dans la chambre avec les premiers rayons du soleil et j'ai pris la voiture pour écumer les agences de Leuca et des environs. En visitant des ruines sur les falaises, je retrouvais ce goût pour la pierre. Je n'en étais pas vraiment fier. La mauvaise habitude est revenue comme un poison délicieux.

Le goût des vieilles pierres. Un vice qui m'avait pris à la fac. Las d'étudier des cas de jurisprudence, l'idée m'avait traversé l'esprit de tout envoyer paître et d'ouvrir une agence immobilière. Registre demeures anciennes. Allier l'utile à l'agréable. Mon père avait veillé au grain. « Ne fais pas l'idiot ; tu vas t'ennuyer. » Il m'avait cité en souriant le mot de Louis XIV à la fin de sa vie. « J'ai trop aimé les bâtiments ! » J'avais repris les études mais continué à m'intéresser aux baraques. Ce n'était pas très sérieux. Les esprits distingués n'ont généralement que mépris pour les histoires de possession et ils préfèrent Platon, les Franciscains ou Proudhon aux philosophes de la propriété comme Aristote et Locke. Le plus absurde, c'est que je n'étais pas loin de les comprendre. Voilà une de ces nombreuses contradictions que je peinais à résoudre. Mais les maisons incarnaient à mes yeux des lieux chargés de vie, d'espoir et d'attente. J'aimais visiter les jardins et les bâtiments même les moins touristiques. Regarder les fenêtres allumées la nuit. Faire le tour du propriétaire. Le *circum ambulare glebis* des Anciens. Il y avait bien une « poétique de l'espace » pour parler comme Bachelard. Une poétique de l'intime. Quoi de plus troublant que le décor d'une chambre à coucher, d'un salon ou même d'une entrée ? Je ne pouvais pas aller dans un bled sans jeter un œil sur l'agence immobilière du cru, ce qui énervait au plus haut point Michela. « Jamais guéri de tes bêtises ! » Moi aussi, au fond, je détestais cette « tendance propriétaire ».

Ou plutôt je la craignais.

Car elle poussait à s'ancrer dans les lieux qu'on aimait, ce dont, au fond, je cherchais à me déprendre, tout en gardant l'aspiration à être quelque part. Comme avant. Un monde s'était refermé quand mon père avait vendu la maison de Bayonne. Depuis je me forçais à n'être de nulle part. Paris était idéal pour cela. J'avais même été soulagé quand Michela m'avait proposé de vendre la maison du Perche. « Trop triste cette campagne », disait-elle en voyant tous les commerçants mettre la clef sous la porte. Ce n'était pas faux. L'hiver, il n'y avait plus beaucoup de monde dans les bistrots. D'ailleurs, il n'y avait plus de bistrot. Tout de même, j'aimais bien ces grandes futaies de la forêt de Senonches. Pourtant, je suivis le conseil de Michela sans résister. Autant ne plus avoir de fil à la patte, m'étais-je dit.

Mais une petite maison au fond du Salente, en face de Corfou... Je me voyais trop rapidement m'y attacher. D'autant que les intellectuels italiens n'hésitent pas à assumer le goût de leur « terre ». Les racines ne suscitent pas autant de frayeur en Italie qu'en France.

Mais pourquoi s'attacher s'il fallait encore quitter ?

J'étais tiraillé. À cinquante ans, il était peut-être temps de tenter une nouvelle aventure. Une dernière fois, s'enraciner quelque part. L'idée de choisir mes « racines » me séduisait. J'avais longtemps cru, comme la poétesse Amelia Rosselli, que ma condition était « de naufrager ». Et puis, avec le temps, ce goût de la noyade avait décliné. Mais je n'étais pas avide d'enracinement.

On ne choisit jamais tout à fait. Un jour, un lieu vous saisit. Fernand Léger disait dans une lettre qu'il croyait être un type « dans le genre de Marseille » (20 juillet 1934). Qu'est-ce qui fait qu'on peut dire ça ? Ce bonheur de trouver une ville, comme on trouve chaussure à son pied ; ça n'arrive que par pur caprice, celui que nous offrent les dieux ou les femmes. Avec Michela, j'avais « retrouvé » l'Italie.

Plus je visitais les maisons du coin, plus le Salente exerçait sur moi une attirance nouvelle. Je fus étonné par la faible valeur des *pagliare*, ces petites huttes en pierre qui bénéficiaient de cette vue exceptionnelle sur l'Orient.

En France, le spectacle de la Méditerranée se paye à prix d'or ; en Italie, c'est tout un pays qui a vue sur *Mare Nostrum*. Alors, forcément, c'est plus abordable.

En revenant à l'hôtel, à l'heure du déjeuner, je fis part à Michela de mes visites et de mes espoirs. On avait de quoi acheter un petit cône en pierre dans les environs et le restaurer cahin-caha. Il n'était pas nécessaire que ce soit grand. Michela me coupa net dans mon enthousiasme. « Écoute, il est hors de question que j'habite dans un des coins isolés que tu as visités. Même avec vue sur mer ! » Tous ces *trulli* dont je lui parlais étaient en dehors des villages. « Je te l'ai déjà dit, ici, ce n'est pas la Provence ou la Toscane. Les maisons isolées sont toujours visitées ou saccagées »...

J'ai repensé à ce que disait le prince de Lampedusa, l'auteur du *Guépard*, à propos des Siciliens et qui vaut pour tous les Italiens du Sud. Ils ont une aversion pour la vie à la campagne. C'était le cas de Michela.

En revanche, elle réfléchit quelques instants. Je vis à son air perplexe qu'elle avait une idée en tête. Elle mit un peu de temps avant de la formuler.

— Et que proposes-tu ?

Il fallait bien tirer les choses au clair. Je savais qu'elle avait gardé une carte dans sa manche. Elle tardait à l'abaisser pour ménager ses effets. « Tu sais. Plus j'y pense, plus je me dis qu'il y a ce petit couvent près de Lecce que mon père m'a donné. Qui sait ? On pourrait peut-être le restaurer ? »

Je retenais un soupir. J'avais déjà visité ce lieu dont elle parlait. C'était une sorte de prieuré, même si la bâtisse était imposante. Bon, dans le coin, on disait *il convento* car il avait été un petit couvent de nonnes jusqu'à Napoléon.

Cette baraque ne m'avait pas du tout plu la première fois où je l'avais visitée. J'avais même dit à Michela de la bazarder. Elle s'y était refusée. « C'est une maison de famille. Et j'y ai passé tous mes étés, enfant. » Et alors ? Moi aussi, mon père avait bazardé la maison de mon enfance...

— Mais pourquoi acheter si on peut restaurer ?

Ce n'était pas totalement faux.

Dans mon souvenir, la maison était située dans un bled posé sur une route poussiéreuse au centre du Salente, ce que les Anciens désignaient comme la *Terra d'Otranto*, entre le port spartiate de Tarente et le port byzantin d'Otrante, à quelques minutes de la ville baroque de Lecce. Une petite cité blanche, franchement endormie, à une dizaine de minutes des deux mers, mais justement « dans les terres », un de ces trous perdus de l'extrême sud de l'Europe, accablé de chaleur et d'ennui. Le bled m'avait fait penser à une bourgade d'Andalousie ou à cette sous-préfecture du sud de la France habitée par une de mes cousines et dont la seule gloire était d'avoir Pierre Perret comme enfant du pays. J'allais parfois la voir dans les années 1980. Le soir, dans cette vieille maison, un sentiment d'oppression m'envahissait en remontant le grand escalier en pierre, sous le regard de ces portraits sévères et le tic-tac de l'horloge Louis XVI.

Mes rêves étaient différents. Dans ma jeunesse, replié dans ma petite chambre tapissée de papier peint écossais, comme on les aimait dans les années 1970, je songeais aux maisons d'écrivains isolées, le Cayla, un manoir hors du temps, perdu dans les monts de Gaillac, près de Cordes, qui appartenait aux poètes Maurice et

Eugénie de Guérin. J'avais aussi en vue la belle résidence de Pétrarque, dans les monts Euganéens, près de Padoue, les Charmettes de Jean-Jacques Rousseau, en Savoie, la tour de Montaigne, le petit domaine de Grateloup de Maine de Biran, toutes ces maisons me fascinaient mais c'est la maison du Cayla qui avait ma préférence. Quand je l'avais visitée avec mon père, elle m'avait aussitôt donné ce goût du repli. « Mon destin s'est formé dans l'épaisseur des bois », avait écrit Maurice de Guérin. C'était dans ce genre de lieu que je voulais vivre ; ils me rappelaient les vacances dans la maison de mon grand-père.

En grandissant, je m'étais convaincu que ce passé ne reviendrait plus. Il fallait s'adapter, « vivre avec son temps ». Puis l'expérience de Tricase m'avait bouleversé ; mon regard sur cette terre avait changé. Au départ, je n'étais pas habitué au style baroque du Salente. Tout me paraissait triste et délavé. Pour ainsi dire disgracieux. De vilaines constructions des années 1950-1960 avaient défiguré les faubourgs des petites villes. Je ne savais pas distinguer un mur ancien en belle pierre *leccese* d'un banal parapet moderne en ciment. Je voyais partout du béton, un paysage de banlieue d'Afrique du Nord. Un Maghreb catholique.

Mais, depuis Tricase, j'étais chamboulé. Je commençais à m'attacher à cette terre antique et baroque. Je me dis qu'il pouvait en aller de même de ce vieux prieuré. Il fallait peut-être retenter le coup.

— Bon, allons jeter un coup d'œil sur ta ruine.

Je ne sais pas pourquoi j'avais dit « ruine ».

Ce n'en était pas une.

C'était pire.

10

« Une hacienda dans le Salente »

L'après-midi même, nous rendîmes les clefs de notre chambre. Un jour plus tôt. Direction le couvent. Ce n'était pas un gros détour. Nous avons remonté le Salente, cette fois-ci du sud au nord.

La route de Lecce conduisait directement au centre du vieux bourg baroque où se trouvait le couvent. La bâtisse occupait un angle de la rue principale, en face de la place du marché et du château de Frédéric II. Derrière de lourds murs en pierre délavée, la baraque de Michela faisait penser à une sorte de maison forte sans fioriture où l'on avait percé quelques fenêtres sous la Restauration. Repliée sur une cour protégée par un grand porche, le *portone*, ce petit couvent avait des airs d'hacienda espagnole.

Une hacienda dans les Pouilles ? Après tout, cette terre avait été dominée pendant plusieurs siècles par les Espagnols à partir de la fin du Moyen Âge. Il en était resté certaines traces. Toutes ces maisons blanches, au milieu des plaines arides du Salente, rien ici ne ressemblait à l'Italie. Ni cette ville qui se dessinait sous les premiers effluves de chaleur comme une sorte de mirage grec ou andalou dans le désert, ni le dôme polychrome de l'église principale, qui ressemblait à une coupole byzantine, ni le château qu'on appelait ici le *palazzo marchesale*, le « palais des marquis », juste en face.

La maison de Michela semblait avoir été posée par accident sur l'ancienne route de Lecce, voilà quelques siècles. En des temps anciens, ce genre de demeure avait dû offrir son refuge aux pèlerins que la nuit avait surpris en chemin. On disait qu'à l'époque de l'Unité italienne, après 1861, elle avait aussi servi de repaire à quelques bandits à la solde des Bourbons. Cela me parut étrange. La *Terra d'Otranto* ne figurait pas sur la liste des régions « envahies par le brigandage », *invase dal brigantaggio*, selon le décret royal du 20 mai 1863.

Une question plus sérieuse me hantait quand nous franchîmes le grand porche ouvert du couvent : ce lieu valait-il mieux que ses hôtes actuels ? En effet, la maison dont Michela avait hérité n'était pas « libre ». C'était tout le problème. Une partie était louée depuis des années par un étrange cercle de jeu.

À peine posé le premier pas dans la cour, je regardai autour de moi, le cœur battant. C'était un moment décisif. Comment l'oublier ? J'avais été frappé la première fois par l'atmosphère sordide qui se dégageait de cet endroit. Tout était délabré : des petites dalles en béton grisâtre, d'époque fasciste, pavaient la cour aux murs blafards, des encadrements de fenêtres en lambeaux aux fines lamelles en plastique servant de rideaux et imprégnées de l'odeur grasse des cuisines.

Au fond de l'*atrio*, quelques marches conduisaient à la terrasse intérieure sur laquelle donnaient les grandes portes-fenêtres de l'entrée. Un fumet écœurant me happa une nouvelle fois dans le grand hall. La salle empestait le renfermé, le douteux. Le pégreux.

On se présenta. Une femme sans âge, l'air récalcitrant, le cheveu filé et gras, vint à notre rencontre. Elle nous salua fraîchement. Pas même cette fausse aménité dont il est d'usage en Italie. On aurait dit la gardienne d'un vieux taudis de Montmartre. La tenancière consentit à nous faire visiter le cercle. Son club n'était locataire que d'une partie du couvent. Il disposait de la première cour que nous venions de traverser. C'était la partie la plus imposante de la demeure, sur laquelle donnaient les principaux salons, ceux qui avaient dû être retapés sous la Restauration, quand le couvent avait été vendu à la famille.

En pénétrant dans cette enfilade de pièces de réception, je fus cette fois-ci un peu plus attentif aux détails. Lors de ma première visite, jamais je n'aurais pu imaginer un jour passer l'été dans cet endroit. Aujourd'hui, c'était différent. Ce qui m'a tout de suite frappé dans ces salons, puis séduit, ce furent les hauts plafonds en arcs d'ogive, en pierre apparente, d'une rusticité toute médiévale. Ils étaient d'une hauteur impressionnante. Ils faisaient peut-être plus de cinq ou six mètres de haut. Je n'avais pas noté ces voûtes la première fois. Elles étaient enlaidies, voire cachées, par une immense tuyauterie rectangulaire en acier gris qui passait de salon en salon en traversant les murs. Avec sa soufflerie bruyante, ce tube accroché aux plafonds était destiné à évacuer les volutes de cigarettes et de cigarillos, l'horrible *toscano* de Garibaldi, que fumaient les membres douteux du club en nous regardant passer comme des intrus.

Notre hôte faisait en sorte de manifester son indisposition. Elle ouvrait les portes en ronchonnant, traînant des pieds pour bien souligner qu'on était de trop. Je ne prêtais pas attention aux types assis dans les pièces jaunies ; ils me paraissaient n'avoir pas changé depuis la première fois.

Après avoir fait le tour des salons du rez-de-chaussée, je demandai à voir la seconde cour qu'on appelait l'*ortale* car elle conduisait au jardin, l'*orto*. La maison était construite autour de deux cours intérieures, sur le modèle de ces *domus* romaines qu'on pouvait encore voir à Pompéi ou Herculanum. L'*atrium* composait la partie la plus prestigieuse de la maison ; il était occupé par le cercle ; l'autre cour, qu'on appelait à Rome le péristyle, avait pris ici un nom plus agreste, plus féminin.

Cette *ortale* n'avait pas été abîmée par le cercle, même si elle n'était pas dans un parfait état. Elle avait conservé ses belles *chianche*, ces pierres blanches usées, typiques du Salente, ainsi que son ancien puits. La mère de Michela avait veillé à ne jamais donner la clef de cet endroit aux dirigeants du cercle. Cette cour isolée ouvrant sur le ciel et, par une petite porte voûtée, sur les premiers arbres du *giardino secreto*, invitait au recueillement.

La chambre principale de la maison donnait sur l'*ortale* et l'*atrio*. Elle faisait la jonction entre l'élément féminin et masculin de la maison. Était-ce ici que se consommaient les mariages ? Nous y pénétrâmes à tâtons. Les volets branlants à moitié clos ne laissaient passer qu'un filet de lumière à travers les persiennes. La pièce était peinte en noir, du sol au plafond. On l'appelait la « chambre du *zio* », en référence à un vieil oncle original qui y avait passé la fin de sa vie ! Était-ce un usage de peindre en noir la chambre des mourants ? Cette coutume me semblait sordide. La pièce jouxtait l'ancienne chapelle, également noire et vide. Je notai dans un renfoncement, qui avait dû être jadis l'ancien tabernacle, la présence d'un petit coffre-fort. Je voulus l'ouvrir mais il était fermé à double tour. Personne n'avait la clef.

Nous sommes ressortis dans l'*ortale*. Creusé dans la pierre d'une tour massive qui avait fait partie du couvent, un escalier donnait au lieu une impression puissante. On se serait cru dans la basse-cour d'un repaire cathare, comme celui de Montségur, ou plutôt, avec ces voûtes blanchies à la chaux, dans la casbah d'Alger ou dans un riad marocain. L'escalier débouchait sur les terrasses du premier étage, d'où l'on observait le dôme polychrome de l'église. En déambulant sur ce toit-terrasse en pierre de Lecce, je me suis vu un instant dans *L'Avventura*, quand le héros et Monica Vitti découvrent depuis un toit les coupoles baroques de Noto. Le soleil commençait à s'assoupir et la vue était moins spectaculaire, évidemment, mais les maisons blanches, les clochers des églises du village et le château réveillèrent chez moi cette même sensation d'ailleurs que j'avais éprouvée devant le film d'Antonioni.

La terrasse donnait sur un vaste entrepôt, le *magazzino*, dont l'une des pièces servait de salle de télévision aux membres du cercle. Le sol était noir de cendres, maculé d'autres restes, mais on devinait qu'il avait dû être en belle pierre blanche, comme les terrasses. Certains joueurs fumaient, tout en s'adonnant à d'autres activités dont il valait mieux ne pas trop se soucier.

Je quittai cette pièce plutôt sordide à la recherche d'un grenier. Les vieilles maisons cachent toutes leurs secrets dans les mansardes. Et plus elles sont anciennes, plus ces secrets abondent. Depuis l'époque où j'allais chez mon grand-père, à Bayonne, j'avais un faible pour ces lieux suspendus. Là, disait Bachelard, l'expérience du jour peut toujours effacer les peurs de la nuit. Toutes ces vieilleries au milieu d'un capharnaüm. Malgré la chaleur, l'odeur moite et les toiles d'araignée, je pénétrais dans ces galetas de Bayonne comme dans un monde enchanté. Les archives, les portraits déchirés, les casques et les habits moisis. Et j'aimais surtout y feuilleter ces grands albums reliés en cuir du journal *L'Illustration* au sujet de la guerre de 1914-1918. Le volume le plus fascinant était celui de l'été 1914. L'insouciance folle de Paris avant le désastre. Le procès de Madame Caillaux. Et ce bal des pierreries, avec toutes ces belles dames de l'aristocratie qui dansaient au bord du précipice. Leur monde allait s'éteindre et, évidemment, aucune ne s'en doutait. Comme nous ?

— Vous n'avez pas de grenier ? Où sont les vieilles affaires ? ai-je demandé à Michela.

— Tous les meubles ont été placés dans un garde-meuble et le reste, notamment les livres et quelques dossiers, se trouve à côté, chez mes cousines.

Car nous n'étions pas seuls. Le couvent avait été découpé en plusieurs fractions, au gré des successions. La partie de Michela était encadrée aux deux extrémités par celles d'autres parents. Une première, une longue enfilade de salons, donnait sur une ruelle, un *vico* ; elle avait été murée assez récemment, lors de la dernière division de la propriété. Cette partie était pratiquement laissée à l'abandon ; elle n'était pas vraiment en ruine mais tout comme. Ces « bâtiments ruinés » relevaient de l'abandon plutôt que de la destruction, fenêtres rouillées, vitres cassées, portes entrouvertes sur la petite impasse. À l'autre extrémité, un bâtiment imposant, avec cette tour qui faisait de l'ombre dans l'*ortale*, appartenait aux autres cousines de Michela qui y vivaient toute l'année et avec lesquelles, heureusement, nous entretenions d'excellents rapports. Cette maison était aujourd'hui séparée du couvent par un mur mais elle en avait jadis fait partie. Comme cette maison était immense, le père de Michela avait disposé une partie de sa bibliothèque et de ses archives dans deux salons vides de leur rez-de-chaussée, afin d'éviter que le cercle ne les détériore.

Je redescendis dans l'*ortale*. C'était l'heure du bilan.

Indéniablement, mon jugement avait évolué. Je n'étais plus aussi catégorique que la première fois. On pouvait faire quelque chose de cette vieille bâtisse perdue au cœur de ces Pouilles byzantines. Elle avait du charme, de la bouteille. Les fondamentaux me plaisaient bien. Ils rappelaient nos maisons fortes du Périgord ou du Quercy, un peu rustiques mais fières, avec leurs puissantes pierres de couleur miel qui tenaient debout depuis la nuit des temps. On apercevait ici cette belle pierre sous la crasse noire laissée par le cercle. Et la vue sur la petite ville rappelait les souvenirs des après-midi à rêver de ce Sud lointain qui m'intriguait dans les films de mafia. La bâtisse ayant été fractionnée à plusieurs reprises, la partie du couvent que possédait Michela n'était plus très grande et il n'était pas besoin d'avoir la richesse de Crésus pour redonner un peu de lustre à ces lieux, mais elle restait trop vaste pour deux universitaires comme nous. Nous n'étions pas à la recherche d'un *palazzetto* ; simplement un refuge pour pouvoir écrire et lire l'été, en dehors des hordes touristiques.

Je restais donc encore perplexe. D'autres questions se posaient. Allais-je supporter de passer des étés entiers dans un bled du Salente, au fond de cette Italie « mineure », loin de tout, frappée par ce soleil d'Afrique ?

Et pourrais-je jamais me familiariser avec une terre dont je ne savais presque rien ?

11

« Ce n'était pas mon Italie ! »

J'étais un homme du Nord attiré par le Sud. Et quand un homme du Nord pense au Sud, il s'arrête en Toscane. Plus bas, il craint de tomber dans l'orientalisme, paradis touristique et enfer social, soleil et mafia. Ce Sud était parfait pour un été. Mais pour toute une vie ?

J'avais grandi avec une autre idée du *Bel paese*. Je jugeais tout à l'aune de Venise, de la Toscane, voire de la *dolce vita* romaine qui, de douce, n'a que fort peu du reste. Mais qu'importe. Il y a Italie et Italie. Il me fallait bien l'admettre : cette Italie du Sud n'était pas pour moi « L'Italie », celle du berceau de notre Modernité, l'Italie de Raphaël et de Léonard, celle de la Renaissance, de Florence, Sienne, Venise, des Lacs, de Rome ou de Capri. L'Italie des soirées de la Scala et des concerts de la Fenice, une péninsule vaporeuse qui fait rêver les Français car elle possède tout ce qu'ils croient eux aussi avoir : la beauté de l'architecture et de la peinture, l'élégance des femmes, le beau temps (enfin à Venise pas toujours...), une histoire millénaire, la bonne bouffe, de vieilles traditions, une certaine civilité, etc.

On n'efface pas aisément les clichés.

Rien n'était venu attiser ma curiosité pour le Mezzogiorno. Parmi mes auteurs préférés à l'adolescence, qui me faisaient rêver, personne ne s'était intéressé à cette région reculée des Pouilles. Le goût se forme par l'habitude et les lectures. Les récits des grands amateurs d'Italie, de Montaigne à Henry James, en passant par Montesquieu, le président de Brosses, Stendhal, etc., s'arrêtaient à *Paestum*, sans pousser plus loin. Aucun ne se rendait dans les Pouilles. Ce n'était pas *mon* Italie. Quand les voyageurs étrangers faisaient escale, comme Goethe, en Calabre pour se rendre à Palerme, c'était la peur au ventre, traversant cette zone perdue comme un corridor obscur. Il fallait y être forcé pour vivre dans ces régions reculées. Carlo Levi, médecin du Nord, a peint dans *Le Christ s'est arrêté à Eboli* la vie en marge des provinces désolées de la Lucanie où il avait été assigné à résidence par le fascisme. Je n'étais pas en exil comme lui et le *paese* n'était pas aussi perdu que son Gagliano, mais je découvrais à mon tour ce monde étranger.

Il n'avait attiré que des auteurs oubliés. Qui connaissait Galanti, Swinburne, Berkeley, Lenormant... ? Qui les lisait ? Même l'abbé de Saint-Non, avec son monumental *Voyage pittoresque à Naples et en Sicile*, quatre volumes étalés de 1781 à 1786, m'était inconnu. C'est la malédiction des perdants de l'histoire. On ne parle plus d'eux. L'ancien royaume de Naples avait connu le sort de celui d'Écosse, de Chypre, ou du grand-duché de Lituanie, tous absorbés par plus puissants qu'eux. Ces lieux « immaculés » des Pouilles, dotés des plus beaux monuments de l'ancienne Grèce, avaient même fini par effrayer.

Sans en arriver là, j'étais déconcerté ; rien ne ressemblait dans le Salente à « mon » Italie. Rien ne m'y évoquait l'*Italiam* de Virgile. La Grande Grèce était pourtant le berceau de notre civilisation. Ces terres lointaines et sèches. Ces villages perdus. Ces champs arides, accablés de soleil et de maladies infectieuses. Le choléra avait encore frappé à Naples dans ma jeunesse. La présence oppressante de l'Église tridentine, ses processions, ses apparitions miraculeuses, ses pèlerinages rituels, ses ex-voto, ses saints et ses pleureuses, ses capucins et ses mendiants, ses *lazzaroni* se battant au couteau. Ce folklore avait séduit Alexandre Dumas. Pas moi. Le monde de la pègre est hideux, même au soleil. Et puis cet esprit de superstition, le « mauvais œil », le *malocchio*, la *jettature* napolitaine. Ce regard inquiétant des vieilles matrones du Salente. Leurs yeux durs, insondables. Et cette habitude bizarre de confier son sort à des nombres, qu'on appelle à Naples la *smorfia* (ce sont d'ailleurs les Italiens qui ont introduit la pratique de la loterie en France).

Bien sûr, je n'étais pas indifférent. Cette Italie des rites et des danses bizarres, cette Italie des « sorcières de Lucanie » évoquées par Carlo Levi ou des *tarantate* du grand anthropologue Ernesto De Martino, cette Italie de la révolte et de Gramsci, ce pays de la rage et de la fatalité qu'avait décrit le prince de Lampedusa, conservait pour moi une part de mystère que renforçaient sa sensibilité et son malheur. La « terre des morts », comme disait le Suisse Marc Monnier en 1860. Je ne pouvais nier que j'étais fasciné depuis l'enfance par les chœurs et les masques des tragédies grecques, les vagabonds des îles, la folie et le deuil chez Sophocle ou Carmelo Bene, l'incandescence de l'*Œdipe roi* de Pasolini. Ils me faisaient entrevoir des secrets anciens bien gardés, avec la compréhension innée, presque inconsciente, de valeurs éternelles que nous avions perdues.

Je pressentais qu'il y avait dans cet autre Finistère quelque chose à apprendre sur nous et nos origines. Des mystères bien plus anciens que ceux de nos Francs et peut-être plus dérangeants encore.

Mais j'y allais à reculons. Ce Sud païen et médiéval n'avait épousé qu'à moitié le tournant de la Renaissance et des Lumières. Les savants dissertaient à l'infini sur les étranges « Lumières napolitaines ». Cette terre m'intriguait plus qu'elle ne me séduisait ; et puis, disons-le, toutes ces histoires mafieuses ne me rassuraient pas quand il s'agissait d'y restaurer une baraque.

« Alors, qu'est-ce qu'on fait ? », demandai-je à Michela en sortant dans la rue. Ce couvent n'était pas si mal, à l'extérieur comme à l'intérieur. Pourquoi la maison m'avait-elle davantage séduit que la première fois ? Les goûts peuvent-ils être aussi versatiles ?

— À mon sens, ça vaut le coup de tenter l'aventure, dit-elle...

J'étais partant. Mais il restait un petit problème...

Comment se débarrasser du Cercle ?

12

L'avocat

Le temps des *Missi Dominici* était arrivé. Dans le Mezzogiorno, rien ne se fait frontalement. Il faut toujours un intermédiaire.

Michela proposa de recourir au géomètre qui s'était occupé de dresser les plans du couvent. *Il geometra* est une figure emblématique de la scène immobilière italienne. Ni architecte, ni entrepreneur, c'est plutôt un *intermediario*.

Nous avions pris rendez-vous avec lui pour Noël. Le jour dit, il nous attendait avec un acolyte devant le porche de la maison. Nous étions à peine sortis de la voiture que le géomètre se précipita pour serrer la main de Michela en s'inclinant. Il avait le front dégarni, le teint cireux, une petite moustache à la Errol Flynn. Il demanda des nouvelles de son père, avec un masque de componction. Je crus à une manœuvre, et la trouvai un peu humiliante. On n'espérait tout de même pas nous acheter pour si peu ?

Timeo Danaos et dona ferentes. Une des seules phrases de Virgile que j'avais retenue du lycée. Je crains les Grecs, même quand ils font des cadeaux.

Le géomètre était dépositaire des clefs et, pour cette raison, Michela m'avait alerté : « Pas d'impair. »

Après tout, cet homme était peut-être ce qu'il nous fallait. Négocier le départ du cercle supposait de l'entregent, au moins la connaissance de certains usages douteux. Ce n'était pas le Jockey Club.

Le géomètre prétendit qu'il était le seul à pouvoir nous aider. Il connaissait les gens du cercle. À nos questions, il éludait : « C'est compliqué. Mieux vaut que vous me laissiez faire. »

— Peut-on être assuré que le club va partir rapidement ?

— Évidemment.

— Mais dans combien de temps ?

— Oh, cela devrait aller vite...

On n'était guère avancé. « Je m'occupe de tout, dit-il en nous quittant. Et saluez bien votre père de ma part. » Ces marques de servilité cachaient quelque chose, selon moi.

La semaine suivante, il nous rappela. Il évoqua les travaux à faire, puis il remit la question du cercle sur la table. « Alors, vous avez pu leur parler ? » demanda Michela. Sa réponse évasive nous inquiéta.

— Cela va prendre un certain temps.

— Comment ça, un certain temps ? Vous nous aviez dit que cela irait vite ?

— Oui, mais vous savez le temps ici, ce n'est pas comme dans le Nord...

— Combien ?

Il ne voulut pas se mouiller. « Un temps certain. » Mais encore ? Il ne répondit pas.

Je trouvais que l'affaire commençait à prendre une tournure déplaisante.

« Il y a quelque chose de bizarre avec ce cercle, tu ne trouves pas ? »

Michela se montra sereine. « Bah, ne t'en fais pas ; tout ça, c'est du cinéma. » On renonça à utiliser les services du géomètre. Michela pensa aussitôt à un autre *intermediario*.

Elle passa un coup de fil à un avocat du coin qu'on lui avait conseillé.

Nous nous retrouvâmes à Pâques dans le cabinet de cet homme de loi, au premier étage d'un vaste palais baroque du vieux Lecce. Je pris pour la première fois la mesure de la beauté de cette ville libérée du tourisme d'été. Tout respirait ici une sorte de décadence familière, sans l'imposante gravité romaine, plus proche des vieux hôtels de Toulouse ou d'Aix. Il pleuvait. Les rues portaient des noms que l'on aurait cru sortis d'un conte médiéval : *corte dei Gothi*, *via di Tancredi*, *via delle Bombarde*, *via dei Protonobilissimi*. Lecce avait été, après Naples, la deuxième grande ville d'un royaume baroque et florissant. L'historien allemand Gregorovius l'avait surnommée la « Florence du Sud » et, depuis, les guides répétaient ce lieu commun. J'avais lu que la ville était encore dans les années 1860 le centre d'une petite société très raffinée. Tout cela paraissait assez irréel aujourd'hui.

Je m'imaginais ce flamboyant *Risorgimento* en gravissant les marches de l'immense escalier conduisant au cabinet de notre avocat. La cour intérieure me rappelait les palais de Naples. Un mélange de princier et de prolétaire.

On sonna. L'avocat ouvrit en personne ; il était grand, bronzé, élégamment vêtu d'un costume sur-mesure, les cheveux longs. Ce n'était pas du tout l'image que je me faisais du procédurier du Mezzogiorno, besogneux et roué. Il portait beau. Un peu trop même. Il nous fit pénétrer dans son bureau ultramoderne aux plafonds vertigineux. Son eau de toilette imprégnait tout le cabinet. Je le voyais plutôt en train de hanter les boîtes de nuit de Portofino ou de Capri, aux bras de quelques *veline* sulfureuses.

Il nous fit asseoir autour d'une petite table où trônaient la *Gazzetta dello Sport* et *Il Giornale*, le journal de Berlusconi. « Écoutez, je ne vais pas y aller par quatre chemins. Ce n'est pas impossible de se débarrasser de ce cercle. Mais je ne sais pas si c'est une entreprise très judicieuse. Voyez-vous, c'est délicat... »

Michela le remercia et n'insista pas. Elle coupa court à l'entretien. Je ne compris pas son attitude. « C'est foutu », me suis-je dit. En sortant du cabinet, je lui demandai pourquoi elle n'avait pas insisté un peu plus. Michela me regarda avec amusement. Elle était anormalement optimiste. « Pas du tout. Il faut juste qu'on arrive à trouver la bonne personne. »

13

Paris-vous-aime

L'*intermediario* qui allait nous éclairer et nous aider à surmonter nos soucis, comme Virgile le fit avec Dante, se présenta un des premiers jours de l'été, à Lecce. Michela y était descendue depuis Rome pour une conférence.

Parmi la foule, dans la grande nef d'une église désaffectée, se trouvait un vieil avocat et ami de la famille. Qui aurait pu imaginer un pénaliste réputé se passionner pour des questions de « genre » et autres thèmes de philosophie morale ? Les mentalités avaient beaucoup changé ces vingt dernières années, même dans le Mezzogiorno. Le lendemain de la conférence, ce ténor du barreau décrocha son téléphone pour appeler la mère de Michela. Avait-il entendu parler de nos soucis ? Les choses vont vite en province.

Il proposa ses services, selon les usages d'ici. « Ta fille m'a bouleversé. Si je peux lui être utile, dis-lui que ce sera avec un immense plaisir. »

La mère de Michela sauta sur l'occasion. « Justement, elle cherche un conseil pour se débarrasser d'un cercle... » Et elle lui expliqua en détail nos péripéties.

— Qu'elle se rassure. Je me charge de tout.

Et c'est ainsi que, sans jamais avoir vu cet avocat, nos soucis se dissipèrent comme par miracle. Lorsque Michela précisa que le cercle ne payait plus ses loyers depuis au moins deux ans, l'avocat s'exclama : « C'est encore mieux. »

Tout se passa donc très vite, peut-être trop vite selon moi, et sans que nous n'en sachions rien. Dans notre dos, pour ainsi dire. Il arrive parfois dans la vie que les gens sur lesquels nous comptons le moins nous rendent un fier service, alors que ceux qui semblent les plus fiables se révèlent incapables du moindre coup de pouce.

Cet avocat se montra d'une exceptionnelle efficacité. Il prit contact avec les dirigeants du cercle. Que leur dit-il ? Le fait est qu'au début du mois d'août il nous appela pour annoncer la bonne nouvelle : le cercle allait partir. Sur le coup, je restais un peu sceptique. Je n'y croyais pas ; je m'étais même résigné. « Encore de belles promesses ! »

Mais ce n'en étaient plus. Mon pessimisme avait été déjoué.

Une nouvelle phase s'ouvrait dans notre vie, bien plus périlleuse.

Nous pouvions en théorie commencer les travaux dès que le cercle aurait quitté les lieux. Mais nous ne connaissions aucun artisan. À qui se fier ? Comment ne pas tomber sur une entreprise douteuse ? Sur des ouvriers dépassant allégrement les délais et le budget, ou mettant la clef sous la porte après les premiers acomptes ? On commença à réaliser un peu tard que notre bâtisse était située à deux mille kilomètres de Paris. Et pour simplifier encore les choses, à l'extrême sud du Mezzogiorno.

Cette année-là, nous étions rentrés plus tôt à Paris pour régler certaines affaires à la maison. À l'aérogare d'Orly, des publicités nous accueillaient dans les couloirs : « Paris vous aime ! » Comme les vacances s'évanouissent vite dès la sortie de l'aéroport !

Le début de l'année passa trop vite pour repenser aux péripéties du couvent. La fac, le journal, les conférences. Je n'avais pas une minute pour réfléchir à « changer ma vie », comme disait Rilke. Ce n'est qu'à Pâques, avec l'arrivée du printemps, que la maison du Salente revint à l'ordre du jour. Le cercle était parti. Maintenant, la balle était dans notre camp. Comment s'y prendre pour restaurer cette baraque ?

Le père de Michela joua les entremetteurs avec le maire du village qu'il connaissait depuis l'enfance : « C'était comme un ami. » Michela l'appela. Il connaissait bien l'ancien couvent, le reprendre lui paraissait une excellente idée. Michela embraya. « Mais mon mari s'interroge. Vous savez, il est français. Alors forcément, il a quelques doutes. Le Sud... Qui contacter pour les travaux ? Il faudrait des gens fiables. Nous ne connaissons personne. Et nous ne pouvons pas dépenser trop. »

Le maire la coupa. « Ne vous en faites pas, lui dit-il, je peux vous aider. » Il proposa, si nous le désirions, de nous rencontrer pour nous présenter quelques jeunes architectes spécialisés dans la restauration des vieux édifices de Lecce et des environs.

« Des gens de confiance. »

Et il ajouta : « Ils travaillent pour pas cher. »

C'était le sésame.

14

Ce n'est pas la Corse ici !

Le maire nous avait laissés prendre l'initiative. « Venez me voir quand vous voulez. » L'été suivant, nous passions comme toujours les vacances près de Tarente, à une cinquantaine de kilomètres du *paese*. *Il Paese*, c'est ainsi qu'on désigne en Italie les patelins de l'intérieur, même s'ils comptent plusieurs milliers d'habitants. Il suffisait d'une petite heure en voiture pour s'y rendre par des routes chaotiques, passant en une seconde du chemin vicinal à une deux-voies express.

Autant saisir l'occasion sans perdre de temps.

On alla voir *il sindaco* dès le début du mois d'août. Je garai la voiture près du couvent, sur la grande place du *paese*. Il n'y avait pas un chat. Seulement un soleil de plomb. Je fus tenté d'aller jeter un œil à l'intérieur du couvent, ne serait-ce que pour retrouver un peu de fraîcheur sous les voûtes de l'*atrio*, mais Michela me tira par le bras. « Pas maintenant ; on a rendez-vous. »

La mairie était de l'autre côté de la place. En face de l'église baroque.

C'était une grande maison forte de style renaissance

italienne et de couleur ocre. Quelques palmiers s'arrêtaient aux fenêtres du deuxième étage, donnant à ce palais des airs de principauté de Monaco ou de Cuba de Battista.

Le maire nous reçut dans son vaste bureau climatisé. Il était habillé avec élégance, selon un goût discret, très « côte Basque », pantalon en toile sombre, mocassin et polo bleu soutenu. Ce style de golfeur de Chantaco tranchait avec sa faconde très méditerranéenne et sa tête à la Woody Allen. Il nous salua chaleureusement, puis nous prit par le bras pour nous faire visiter ses services et la grande salle du conseil, tout en répondant toutes les cinq secondes au téléphone. Au fur et à mesure que nous déambulions dans ce vaste bâtiment, il nous présenta au personnel municipal qu'on croisait dans les couloirs et escaliers. Il tenait à nous donner le prénom de chacun ; je n'en retenais aucun. Dans la masse, je me souviens seulement d'un de ses adjoints à la culture. Ce dernier discutait avec une administrée d'une soixantaine d'années, brune, un peu forte. « Ah, voilà Amelia, la Française du *paese.* » Le maire la serra dans ses bras : « Ses enfants travaillent en Corse, dans le coin de Porto-Vecchio ; elle connaît bien les usages de votre pays. »

Nous sommes ensuite retournés dans le bureau où nous attendait un autre de ses adjoints, Filippo, un garçon d'une trentaine d'années, très brun, l'air doux et sérieux. « Voilà notre architecte. » *Il sindaco* nous fit asseoir autour de la table, tandis que les employés entraient et sortaient du bureau pour déposer des affaires ou poser des questions. Dans ce va-et-vient, tout le monde parlait et personne n'écoutait vraiment. Le maire nous expliqua que Filippo travaillait dans un cabinet d'architecture capable de se lancer dans la restauration de notre maison. Il fallait des spécialistes. La pierre du coin est très particulière, dit-il. La *pietra leccese*. Célèbre dans le monde, ce « marbre du pauvre » a permis les audaces de Giuseppe Zimbalo et d'autres artistes baroques qui ont dessiné la basilique Santa Croce de Lecce, le palais du Gouvernement, le dôme et le grand séminaire. Des ouvrages dignes des mosquées les plus sophistiquées du Califat. En effet, le calcaire de roche en marne, de couleur claire, pouvait se travailler *a scalpello*. Donc facilement. Mais cette pierre était aussi très friable. « Matteo, l'un des associés de Filippo, a travaillé précisément pour la restauration de palais à Lecce. On va vous le présenter. C'est un garçon de toute confiance. »

Le maire se tourna vers Filippo. « Préviens Matteo. Fais-le venir maintenant. Ça ira plus vite. »

Je n'étais pas habitué à ces pratiques du Sud, un peu rapides et informelles. Je me félicitai que les choses avancent de la sorte mais n'avançaient-elles pas un peu trop vite ? Je déteste qu'on me force la main. Pendant que l'adjoint téléphonait à son collègue architecte, je m'adressai au maire sur le ton de la confidence. Un étranger peut se permettre ce genre de libertés en Italie. L'adjoint à la culture entra à ce moment précis dans le bureau avec Amelia, « la Française », pour discuter d'une représentation théâtrale si j'ai bien compris. Je marquai un temps d'arrêt pour ne pas l'indisposer devant des tiers. Le maire me fit comprendre d'un geste de la main que je pouvais parler sans embarras. J'ai toujours admiré cette faculté italienne à parler en même temps de choses différentes, s'adressant à l'un avec la tête et à l'autre avec les mains. Pas étonnant que la mafia soit passée maître dans ce langage des signes.

— *Sindaco*, je m'interroge un peu sur les risques de restaurer une maison *ici*.

J'appuyai sur le dernier mot pour me faire comprendre sans paraître trop indélicat. Le maire ne sembla pas saisir ma question.

Filippo revint dans le bureau en nous expliquant que Matteo ne serait pas libre aujourd'hui. On échangea nos numéros de téléphone pour se rappeler dans la semaine. Mais au moment de partir, je décidai de mettre à nouveau les pieds dans le plat.

— Monsieur le maire, puis-je être sincère avec vous ?

— Eh, bien évidemment, nous sommes là pour ça, répondit le *sindaco* sur un ton très théâtral.

Je pris ma respiration.

— N'est-ce pas un peu risqué de retaper une maison dans cette région ? On entend dire beaucoup de choses, vous savez, sur le Sud. La lenteur... la corruption, les pots-de-vin, les *tangenti*.

Je ne savais pas si je devais le dire. Mais je me décidai à parler. « Et puis, bon, lâchons le mot, vous savez, quoi, enfin, on est entre nous ; la mafia. Après tout, c'est quand même dans cette ville qu'est née la Sacra Corona Unita, non ? »

Le nom de la « quatrième mafia » italienne, spécialité locale du Salente, sonna comme un coup de tonnerre. Le maire accusa le coup. Il était étonné, presque déçu. Il regarda Amelia et me répondit d'un ton serein.

— Ah ! vous savez les choses ont bien changé *ici* depuis les années 1990. Certains d'entre nous l'ont payé très cher.

Puis il se tut en me fixant. Je détournai quelques secondes les yeux vers Michela ; elle fulminait. J'avais manifestement commis un faux pas. L'adjoint et « la Française » sortirent du bureau sur la pointe des pieds. Je crus alors, mais je ne saurais le dire avec certitude tant j'étais troublé par la situation, qu'Amelia me fit un clin d'œil en refermant la porte. Comment l'interpréter ? Je n'en eus pas le loisir. Le maire reprit son discours. Il était très posé, sans la moindre agressivité : « J'étais déjà maire dans les années 1990. À l'époque, nous avons subi beaucoup de pressions. Il y a eu des menaces, des enlèvements, des attentats et même des morts contre tous ceux qui se mettaient en travers de la route des Sacristi. »

C'est ainsi qu'on nommait les membres de la Sacra Corona. Ce mélange de sainteté et d'horreur me surprenait toujours, voire me dégoûtait. Le maire me fixa encore. Puis il dit avec une certaine fierté dans le regard :

— Mais, voyez-vous, tout ça, c'est du passé. Maintenant, la mafia, *ici*, c'est fini.

Il n'y avait plus grand-chose à ajouter. Nous prîmes congé. En sortant du bureau, Michela serrait les dents sans me regarder. Elle resta silencieuse pendant que nous descendions le grand escalier pour ne pas faire d'esclandre devant les employés. Nous avons alors croisé Amelia dans le hall. Je vis qu'elle cherchait à me parler. J'aurais bien voulu m'arrêter mais Michela continua d'un pas décidé. J'avais sans doute commis une erreur en parlant de mafia dans cette mairie ; mais ce n'était tout de même pas un crime de lèse-majesté. Amelia me suivit. Elle tenait apparemment à me dire quelque chose d'important. Comme Michela avait déjà franchi le *portone* et filait sur la place illuminée, j'ai ralenti. Inutile de lui courir après. Je me suis retourné vers Amelia qui me glissa, d'un ton apaisant :

— Soyez rassuré, *professore*. Je voulais vous attester que le maire dit vrai. Vous serez tranquille chez nous. Vous pouvez me croire ; ici, ce n'est pas la Corse...

Je souris poliment et me précipitai à la poursuite de Michela. Elle était déjà de l'autre côté de la *piazza* toujours déserte. Tant mieux car je me suis fait passer un sacré savon en la rejoignant. « Ça ne va pas de dire les choses comme ça ? Qu'est-ce que vous pouvez être maladroits, vous les Français ! Parler de corde dans la maison d'un pendu. Je te l'ai déjà dit. Ici, tu n'es pas en Toscane. Alors tais-toi quand on ne te demande pas de parler. »

J'essayais de me justifier. Elle me coupa sec. « Oh, arrête tout de suite. Avec tes livres et tes cours sur la mafia, tu deviens ridicule ; tu la vois partout. Les choses ont bien changé ici. » Et elle se retourna sans demander son reste. J'étais sans voix, immobile au milieu de la *piazza*, embarrassé et irrité d'être traité de la sorte.

Par acte de rébellion, j'ai traîné des pieds jusqu'à la voiture, regardant autour de moi, m'interrogeant sur mon « erreur ». En était-ce vraiment une ? « Pas la Corse, pas la Corse », avait dit cette femme ; c'était vite dit !

D'abord, j'aurais bien aimé que cette région ressemble à la Corse. C'était pour moi la plus belle île du monde. Et puis, cette mafia du Salente, il n'y avait pas de quoi la prendre par-dessus la jambe. Bien sûr, la *Sacra* n'avait jamais eu la notoriété de la Cosa Nostra sicilienne ou de la 'Ndrangheta calabraise, voire de la Camorra napolitaine, la moins prestigieuse. Mais elle n'en avait pas moins été terrifiante dans les années

1980-1990. Elle continuait à avoir des ramifications internationales ; certains des plus grands parrains de Montréal, au Canada, venaient d'ici. J'avais découvert en écrivant un livre sur les rapports entre la mafia et l'État que ce « pouvoir invisible » était plus ancien dans le coin qu'on ne l'imaginait. Les procès de la fin du XIXe siècle attestaient déjà de la présence dans les Pouilles de *consorterie criminali*. Ces bandes ressemblaient à des familles mafieuses. En 1893, à Tarente, une sorte de « maxi-procès » avant la lettre regroupa plus de cent accusés tous liés entre eux. Le jugement parlait d'une « large association de malfaiteurs, avec des statuts et des règlements, la liste de ses affiliés et de ses tueurs expérimentés ». Bref, une mafia qui ne disait pas encore son nom !

La véritable Sacra Corona, elle, celle qui terrifia la région dans les années Berlusconi et pourrissait la vie de chaque propriétaire, n'avait commencé à se constituer qu'au début des années 1980. On hésitait entre 1981 ou 1983. Dans une prison de Bari, un criminel surnommé « Dio », Pino Rogoli, un assassin originaire de Mesagne, une jolie ville de Templiers sur la via Appia, non loin du *paese*, eut une idée luciférienne. Rogoli croupissait alors en prison pour le meurtre d'un marchand de tabac qui avait eu le malheur de le reconnaître pendant qu'il dévalisait une banque. Il devint le compagnon de cellule d'un *boss* de la mafia calabraise. Ce dernier le prit sous sa coupe et l'affilia à sa puissante *'ndrina* (famille).

À cette époque-là, la Camorra napolitaine essayait de mettre la main sur les Pouilles et ses longues plages discrètes, propices au débarquement de produits illicites. Alors le mafieux calabrais suggéra à Rogoli de créer sa propre mafia – la mafia des Pouilles ! – pour mieux contrer les « camorristes ». Idée diabolique. Rogoli s'inspira de tout l'univers mafieux du XIXe siècle, mêlant crime et religion. Les statuts, que j'avais étudiés, citaient le comte Ugolin, Fiorentino di Russia, les chevaliers d'Espagne, Osso, Mastrosso et Carcagnosso, et même Mazzini et Garibaldi. Tout, jusqu'au nom que choisit cette nouvelle mafia, évoquait l'imaginaire du rosaire et de la croix ; mais c'était une organisation impitoyable. Elle avait mis la région sous coupe réglée et comptait des centaines de morts à son actif. On tremblait à sa seule évocation. Je connaissais ce passé inquiétant. Pouvait-il avoir disparu en si peu d'années ? Je n'en étais pas tout à fait sûr...

Quand je retrouvai enfin Michela devant la Fiat, elle regardait autour d'elle un peu fébrilement. « Que se passe-t-il ? » Elle avait changé de visage. « On a crevé », chuchota-t-elle. Le pneu droit à l'avant était en effet à plat. « Oui, et alors ? » dis-je un peu fort. Il suffisait d'aller au premier garage venu. Michela me fit signe de baisser la voix. « Mais tu ne comprends rien, me dit-elle encore plus bas. On vient de garer la voiture devant la maison. Et on la retrouve crevée. »

J'hésitais. Puis ce fut comme un éclair. « Non, tu n'y crois pas ? » Cela me paraissait un peu gros. « Un coup du cercle ? » Elle ne me répondit pas. Nos anciens locataires auraient-ils voulu nous lancer un petit avertissement ?

« Pas la Corse ? » Tu parles... Sera-t-on jamais en sécurité ici ?

Michela me prit par le bras, un peu perturbée. « Viens, passons à la maison. » Tout allait dépendre de l'avis du garagiste. Était-ce une crevaison intentionnelle ou non ? Jamais de ma vie l'opinion d'un mécanicien n'aura été aussi décisive. Mais nous étions en début d'après-midi et tous les garages du *paese* étaient fermés. Sous cette chaleur d'Afrique, rien ne reprend vie avant cinq ou six heures. Nous avions plus de quatre heures devant nous.

Pendant que l'ensemble du *paese* faisait la sieste, nous nous sommes mis à déambuler dans les vastes pièces de la maison. Nos pas résonnaient dans le vide. Je me sentis tout à coup prisonnier dans ce cul-de-sac et me suis pris à regretter furieusement le goût suave de la baguette parisienne. J'éprouvais comme Dante le désespoir de l'exilé, contraint de manger le pain trop salé d'un autre pays.

Tu proverai si' come sa di sale
lo pane altrui.

15

Le Corleone du Salente

On passa l'après-midi au couvent à ruminer sur cette horrible organisation au nom pourtant inspiré. La Sacra Corona Unita ! La couronne sacrée unifiée. Était-elle toujours active ? J'avais cru que non mais, en ce domaine, le calme peut cacher bien des renaissances et des reprises en main. J'interrogeai Michela sur le rôle de cette mafia dans le village. Avait-elle eu un lien avec le cercle ? Y avait-il eu un différend dans le passé ? Ce n'était plus des questions théoriques. Je devenais, sans le vouloir, un anthropologue se confrontant à son objet d'études. Je n'affrontai pas comme Lévi-Strauss la forêt amazonienne mais la jungle du *paese*. C'est là qu'a pris fin ma lune de miel avec les études mafieuses. Je mesurais que le savoir théorique, qu'on débite aux étudiants, n'est pas inutile mais qu'il est loin d'être suffisant. Je connaissais l'histoire de la Sacra, comme on disait, mais quel fut son rôle au *paese* ? Michela ne s'était évidemment jamais interrogée sur ces basses considérations criminologiques, peu dignes d'une philosophe qui enseigne l'éthique à la fac. Elle se rappelait simplement que, dans son enfance, s'était instaurée une sorte de couvre-feu mafieux. Un des clans les plus puissants de la Sacra semait alors la terreur dans le *paese*. On avait retrouvé des gens murés vifs dans des immeubles en construction des environs. Les commerces avaient été rackettés, les magasins brûlés, les propriétaires menacés, surtout ceux qui restauraient leur bien, les notables enlevés, sans parler de la police absente, complice ou craintive. La ville avait échappé à l'ordre légal et basculé dans les mains des puissances de l'ombre. J'imaginais une sorte de « Corleone du Salente », en référence au petit village de Sicile qui avait été le repaire de la plus importante mafia sicilienne des années 1970. Le *paese* était devenu la *roccaforte*, le bastion d'une des familles les plus sanguinaires de la Sacra.

On ne ressentait plus ce sentiment oppressant. L'heure de gloire de la Sacra semblait passée. Mais, au milieu des années 1980-1990, les Pouilles avaient été le principal débouché des trafics juteux de cigarettes en provenance du Monténégro, puis ce fut le boom de l'héroïne en provenance des Balkans et la traite des êtres humains. Les côtes adriatiques, avec leurs plages isolées, surtout l'hiver, mais aussi l'été, offraient de formidables possibilités de « triage » de tous les arrivages de l'Est destinés à inonder l'Europe. La police, si tant est qu'elle en eût la volonté, ne pouvait surveiller efficacement les huit cents kilomètres de côtes sauvages qui bordaient cette « Californie d'Europe ». À cette époque, les contrebandiers ne s'en faisaient vraiment pas. Le magistrat à la retraite qui avait son parasol à côté du nôtre m'avait raconté qu'en descendant par une matinée de juin à la plage il s'était retrouvé face à un hors-bord (*motoscafo*) en provenance de Yougoslavie ou d'Albanie. Ses occupants s'étaient faufilés à la hâte entre les baigneurs pour décharger leur marchandise, tandis qu'une douzaine de grosses cylindrées stationnaient en file indienne le long du chemin des douaniers. Tout se fit à une telle vitesse que certains estivants en restèrent bouche bée. Un imbécile avait même crié : « *Evviva superman !* » En quelques minutes, l'opération était bouclée et les voitures en route pour le nord de l'Europe. Ce ballet se répétait à intervalle régulier.

Grâce aux milliards accumulés par ses trafics, la jeune mafia du Salente se mit à acheter des hôtels, des clubs de loisir, des discothèques, qui servent aujourd'hui au tourisme. La chute du Mur fut une nouvelle aubaine à la fin de cette décennie. Avec la dislocation de la Yougoslavie, en face du canal d'Otrante, la Sacra devint une des premières courroies de transmission du trafic d'armes vers la Croatie et la Bosnie. Elle renforça ses liens avec la nouvelle mafia albanaise, l'une des plus cruelles du monde, ouvrit des camps d'internement clandestins, dans les environs de Lecce, pour approvisionner les grandes capitales d'Europe du Nord en esclaves, garçons et filles. On parlait aussi de trafics d'organes. Grâce à sa richesse, cette mafia imposa son ordre implacable dans la région. Rackets, chantages, enlèvements, rançons, etc. Le Salente n'était pas encore très touristique et la Sacra en profita pour en faire son terrain de jeu. Sa possession.

Elle affiliait à tour de bras, « baptisant » comme une véritable église de jeunes criminels. Le novice était conduit au cœur de la nuit, les yeux bandés, dans un « local baptisé », c'est-à-dire « purifié », selon le langage des Sacristi, de toute présence étrangère à l'organisation.

Avant que la nouvelle recrue ne prête serment, les mafieux lui perçaient le doigt avec une dague ; ils répandaient quelques gouttes de son sang sur une image de l'archange saint Michel avant de la brûler. Puis il prêtait serment d'être *fedele a questo corpo di società, formata da uomini attivi, liberi, franchi e affermativi.* Il jurait de ne plus connaître son père, sa mère, ses frères et sœurs, et ses cousins jusqu'à la septième génération. Enfin, son dernier jurement était de tout partager avec les membres de l'organisation, « centime par centime », comme le firent les « anciens », *i nostri vecchi fondatori*... Manquer à ce serment signifiait évidemment la mort.

Les gens d'ici se repaissaient de ces extravagances baroques, de ce délire archaïsant qui leur rappelait les sectes secrètes des Carbonari et du Sanfedisme de l'époque du Risorgimento. La Sacra s'implanta avec un succès fulgurant. Mais attention aux apostats ! Comme dans l'Islam radical, ils risquaient la mort dans les pires supplices. Les mafias détestent plus que tout ceux qu'elles appellent les « infâmes » : les « traîtres » et les « renégats ». On évoquait plusieurs cas, au *paese*, de jeunes ambitieux qui avaient été découpés au chalumeau pour avoir voulu défier l'autorité des *boss*.

Était-ce bien raisonnable de restaurer une maison dans un tel bled ?

Le constat du garagiste serait l'épreuve de vérité. Si un malveillant avait cherché à enfoncer une lame dans notre pneu, alors autant renoncer ; nous ne serions jamais en paix ici. En revanche, s'il ne s'agissait que d'un simple accident, alors nous n'allions pas jouer les superstitieux...

Dès que son officine de la via Taranto ouvrit, peu après cinq heures, je demandai au *meccanico*, un petit bonhomme grassouillet à la voix très éraillée, de vérifier l'origine de la crevaison. J'attendais sa réponse, un peu fébrile. Le type me regarda fixement, l'œil suspect. Ma question avait dû lui sembler bizarre. Moi, je n'en menais pas large. Il se mit à observer attentivement le pneu puis il se releva, ironique. « *Dottore*, soyez rassuré. C'est un pur accident », dit-il à haute voix devant les autres clients. Je n'étais pas totalement rassuré. « Vous en êtes bien sûr », murmurai-je pour ne pas alerter tout le *paese*. « *Sicurissimo*, cria-t-il, en regardant toute la compagnie avec superbe. Personne n'a essayé de vous nuire. »

Une seconde, l'idée me traversa l'esprit. Le mécanicien pourrait aussi être complice de ces forces du mal dont j'étais bien en peine de préciser l'existence ?

À Paris, je ne cessais de critiquer ceux qui dérapaient dans le complotisme. Alors je me tus.

16

« Ce n'est plus pareil »

Nous ne sommes plus revenus au *paese* pendant quelque temps. Il s'agissait de dépasser ce petit accident. Au bord de la mer Ionienne, les vacanciers du Lido semblaient sereins. Nous, un peu moins. J'étais passé à la librairie de Tarente pour acheter un livre contant les exploits du groupe mafieux du *paese*. J'en lisais quelques extraits sur la plage à Michela entre deux bains de mer. Au début des années 1990, le *boss* du clan local, surnommé ici le *capobastone* selon la mode de la mafia calabraise, s'était mis dans l'idée de créer une organisation rivale de celle de Rogoni, celui qui avait créé la mafia des Pouilles en prison. Avec des affidés, l'ambitieux *boss* du *paese* inventa la Rosa dei Venti ou Sacra corona liberata. Rogoni ne se laissa pas faire ; ce fut le début d'une escalade criminelle. Le *capobastone* s'était doté d'une armée de cent cinquante assassins, des jeunes désœuvrés du *paese*, sans foi ni loi. Ces jeunes chiens perdus étaient soumis à une discipline militaire. Le *boss* les enfermait la nuit dans des dortoirs aménagés dans les communs de sa villa, afin de les couper de tout lien familial. Il entretenait chaque jour leur exaltation en leur livrant d'importants rails de coke. En l'absence d'autres repères, leur *capobastone* était devenu comme leur roi et il pouvait tout leur demander. Quand cela lui chantait, il les envoyait en expédition punitive, armés jusqu'aux dents, dans de puissantes cylindrées, « blindées » de manière artisanale avec des tôles d'acier. Impossible, disait le bouquin, de ne pas reconnaître sur les routes du Salente ces vaisseaux de l'Enfer dignes de *Mad Max*.

L'image me glaça. Je me tassai un peu plus sur ma chaise longue. Misère ! Alors que des torrents d'argent sale continuaient à ruisseler via le canal d'Otrante débuta la « saison de l'horreur » (*stagione d'orrore*). Le *boss* du *paese* avait tourné à la paranoïa et voulait tuer quiconque s'opposait à lui : « Le premier ennemi qu'on trouvait, on l'étendait », avoua le bras droit du *boss*. Chaque jour, des gens disparaissaient. Il y eut des attentats à la bombe et de nombreux meurtres d'innocents. On retrouvait dans les plantations d'oliviers des corps dont certains n'avaient rien à voir avec les clans. Des victimes collatérales, comme on dit.

Michela me demanda d'arrêter de lire « ces horreurs » à haute voix. Je la comprenais. Même le polar le plus sanglant ne saisit pas autant qu'un simple essai décrivant le passé criminel d'un bled où l'on envisage de vivre en vacances. Où allions-nous mettre les pieds ? Je poursuivis dans mon coin. Le livre rapportait des histoires de *vendetta* qui faisaient froid dans le dos. Ces récits me tracassaient, même si tout cela était du passé. Tout le monde n'avait cessé de nous le répéter. Ici, les clans avaient été vaincus et le calme était revenu depuis vingt ans. Nos discussions avec les amis de la plage ne portaient jamais sur ces questions ; on dissertait sur la nouvelle *gelateria* de la place du château, sur le spectacle de *pizzica* du soir, sur les nouvelles péripéties judiciaires de l'équipe de foot locale, etc. Ces débats étaient reposants.

Mais, avant de me décider à me lancer dans des travaux, je voulais m'assurer définitivement que toute cette folie était loin derrière nous. Un matin, n'y tenant plus, j'étais allé voir le magistrat du Lido qui s'y entendait en affaires mafieuses.

— Mais, aujourd'hui, demandai-je, ce Far West, c'est bien fini ? rassure-moi !

« Évidemment », dit-il sans hésiter. « Vraiment ? » Il ne chercha pas à m'embrouiller. Il reste peut-être encore quelques « résidus » mais il me confirma ce que d'autres m'avaient dit. « Tout a basculé ici au milieu des années 1990. » Le temps du déni était passé. C'était le plus dangereux. Désormais, les institutions judiciaires et l'opinion publique étaient mobilisées. « Alors, oui, c'est vrai, ce n'est plus du tout comme avant », conclut l'ancien juge.

Je ne sais pourquoi, mais je le crus. Il m'inspirait confiance et confirmait ce que le maire et la spécialiste de la Corse m'avaient dit. Après tout, les lieux avaient l'air tranquilles et sûrs, contrairement à d'autres régions contaminées par le crime. J'étais en quelque sorte rassuré. Les mouvements antimafia pullulaient et le tourisme avait triomphé. Bien sûr, nous étions dans le Sud et rien ne pourrait jamais être parfait. Mais c'était peut-être au fond ce que je recherchais secrètement. Un brin d'imperfection à l'italienne qui changeait de notre pseudo-efficacité nordique. Froide et déprimante.

Au bout d'une semaine, je dis à Michela qu'il serait peut-être temps de rencontrer l'architecte dont nous avait parlé le maire. « Après on verra... » Elle me regarda et fit oui de la tête. C'est souvent dans le silence que furent prises nos plus grandes décisions.

Le lendemain matin, elle prenait rendez-vous. « Samedi prochain devant le couvent. »

Filippo, l'adjoint au maire, nous attendait avec un jeune homme d'une trentaine d'années, le regard franc, une oreille percée par une boucle de pirate, les cheveux à la diable, genre chanteur de pop italien. Matteo avait étudié à Florence et à Venise ; deux références en matière architecturale. Et il avait déjà effectué quelques travaux de restauration pour des édifices historiques de Lecce.

On visita ensemble l'intérieur du couvent. Matteo griffonnait quelques notes sur les travaux à effectuer. Il semblait déjà bien connaître la maison, « une des plus vieilles *case signorili* de notre petite ville. Vous savez, j'ai fait quelques recherches en bibliothèque. Elle remonte au moins au XVIe siècle, peut-être même avant », ajouta-t-il. Je sentais dans sa voix qu'il se demandait un peu comment il allait y arriver. C'était plutôt de bon augure. Seuls les imposteurs n'ont pas le sentiment d'imposture. Matteo n'était pas du genre à rouler des mécaniques. Il me plaisait bien avec sa tête à la Lucio Battisti, sage et modeste.

Sur le devis, Matteo préféra rester évasif. « J'aurais besoin de revenir prendre certaines mesures. » Nous lui donnâmes l'adresse du géomètre qui avait les clefs du couvent. Il nous serra la main. « Je vous ferai très vite savoir. »

Évidemment, il ne se manifesta pas avant la fin des grandes vacances.

Nous étions à Rome quand le devis arriva par courrier. Michela déchira l'enveloppe, jeta un œil en diagonale sur les estimations de l'architecte et fit aussitôt la moue. « Ah, quand même ! » ne put-elle s'empêcher de lâcher. Elle me tendit le document. C'était le triple de ce qu'on osait espérer. Une douche froide. Matteo avait dit : « On peut toujours revoir tel ou tel détail. » Mais ce n'étaient pas les détails qui feraient la différence. Nous ne pouvions résolument pas.

Pendant le premier trimestre, nous reprenions de temps en temps le devis pour l'éplucher. Michela étudiait les postes les plus coûteux. Les peintures ? Il fallait bien se débarrasser de toutes les horreurs laissées par le cercle. Les murs étaient crasseux, presque noirs, voire complètement noirs, comme cette funèbre chambre du *zio*. Les toitures et les terrasses ? On pouvait difficilement y échapper. Le chauffage central ? Ah ça, peut-être. Après tout, en été, on n'en avait pas besoin. Et en hiver ? Il ne faisait pas si froid dans la maison. « On n'est pas resté assez longtemps pour savoir », répliqua Michela. « Pas besoin de clim', en tous les cas », dis-je, fier de ma trouvaille. Les murs avaient l'air assez épais pour conserver le frais. Michela ne releva pas. Toutes ces économies ne suffiraient pas.

J'étais rentré à Paris un peu dépité. J'en avais parlé aux enfants. Ils firent semblant de partager ma déception, même si, au fond, je ne suis pas sûr que l'idée de s'enfermer dans une vieille baraque au fond des Pouilles

les fasse rêver. Ils préféraient la Côte d'Azur avec leur mère et les copains. On aurait pu essayer de réparer la baraque tous ensemble. Ma fille me regarda. « Tu n'es pas sérieux ? » Et pourquoi pas ? En Italie, on dit que *chi fa da sé fa per tre*. Qui fait les choses seules les fait comme s'il était à trois. « Alors à quatre, c'est comme si nous étions douze. » Mon fils partit d'un grand éclat de rire. « Mais, papa, tu ne sais rien faire de tes dix doigts. » Les francs-tireurs s'étaient ligués. J'avais heureusement trouvé depuis longtemps chez Montesquieu le réconfort pour échapper au désespoir que m'infligeait ma propre impuissance pratique. Cet ancien président du parlement de Bordeaux renonça à son métier de magistrat, accablé par les médiocres questions de procédure : « Ce qui m'a toujours donné une assez mauvaise opinion de moi, c'est qu'il y a fort peu d'états dans la République auxquels j'eusse été véritablement propre. » Si, même lui...

Ma fille eut alors une idée. « Pourquoi ne pas faire un *bed and breakfast* pour rentrer dans vos frais » ? Le Salente était en plein essor. J'avais une amie dont les parents avaient retapé un hameau dans le Lubéron. Leur B & B marchait bien. Bon, la clientèle était parfois un peu pénible, disait-elle. Le genre bobo « cool » qui te traite comme un larbin. Mais si ça pouvait permettre de restaurer le couvent...

J'appelai aussitôt Michela à Rome, plutôt content de ma trouvaille. Nouvelle douche froide.

« Hors de question que j'aie des gens chez moi en vacances. Les congés, dit-elle avec fermeté, c'est fait pour se reposer ; pas pour supporter des étrangers au petit déjeuner. »

Fin de la discussion. Il ne restait plus de solution.

Renoncer ? C'est dans ces moments-là qu'on regrette l'espace d'une seconde de ne pas travailler dans un *hedge fund* crapuleux tapi au fond d'un paradis lointain. Exploiter le monde pour mieux se servir... Mais fallait-il pour autant se résigner ? On ne pouvait renoncer si rapidement. Il devait bien y avoir une solution.

Michela proposa de faire à nouveau le point avec l'architecte et l'entrepreneur général. Ce fut l'objet d'une nouvelle rencontre.

17

Les années Eros

En débarquant dans les Pouilles à la fin de l'hiver, nous n'avions toujours pas de solution et, comme Noé, j'attendais l'arrivée de la colombe avec un rameau d'olivier pour m'annoncer une voie de sortie dans ce déluge matériel.

Dans le taxi, la radio se mit à passer des tubes d'Eros Ramazzotti. *Se bastasse una canzone.* Ah ! s'il suffisait d'une chanson pour que tous les soucis s'envolent. Insensiblement, ce souvenir de mes « années frivoles » passées à Rome, avant la chute du Mur, entre travail de thèse aux archives vaticanes et week-end à la plage, finit par me redonner un peu d'énergie.

Nous filions au milieu des grandes étendues d'oliviers. Le ciel dégagé avec quelques nuages au loin dessinait un paysage flamand, à la Ruisdael, mais embelli de pins parasols et épuré par le vent des Balkans. L'Italie m'était apparue depuis ces « années Eros » comme une véritable terre de consolation. Tout m'y convenait mieux. Même ses défauts. J'avais déjà évoqué avec Michela ce bonheur d'être italien. Elle s'était bien moquée de moi. « Au fond, cela ne m'étonne pas que tu te sentes si bien en Italie ; toi aussi tu es un peu *cialtrone* ! » C'est souvent ainsi que les Italiens se décrivent quand ils veulent se dénigrer. *Cialtroni*. Le terme ne se traduit pas bien en français. Il décrit un être tout à la fois léger, superficiel, un peu empoté, un peu charlatan, un peu brouillon. Le *cialtrone* résume le principal travers de bon nombre d'Italiens et de bien d'autres individus immatures dont je me sentais hélas proche. Puis Michela reprenait, moins tendrement : « Si tu crois que les Italiens partagent tes niaiseries à propos de leur pays. »

Je tentais de lui expliquer ce qui m'attirait en Italie. Ce n'était pas tant son art ou ses monuments que son sens des proportions et une certaine manière de prendre la vie. Évidemment, ce n'était pas un privilège de la Péninsule. Jean-François Revel nous avait alertés dans *Pour l'Italie* sur le danger d'opposer deux peuples qui se jalousent sans raison et s'avèrent pourtant si proches. Le peuple français et le peuple italien. Comme aucun des deux n'a entièrement les qualités ou les défauts qu'on leur attribue respectivement, il serait absurde, disait-il, de les laisser « devenir jaloux ou amoureux l'un de l'autre ». Pour lui, tout est question de « ressenti ». Mais ça compte, non ? On se détermine souvent à partir de ça. Et, de ce point de vue, mon expérience m'avait laissé penser que le *bel paese* avait mieux réussi que nous à ne pas tomber dans toutes les chausse-trapes de la modernité arrogante. Cela se révélait dans de petits détails insensibles à l'œil nu, des « évidences invisibles ». Les gens d'ici conservaient, par leur approche de la vie, de la civilité, de la famille, de la religion, une part de ce « fantastique social » dont parlait Mac Orlan. Dans la

Péninsule où, malgré les apparences, les excès ont toujours moins de gravité et l'humanité une dimension plus poétique qu'abstraite, on pressent mieux les démons cachés dans les mots, notamment les plus ronflants : l'honneur, les droits de l'homme, la patrie, etc. L'Italien a beau faire preuve d'une certaine immaturité, s'emballer pour des démagogues, pester parfois de façon absurde – *Piove, governo ladro*, « il pleut, gouvernement de voleurs » –, il reste bien moins tourmenté que le Français. Il conserve depuis Horace cette *aurea mediocritas* qui est bien plus proche de la vérité de l'homme que ce rêve de grandeur et d'absolu des héritiers de Louis XIV ou Robespierre. Mais ce n'est pas seulement l'esprit *relatif* qui lui permet de conserver une forme d'espoir. J'ai l'audace de croire que les Italiens, et tout particulièrement les habitants de l'ex-royaume de Naples, sont porteurs depuis deux millénaires de quelque chose de bien plus grand qu'une nation, une idée, mieux, une « idée mondiale ». C'est Dostoïevski qui le dit dans son *Journal d'un écrivain*. C'est leur fierté d'avoir hérité d'une culture millénaire, si profondément ancrée dans leur âme. L'apparente légèreté des Italiens, leur indifférence à la gloire militaire, à la question de l'identité, ne les empêchent pas de savoir « ce qu'ils sont » au fond. Cela les rend parfois plus orgueilleux qu'on ne le pense. En 1843, Gioberti affirmait que la mission du peuple italien était de diffuser la civilité dans le monde (*Del primato morale e civile degli Italiani*), à la différence des Français, avides de domination militaire. « On n'est pas complètement français si on n'a pas été saisi un moment par la gloire militaire », disait Jean-Claude Milner. Les Italiens nous regardaient comme des sauvages. Je me souviens dans l'antichambre du palais du prince de Lampedusa, à Santa Margherita, cette légende sous le portrait de Niccolò I Filangeri : il « conduisait deux régiments de hussards contre les hordes gauloises en 1797 ». Les « hordes gauloises » !

Il y a là l'ultime héritage d'une conscience collective qui a su instinctivement, sauf à l'époque du fascisme, faire la différence entre la grandeur et l'attrait. Ce que notre esprit de cour, en France, nous a empêchés de percevoir. Cet esprit a tout obscurci, y compris l'honneur, en le confondant avec « les honneurs ». La France de Villon, de Rabelais et de Montaigne était attrayante. La France de Louis XIV l'était bien moins. Mon père m'avait élevé dans cette méfiance excessive de la grandeur, accentuant cette marginalité. Il aimait Fénelon et sa *Lettre à Louis XIV*, dénonçant cette cour servile qui avait « rendu [...] toute la nation française insupportable à tous nos voisins ». Et ce fut bien pire à l'époque de Napoléon. La cour s'est alors transformée en un monde sans génie, en dehors du maître de maison qui faisait régner une ambiance de caserne aux Tuileries. Fini les Molière et les Racine ; place aux seuls courtisans. Ce « culte des honneurs » a entretenu chez nos élites un usage outré des bassesses. La servilité paye dans tous les pays, mais plus encore à Versailles ou à Élysée. C'était cela, je crois, la petite nuance. La ruche grotesque des abeilles décrite par Primo Visconti autour de Louis XIV n'a pas disparu. Bien au contraire. Elle s'est même renforcée en contreplaqué démocratique.

Un de mes amis aux idées très arrêtées m'avait dit un jour : « En fait, tu n'aimes pas la France. » Est-ce que, pour aimer son pays, il faut en accepter tous ses travers ?

Je suis français. Cette histoire me constitue. J'ai compris un jour, grâce à un ami israélien, ce qui permet de dire une telle banalité. Il affirmait avoir saisi la profondeur de ce que signifiait pour lui être israélien quand il réalisa que l'histoire de son peuple le touchait aux larmes. Moi aussi, en repensant à l'histoire tourmentée de mon pays, à ce « triste magasin de rancunes », selon l'expression de Bernanos, j'étais souvent ému. Et pas seulement par le baptême de Clovis ou la fête de la Fédération. Mais a-t-on le droit de craindre son esprit de cour, son aveuglement géométrique, l'arrogance de ses élites ou le sectarisme de ses « grandes » consciences intellectuelles ?

Dans ses *Notes pour un coquillage*, Francis Ponge louait celui qui, comme l'escargot, employait son génie « à l'ajustement, non à la disproportion ». Magnifique passage à la gloire de la coquille, bâtiment qui a su porter à son apogée ce goût exquis de l'équilibre, et flèche directe contre Pharaon, Louis XIV, Napoléon ou le Calife, tous ces despotes « qui font exécuter par une multitude des monuments pour un seul ».

Je regardais par la fenêtre du taxi défiler les oliviers derrière la vitre et me confortais dans l'idée que ma coquille était, depuis l'adolescence, le *bel paese*. Je prenais alors l'Italie pour le chef-d'œuvre de cet art proportionné, l'art du petit Jésus, du Bambinello, l'art de la *pietà*, l'art de la proximité, des petites places baroques, des *fontanelle* et des loggias, l'art de la conversation amoureuse, les soirées sur une terrasse ou sous un balcon de Vérone, l'art de la véritable *dolce vita* et non celle, dégradée, dénoncée par Fellini. Bref, le refuge d'une véritable *umanità*.

Alors, oui, parfois, comme Stendhal, je me mettais à rêver de l'Italie. C'était pour moi une France parfaite. Une France débarrassée de tous ses ridicules et de toutes ses rancunes amères. Et donc une Italie évidemment imaginaire. Un pays sans prétention, sans crise d'identité, sans casse-tête postcolonial et autres questions infernales...

Mais, au fond, tout cela n'était que l'écume des choses ; il n'y avait rien de rationnel dans cette attirance. Stendhal avait tout compris en écrivant dans *Rome, Naples et Florence* : « La vraie patrie est celle où l'on rencontre le plus de gens qui vous ressemblent. » C'était ça au fond l'important. Et lui, déjà à son époque, se trouvait plus en familiarité avec la ductilité des Italiens, leur détachement, leurs priorités dans la vie, leur autodérision, leur peu de goût des faux-semblants et des absolus de pacotille. Ce peuple sans disposition pour la grandeur, héritier d'une culture moins monarchique, plus « civile », celle des *cives*, avait cultivé d'autres formes de génies, dans l'art ou la vie quotidienne. Ce type d'âme était plus en accord avec son caractère que ce « fond de froid » qu'il ressentait en France.

Avais-je le droit de regretter de ne pas être un peu italien ?

Michela haussa les épaules. « Que de mots. L'herbe est toujours plus verte dans le champ du voisin. » Ce n'était pas vrai. J'avais traîné ma jeunesse en Angleterre ou en Allemagne, des voisins autrement plus respectés par nos élites que les Ritals. Je n'avais jamais rêvé d'être anglais ni allemand. J'avais passé tous les étés de mon adolescence à Detmold, près de Hanovre. Les habitants avaient un dicton : *Glücklich wie Got in Frankreich*. « Heureux comme Dieu en France. » J'y croyais. C'était avant de vivre l'Italie. Dès que j'y mis sérieusement les pieds, je voulus que la patrie de Dante, de Cimarosa, de Raphaël, de Caravage ou de Palladio, mais aussi celle d'Eros, de Bassani ou du prince de Lampedusa, fût mon « chez-moi », comme Gertrude Stein affirmait que « L'Amérique est mon pays et Paris est mon *chez-moi.* »

En cet après-midi d'hiver, je continuais à fixer mon hypothétique « chez moi » par la fenêtre du taxi. Sous le doux soleil de printemps, ce coin d'Italie ressemblait à une Côte d'Azur moins prosaïque, plus traditionnelle et plus érudite. Et si c'était surtout l'esprit de cette antique civilité héritée de Virgile et d'Horace qui m'avait séduit ? Car le soleil seul ne suffit pas. Le grand Albert Camus le pressentait en comparant dans *Noces* ce Sud instruit avec celui, plus ignorant, qu'il connaissait dans sa patrie : « Ici l'intelligence n'a pas de place comme en Italie. »

18

Non c'è problema !

— Dis donc, tu es avec moi ?

Lorsque nous sommes arrivés devant le couvent, Michela était irritée, m'ayant vu absent durant tout le trajet en taxi, le nez collé à la vitre, rêvassant en écoutant Eros. On dit qu'en France tout finit en chanson. Je n'en suis plus très sûr. Et en Italie ? Espérons...

— Donc, tu es avec moi...

— Oui, bien sûr, bien sûr...

— J'espère car il va falloir négocier dur. C'est décisif.

En sortant de la voiture, le cœur un peu serré, un vent glacial nous cingla le visage. « J'avais oublié combien ça pèle ici ! » À l'ombre de l'église, on se serait cru à Saint-Pétersbourg. « Ici, c'est comme une île », me dit Michela en courant se réfugier sous le porche du couvent.

En hiver, il règne dans ces lieux une impression insolite ; comme s'ils étaient coupés du monde. Sur la maison située de l'autre côté de la rue, d'immenses faire-part ornés de croix noires indiquaient le décès d'un patriarche ou d'une sommité locale.

Pas un chat dans les rues aux maisons blanchies à la chaux. Un silence de ville assiégée. On se serait cru à Corleone après le premier de l'an.

Matteo nous ouvrit le *portone*. Salutations d'usage. *Bentornati !* Façon de dire. J'avais les os totalement gelés.

Nous nous sommes précipités dans le hall, en traversant l'*atrio* au pas de course. Matteo m'expliqua qu'une violente *tramontana*, qui prenait sa source dans les montagnes de l'Épire, peut-être même plus loin, dans les Carpates ou la toundra russe, avait déferlé sur l'Adriatique, se chargeant de l'humidité du canal d'Otrante pour fondre ensuite sur le Salente. D'où cet air sibérien. Se méfier des clichés sur le Sud...

Nos pas résonnaient dans la bâtisse gelée. L'entrepreneur général, Ernesto, nous attendait dans la cuisine.

Cette pièce était restée parfaitement intacte depuis les origines. J'ai immédiatement aimé cette atmosphère d'antichambre de *domus* romaine que lui conférait le plafond en voûte étoilée. Mais l'ambiance de la pièce inondée par le soleil de l'*ortale* n'augurait rien de nos sombres discussions.

Notre entrepreneur, un grand brun nerveux, la quarantaine un peu usée, semblait pressé d'en finir. J'évoquai le devis. La réunion se tint autour de la seule table de la maison, près de la grande cheminée et de ses fourneaux surmontés de faïences azurées originaires de Grottaglie, près de Tarente. En cette fin d'hiver, celle-ci répandait dans la pièce une odeur de terre et de bois mouillé presque surprenante.

On s'assit sur le rebord de l'âtre, face aux architectes. Qui parlerait en premier ?

Je craignais par-dessus tout le coup du *Non c'è problema !* Un drame et une poésie à l'italienne. Tout ce que je voulais éviter.

Ah ! le *non c'è problema !* Les Français et les Italiens se jalousent en pensant se ressembler. Ils sont pourtant très différents dans de multiples détails. Les Français sont au fond plus optimistes qu'ils ne le disent et les Italiens plus sombres qu'on ne le croit. Mais la manière de voir le monde rejoint les stéréotypes naïfs qu'on attribue à ces deux peuples. Les Français sont généralement négatifs. « Non, Monsieur, ce n'est pas possible. » C'est un plaisir de grognard de la garde impériale de pouvoir dire à l'autre : NON. En Italie, c'est tout l'inverse. Les héritiers d'une vieille civilité plurimillénaire, qui a toujours eu le génie du commerce, sont plus accommodants que les descendants des rudes « hordes gauloises ». Tout est toujours possible. *Non c'è problema !* Il n'y a jamais de problème.

C'est en apparence plus agréable. Mais on ne pouvait pas se contenter d'un vague « pas de problème » dans notre situation. Seul un dément aurait pu se permettre d'engager des travaux pour se retrouver ensuite dans l'incapacité de les payer. Car alors il y aurait un sérieux problème... Même en Italie.

Nous avons été les premiers à rompre le silence pour faire part de notre embarras. Il était sincère. « Vos prix sont raisonnables. Mais nous n'avons tout simplement pas les moyens. » Michela s'était lancée. Je les vis tous très déçus. Matteo surtout. En reprenant le devis rubrique par rubrique, Michela leur montra ce que nous pouvions faire – pas grand-chose – et ce qui n'était pas possible. Les architectes se renfrognèrent. Ils avaient l'impression qu'on cherchait à leur extorquer de nouvelles remises.

Il fallait rétablir la vérité. Dans le Sud italien, tout Parisien qui n'est pas issu d'une famille du cru est censé rouler sur l'or. Comme un financier de Londres ou de New York. Ce n'était pas notre cas. Je devais le préciser. Nous étions deux universitaires. Nous n'avions pas besoin d'un palais. Il nous fallait simplement un refuge.

Cet exercice fastidieux dura près d'une heure. Dans ces moments-là, Michela est sur le pont ; elle ne lâche rien. Moi, une migraine m'attrape aussitôt et m'emporte en fond de cale. Je suis mal à l'aise dans ces discussions de boutiquier. J'aurais voulu l'anneau de Gygès pour me rendre invisible. Je scrutais l'enfilade des salons, rêvant de m'éclipser, dans un univers dépassé de fêtes et de légèreté. C'était plus fort que moi. Je n'arrivais qu'avec difficulté à affronter le poids sordide du réel. C'était la définition même de l'imbécile.

Désormais, on était au pied du mur. Michela en première ligne. Et je lui avais promis mon soutien... Alors je suis resté à la table des négociations, comme un « cave » dans un rendez-vous du Milieu, à moitié sonné. Les arguments me parvenaient par bribes. Parfois, Matteo s'exclamait : « Ah ! mais sur ça, *non c'è problema !* » Alors Michela sortait de ses gonds : « Mais si, il y a des problèmes ! » Elle était impérieuse. Aussi, dans un sursaut d'orgueil, je décidai de hausser le ton à mon tour. Ce n'était pas toujours très à propos. Je n'étais pas en syntonie et me rendais compte du désastre. Interventions maladroites.

Michela finit par me demander de la laisser manœuvrer. Je retombai alors en léthargie. Tout à coup, au bout d'une petite heure, la discussion s'arrêta et tout le monde sortit se détendre dans le jardin. Le soleil était sur le point de disparaître derrière les murs des maisons. Il faisait déjà frais. Matteo s'assit sous la pergola, l'air songeur, et se roula une clope, comme un ado. L'entrepreneur se tenait debout, près du puits, en se balançant sur ses deux jambes. Michela alluma une cigarette en face de lui, sous le grand plaqueminier.

Il régnait un silence incommode dans ce petit enclos d'Orient. Seul le bruit des cloches du campanile résonnait dans le lointain. Dans d'autres circonstances, j'aurais goûté cette atmosphère paisible de monastère. Mais, à cet instant, le charme était rompu. Au regard de Michela jeté à l'entrepreneur, je sentais que le courant ne passait pas bien.

Le devis était trop cher. Que pouvait-on y faire ? Matteo me fixait. Personne ne pipait mot. Je me lançai alors : « On aura beau tout essayer, on n'arrivera à rien. Alors, pourquoi ne pas se contenter de restaurer la partie du bâtiment qui donne sur la petite cour, celle de l'*ortale*, qui conduit au jardin ? Ce serait trois fois moins coûteux, non ? » Cette portion de la maison n'est composée que de petites cellules monacales.

Tout le monde l'avait déconseillé au départ. Des travaux trop fractionnés seraient plus coûteux au final. Mais il n'y avait pas d'autre solution.

Matteo regarda Ernesto. L'entrepreneur s'agitait de plus en plus. « C'est vraiment dommage de ne pas tout restaurer en même temps. » Mais si on ne peut *vraiment* pas ? Je me vis insister. Cette fois-ci avec un peu d'aplomb. Il fallait oublier pour toujours les salons de l'*atrio*. Trop hauts. Trop de voûtes. Matteo finit par lâcher. « Oui, bien sûr, tout est possible. » Soudain, le *Non c'è problema!* des Italiens m'est redevenu sympathique. Il y a toujours moyen de s'arranger en Italie.

Je le savais. Ce pays m'avait jusqu'à présent toujours porté bonheur. Nous avons décidé de nous en tenir là. En rentrant du jardin, nous avons refait les calculs avec Michela, sous les yeux d'Ernesto et Matteo. Cela correspondait à peu près à ce qu'on aurait pu mettre pour acheter un petit *pagliare* du côté de Leuca. C'était dans les cordes. À la portée de notre bourse. *Finalmente!* Michela ne dit rien. Matteo la regarda, un peu inquiet à son tour. « Alors, qu'en penses-tu ? » Tout le monde se tutoie en Italie. Ou presque. Mais, là, Matteo hésitait. « Vous avez pris une décision ? » Elle sourit. Me regarda. Le regarda. Regarda Ernesto. Regarda le ciel qui commençait à s'assombrir. « Il se fait un peu tard, non ? On va rentrer à Lecce. » Michela expliqua qu'elle devait donner le lendemain matin une conférence dans les environs. À Trepuzzi. Ce serait l'occasion de réfléchir encore un peu.

— On vous fera savoir demain soir.

Avant de partir, j'ai pris l'architecte un peu à part dans l'*atrio*. « Je sais qu'on ne peut pas encore commencer les travaux. Mais un service, s'il te plaît. Peux-tu procéder discrètement au forçage du coffre de la chapelle ? » Ce vieux coffre-fort dont plus personne n'avait la clef m'intriguait. Quel trésor pouvait-il cacher ?

19

La grande bouffe

Le lendemain, après la conférence de Trepuzzi, les organisateurs nous conduisirent pour déjeuner dans une sorte de longue *masseria* étirée en U, sur la route qui descendait au *paese*. Selon la légende, les lieux avaient servi aux patriciens de *Lupiae* (l'ancêtre latine de Lecce), de lieu propice à d'intenses bacchanales mêlant danses, festins et orgies. À l'époque romaine, l'ancienne *Tripudium* (Trepuzzi) réunissait les adeptes de Bacchus. Ils étaient, dit-on, fort nombreux dans ce cœur de la Grande Grèce. Ici, les Romains de la République n'arrivèrent jamais à imposer leurs mœurs sévères. Il faudra attendre le triomphe du christianisme pour que les habitudes s'assagissent.

En ce début d'après-midi, le soleil illuminait la campagne refroidie. Au milieu des oliviers gelés, les trois ailes de cette grande bâtisse aux murs solides, blanchis à la chaux, ressemblaient plutôt à un ranch mexicain, avec des stalles pour les chevaux et des salles de réception, fermées pour la plupart. Notre tablée d'une vingtaine de personnes avait été placée dans une longue pièce réchauffée au fond par une immense cheminée dans laquelle grillaient quelques châtaignes. Il se dégageait un agréable fumet d'hiver. Ambiance de relais de chasse en Sologne mâtinée de restes d'arc romain et de pressoir d'olives.

Le repas fut gai, malgré la décision qui pesait sur nos épaules et me rendait anormalement fébrile. Mais personne d'autre que nous ne le savait. La petite tablée réunissait l'ancien député-maire du village, les organisateurs de la conférence, quelques militants locaux. Tout le monde braillait. Les enfants tournaient autour de la table. C'était la belle humeur d'un joyeux déjeuner du dimanche à la campagne. Tout aurait pu être parfait dans d'autres circonstances.

Les *antipasti* arrivèrent en rafales. Des produits de la terre d'Apulie. Jambons, saucissons, olives, fromages en tout genre, *giuncata*, *stracciatella*, *ricotta forte*, *cacioricotta*, *pecorino* avec leurs *taralli*, des petits biscuits d'apéritif au goût de fenouil, d'olive ou d'oignon, typiques des Pouilles. Et bien sûr la *burrata* locale. On ne peut la manger ailleurs, même à Rome, car le transport lui donne un goût de plastique.

Ma voisine, la jeune épouse du pharmacien, me passa aussi les *melanzane* et les champignons grillés, puis les *friselle* à la tomate, les *lampascioni* (oignons sauvages), la *pitta* (tarte de pomme de terre), les *pettole*, des petites boulettes de pâte frite, et le *rustico leccese*, une sorte de chausson au jambon avec de la béchamel.

— Tenez ! Goûtez-moi donc cette purée de fèves et chicorée, me dit l'ancien maire.

Au fur et à mesure que le repas s'étirait, la buée envahissait les fenêtres. Un sentiment d'enfermement commença à monter en moi. Je me jetais sur la nourriture pour freiner mes inquiétudes, comme un condamné avant l'exécution. « Il sera toujours temps d'y penser après. » Le festin était arrosé de Primitivo et de Negroamaro, les vins antiques de la région, fort appréciés des Romains. Après les hors-d'œuvre, les pâtes. *Orecchiette* et *cavatelli* à diverses sauces ; puis les fritures au vinaigre, le poulpe *alla pignata* dans des plats en *terracotta* avec des pommes de terre, les palourdes avec le riz et les patates. Enfin les viandes. Je n'en pouvais plus. J'avais toujours cru que ce genre d'agapes n'existait plus que dans ma vieille Gascogne. Ici c'était encore plus impressionnant.

« Ah ! » s'écria la tablée en voyant arriver les saucisses, les roulés de veau, *involtini* (*turcineddhi*) et les grands morceaux de porc. Mais, en réalité, tout le monde commençait à être rassasié. La barbaque traîna dans les assiettes et le gras de la sauce commença vite à se coaguler. En voyant ce champ de bataille, je me dis que ce culte de Bacchus n'était pas si ragoûtant.

— Vous n'en reprenez pas ? me demanda l'ancien maire, un peu ironiquement.

J'étais écœuré. Ce jour-là, je compris que Marco Ferreri n'avait pas eu besoin de beaucoup d'imagination pour concevoir sa folie de la *Grande Abbuffata* (*La Grande Bouffe*). Bouffer jusqu'à en crever.

L'angoisse revint.

Je sortis quelques instants pour prendre l'air. Il faisait toujours aussi froid et ce petit coin d'Italie, malgré sa force fragile, étincelant de civilité antique, ne parvenait toujours pas à apaiser mes craintes.

Ce malaise me rappelait les après-midi en famille, dans l'élégante auberge de la forêt de Rambouillet, non loin de Saint-Léger, où nous allions quand j'étais adolescent. J'éprouvais alors une étrange appréhension après le café. Elle me saisissait en sortant dans le jardin. En hiver, le soleil faiblissait déjà à cette heure. Je cherchais, en me promenant au milieu des belles haies de buis et de houx sous le givre, à chasser cet absurde sentiment de journée perdue. Le départ de la maison, le matin, était pourtant toujours joyeux. Nous prenions la route au milieu des grandes futaies puis un petit sentier menant à l'auberge, une vieille longère restaurée avec quelques meubles anciens et de jolis cuivres. Les poignées des portes en laiton et les pompons sur les clefs. Cette finesse rustique me rassurait. La cuisine n'était pas trop recherchée, sans être commune. Mais, après le repas, une étrange chaleur me montait à la tête. Je sortais dans le jardin et un sentiment d'inquiétude, puis de désarroi, m'étreignait. Qu'allais-je devenir ?

Michela m'avait rejoint pour fumer une cigarette. J'avais le ventre noué comme à Rambouillet.

J'étais pourtant grand maintenant. Au fur et à mesure qu'on avance en âge, les portes se ferment et nous apaisent. Au fond, c'est mieux ainsi. Je n'ai plus à revivre ces cauchemars de devoir répondre aux inquiétudes de mon père. « Écrire à l'âge de la TV, tu n'y songes pas sérieusement ? » Ce que la société exige de nous, cette violation de soi-même, j'y avais en partie participé puis échappé. Un peu par chance, un peu en en payant le prix. Quand je m'ennuyais à mourir comme avocat, je voyais ma retraite consacrée à la lecture de tous les grands de la philosophie antique. J'étais aimanté par cette sagesse des Anciens, le « paradis de l'esprit humain » (Hegel). Quand je devais lire d'assommants traités de droit fiscal, je m'accrochais comme une bouée à un propos que j'avais chopé chez Épicure : « Il n'est jamais trop tôt ni trop tard pour recourir au remède de l'âme. » Mais c'était un peu naïf de ma part de croire qu'il n'est *jamais trop tard.*

Pourtant, en ce temps-là, je me conformais au discours ambiant. Gare à celui qui n'est pas dans le siècle. « Allons, cesse de rêvasser ! » Cette injonction me rassurait au fond. Je ne me croyais pas autorisé à dire quelque chose. Les humeurs d'un petit bourgeois sans histoire, qui cela pouvait-il intéresser ? Il y en a beaucoup comme cela, des invisibles qui se la bouclent. Et puis, le discours moderne était efficace. La Science, le Progrès, la Technique. Bien sûr, j'étais déjà d'une génération qui avait pu lire Simone Weil, Jacques Ellul, Bertrand de Jouvenel, Sir Laurens van der Post, Ivan Illich ou *Small is beautiful.* Nous avions vu l'esprit de justesse et de proportion, le sens de la beauté, le simple cycle de la nature défigurés par le Progrès et les « progressistes ». Aussi un petit nombre baignait déjà dans cette évidence saisie par Paul Valéry dès 1919 : la science s'était déshonorée par la « cruauté de ses applications ». Mais il était encore trop tôt pour résister.

Il fallait se taire. Pourtant, la nuit, une petite musique s'introduisait parfois insidieusement dans mon esprit. Si j'avais eu le malheur de lire quelques lignes de Plutarque ou de Machiavel avant de m'endormir, le refrain s'amplifiait et me tourmentait durant le sommeil. Attention aux chimères... En assistant à ces conférences affligeantes sur le management qu'on commençait à nous imposer dans le boulot, la consternation devenait angoisse. Jusqu'à quel degré de médiocrité une certaine pensée des modernes nous conduirait-elle ?

Un jour, j'ai fini par craquer. Comment savoir *être à soi* ?

Quel était mon souhait profond ? Le sait-on jamais ? Par prudence, je suis retourné à la fac pour le savoir. Comme enseignant. J'ai pu alors lire beaucoup d'Anciens. Avouons-le, certains de ces textes antiques sont soporifiques, pleins d'évocations qui ne parlent plus à personne. N'est pas Virgile ou Horace qui veut. Cicéron, quel raseur ! Même Lucrèce parfois... Finalement, j'aurais peut-être été déçu dans ma retraite. Avoir tant attendu pour lire l'épopée d'inconnus comme les Apharétides ou les Argonautes ! J'aime les Antiques pour leur esprit, moins pour leur style. Ce n'est pas, comme on le croit parfois, un goût érudit et stérile pour les vieilles choses qui porte à les lire. Au journal, je ne participe jamais aux croisades pour les langues mortes. Il y a déjà fort à faire avec la défense du français. On est de son temps, quoi qu'on en pense...

En retapant une maison dans le Sud, dans ces terres imprégnées par l'esprit des Anciens (et méprisées des Modernes), obtiendrions-nous enfin cet asile recherché ? C'est à moins de quarante ans que Montaigne avait décidé de construire son « arrière-boutique ». J'avais visité la tour de sa bibliothèque en Périgord. Sur l'un des murs de son cabinet, il avait écrit : « En l'an du Christ 1571, âgé de trente-huit ans, [...] dégoûté depuis longtemps de la servitude de la Cour et des charges publiques [...], Michel de Montaigne a consacré ce domicile, *doux refuge* qu'il tient de ses pères, à sa liberté, à sa tranquillité et à son loisir. »

Cela m'était resté à l'esprit. Ce n'est pas toujours

pour se *replier* mais plus souvent pour se *retrouver* que l'homme ressentait ce besoin d'une « arrière-boutique ». L'énergie d'un lieu fort. Dans le *Journal intime* qu'il tint de 1792 à 1817, Maine de Biran, cet Idéologue oublié du Directoire, parlait de la joie qu'il éprouvait lorsqu'il quittait Paris et revenait dans son petit domaine de Grateloup. Là, confiait ce modéré de santé fragile, il échappait au dégoût profond qu'il éprouvait à Paris non pas tant des autres mais de *lui-même*, ce sentiment de *perte de soi* parce qu'il fallait toujours se montrer sous un jour différent de ce qu'on était. Quel que soit le régime, révolutionnaire, impérial ou monarchique, remarquait-il, il existait un ordre pesant et souvent insoupçonné, œuvre de quelques pontifes dérisoires dont le flot de l'histoire finit souvent par effacer les noms. Les caïds de l'époque ! Souvent d'habiles médiocres occupant des positions clés. C'était un vrai « supplice », disait Maine de Biran, de devoir se conformer à leur emprise. La principale vertu de sa gentilhommière du Périgord était de lui rendre sa vérité. « Rien ne me contrarie, rien ne me guinde au-dessus de mon ton naturel », écrit-il dans son *Journal*.

Il y avait peut-être encore une leçon à rechercher.

Mais j'hésitais toujours. Je n'ai jamais su me décider. « L'arrière-boutique » pouvait bien se trouver à Paris après tout. Ce qui comptait, c'était plus le *symbole d'un ailleurs* qu'un véritable ailleurs. *Eremita a Parigi*. Ermite à Paris. Dans notre appartement de cet ancien chemin des vaches, il était facile de se croire hors du temps. Mais les gens en bas de la rue ne sont pas les mêmes que dans les Pouilles.

Alors ? J'hésitais toujours.

Il fallait pourtant se décider.

Michela me prit par le bras en se dirigeant vers le sentier romain qui s'enfonçait dans le petit bois d'oliviers. Elle a toujours été plus déterminée que moi. « Alors on y va ? » C'était ce que j'admirais le plus chez elle. Cette force de décision. Elle tranchait tant avec mon indolence qui confinait parfois à l'abattement. « Oui, tu as raison, on y va. » Je ne m'attribuais qu'un seul mérite : l'appuyer au mieux de mes forces.

Je ne réfléchis pas. Après tout, elle avait raison ; c'était le moment. J'avais passé le cap de la cinquantaine. C'est l'instant où l'on franchit sa « ligne d'ombre » comme disait Conrad, un tournant où l'on comprend instinctivement que tout est déjà joué.

Le soleil illuminait la petite via messapienne et je me réjouissais intérieurement de pouvoir revenir à mes vieilles lunes. Étions-nous en train de cheminer sur la route romaine qui poursuivait jadis la via Appia à la hauteur d'Oria pour aller vers *Lupiae* (Lecce) ?

On avait pris une décision. C'était comme si j'avais refermé la petite porte de l'enfance.

20

Malamministrazione

Michela appela Matteo comme convenu en fin d'après-midi. Elle lui donna le feu vert pour lancer les travaux « partiels ». Elle insista auprès de lui : « *Parziale.* » Restaurer l'*ortale*, la cuisine et les petites cellules donnant sur la cour. Il y avait aussi la grande chambre du « *zio* », toute peinte en noir, et l'ancienne chapelle avec ce coffre-fort dont la clef avait été perdue. J'avais demandé de ne pas oublier de l'ouvrir.

Pour le reste, tout aurait dû aller assez vite.

Mais rien n'a fonctionné comme on l'espérait.

Nous avions omis une étape essentielle : les autorisations officielles.

Et le calvaire a commencé. On se plaint en France de la lenteur de l'administration. Il faut s'installer dans le sud de l'Italie pour comprendre ce que signifie la *malamministrazione*. Il y eut d'abord un souci de division de la maison. Le couvent avait fait plusieurs fois l'objet de partages, je l'ai dit. Matteo réalisa que tout n'avait pas été réalisé correctement au regard des règles actuelles. « Il y a un mètre carré qui pose problème », dit-il à

Michela. Un mètre carré ! Rien que pour ce confetti, il fallut reprendre le dossier de A à Z. Un an de formalités et d'allers-retours entre le notaire, l'architecte, le cadastre, le géomètre et la mairie du *paese*. Heureusement, par miracle, il n'y eut aucune contestation sur ce mètre. L'été suivant, le notaire nous délivra la bonne nouvelle : on pouvait maintenant lancer les travaux.

Enfin pas tout à fait.

Nous devions demander l'autorisation pour les commencer. En Italie, avant d'entreprendre toute restauration, même intérieure, il faut passer par des procédures aux sigles bizarres : la CIL, la CILA (*Comunicazione inizio lavori*) ou celle, plus compliquée encore, de la Scia (*Segnalazione certificazione inizio attività*). CIL, CILA, Scia... Un véritable parcours du combattant car les administrations traînent. « En juin, les employés traitent les dossiers de janvier », avait prévenu Matteo. Les réductions d'effectifs. C'est d'ailleurs la raison pour laquelle certains se passent de toute autorisation. Michela avait dit : « On ne fait pas d'impasse, on respecte tout. » Matteo se chargea du dossier. Malgré sa bonne connaissance des procédures et des autorités locales, nous avons encore attendu plusieurs mois avant d'obtenir l'autorisation de commencer les travaux.

Mais il manquait encore un détail essentiel : le gaz et l'électricité. Matteo nous avait prévenus. Selon le bon vouloir des directives européennes, une foule de vendeurs de vent avait investi ce secteur depuis sa privatisation. On comptait près de cinq cents opérateurs d'énergie en Italie. Mais seul l'ENEL, l'ancien opérateur public (l'ex-EDF italien), pouvait offrir des garanties en cas d'emballement des prix.

Car il fallut encore plusieurs mois avant d'obtenir un contrat ENEL. Ce marché autrefois stable s'était transformé en une jungle féroce. Les nouvelles sociétés privées faisaient tout pour éviter que le consommateur ne s'abonne à l'opérateur public avec la complicité de certains responsables de ce dernier. Étaient-ils corrompus ? Ils perdaient les documents, feignaient de ne les avoir jamais reçus. De leur côté, les entreprises privées s'attribuaient des contrats de façon très suspecte. Des vendeurs « offensifs », faisant du porte-à-porte comme des marchands de *subprimes* américains, n'hésitaient pas à confectionner des faux. Les usagers passaient sans le savoir de l'opérateur public à un opérateur privé. On a même vu des morts contracter de nouveaux contrats. Ce fut le cas de ce voisin dont la mère décédée depuis deux ans avait commencé depuis un an à recevoir la facture d'une entreprise privée. Elle aurait donc changé d'opérateur outre-tombe !

Matteo nous avait alertés. Nous étions revenus au Far West du XIXe siècle. Mais il tenait le cap, renvoyant procédures sur procédures pour obtenir le contrat tant espéré. Un soir de septembre, il nous appela : tout était enfin réglé. Les travaux allaient pouvoir commencer ! Pas encore, ajouta-t-il ; avec toutes ces lenteurs administratives, l'entreprise générale avait dû accepter d'autres chantiers.

« Ah ! Au fait, j'ai quand même une bonne nouvelle, ajouta Matteo. Comme vous l'aviez demandé, j'ai fait ouvrir le coffre. » J'avais fini par l'oublier depuis tout ce temps. « Eh bien ? » J'avais hâte de savoir. « Oh ! vous serez déçu. Il n'y avait presque rien. Pas de bijou ni d'argent, juste un vieux manuscrit. Une sorte de journal du siècle dernier. »

— Je vous le donnerai quand vous passerez.

Cette nouvelle ne compensait pas ma déception. Je m'étais fait des illusions sur le contenu du coffre. Mais j'étais tout de même curieux. Qui avait bien pu déposer ce journal ? Et pourquoi ?

Je demandai à Matteo de me l'envoyer par la poste.

21

Le *diario*

De retour en France, je ne prêtai pas beaucoup d'attention à ce vieux grimoire écrit par un propriétaire du Sud. En ce début de rentrée universitaire, j'étais pris par les cours à la fac et les articles à écrire. Même l'époque ne faisait pas rêver. L'auteur de ce journal était né au début des années 1890, à l'époque où le nouveau royaume d'Italie paraissait bien médiocre, ses habitants émigrant en nombre vers l'Amérique. Cet homme avait vécu dans notre couvent jusqu'à sa mort, au milieu des années 1960, en plein « boom » des Trente Glorieuses, quand les paysans quittaient de nouveau le Salente. Il n'avait connu que la fuite d'une terre restée très archaïque. Michela m'en avait parlé comme d'un lointain parent assez fantasque, mort ruiné, disait-on, par le jeu et les femmes. Bref, un esprit futile, typique de ce Sud baroque, un latifundiste désœuvré qui avait probablement tenu son *diario* pour rendre compte de ses déboires. Je l'avais spontanément baptisé le « journal du *zio* ».

Il me fallut quelques jours pour le parcourir ; il faisait plus de cinq cents feuillets et semblait ne pas avoir été achevé. Il s'arrêtait brusquement à la fin des années 1940. J'ai vite renoncé à le lire en détail. A-t-on jamais remarqué qu'on traite avec plus de désinvolture les drames du Sud que ceux du Nord ? Un peu comme si le retard économique était une faute qui devait rejaillir sur les populations... Les confessions d'un gentleman anglais ou d'un noble toscan de la même époque auraient probablement retenu davantage mon attention. Mais le sort en avait décidé autrement. Alors, de temps en temps, entre deux coups de fil ou la lecture des journaux, je jetais distraitement un œil sur ce manuscrit défraîchi que j'avais déposé sur la table basse du salon.

Mon attention s'aiguisa peu après Noël, quand je suis tombé à la fac sur une affiche annonçant la conférence d'un collègue de l'université de Rome III consacrée aux liens complexes du prince de Lampedusa avec la question mafieuse. Soudain j'ai repensé à mon « journal du *zio* ». J'avais sous la main les confessions inédites d'un Méridional de *l'Italietta*, ce « petit royaume si ravi d'être de second ordre », selon Dostoïevski. Le *zio* était plus ou moins le contemporain de Lampedusa ; cette époque était plus intéressante que je ne le croyais. Certes, le *zio* n'était pas un prince de Sicile ! Rien qu'un *galantuomo* des Pouilles. Un tout petit Guépard. Mais son journal m'apprendrait peut-être quelque chose sur ce monde disparu.

Alors, je me suis efforcé de reprendre plus sérieusement l'étude de ce *diario*. Ma première lecture, condescendante et distraite, enjambant parfois des chapitres entiers, ne m'avait pas permis de saisir grand-chose ; j'étais même infoutu de dire pourquoi, alors que le *zio* n'était mort qu'au milieu des années 1960, son récit s'arrêtait brusquement en 1947. Ce journal avait été tenu jusqu'à cette date avec une régularité de métronome. Puis, tout à coup, plus rien. Seulement ces mots énigmatiques, probablement écrits *a posteriori*, comme il le faisait parfois dans son récit, revenant sur des faits quelques mois plus tard. « Après ce jour malheureux, je n'ai plus envie d'écrire. » Était-ce la chute de la monarchie dont il voulait parler ? Pourtant, il n'avait pas été un fervent défenseur de la maison de Savoie, pas plus que du fascisme, contrairement à tant de latifundistes du Sud. Alors que s'était-il passé en 1947 ? Quel drame avait changé sa vie ? Le journal ne disait rien.

Pendant tout le second semestre, j'ai décidé de relire avec minutie ce qu'il y avait dans ce *manoscritto*, laissant momentanément de côté mes autres travaux. Le *zio* écrivait d'une petite plume sèche, très serrée, parfois illisible. Il employait des expressions en dialecte local, le *salentino*. Mais ces lettres fragiles laissées sur ce papier jauni donnaient une dimension plus intime et plus tragique à ce récit d'une autre époque. En rentrant de la fac ou de mes rendez-vous parisiens, j'allais m'enfermer dans mon bureau pour reprendre pendant une ou deux heures un chapitre de ce journal. Il me fallut quelques semaines pour me familiariser avec l'écriture du *zio*. Parfois, je passais toute une soirée à déchiffrer un simple paragraphe. Je m'obligeais, dès que je butais sur un mot ou une phrase, à ne plus sauter à la ligne suivante, comme je l'avais fait la première fois.

Au fond, ce décryptage minutieux n'était pas un travail très différent de mes recherches universitaires. Simplement, cette fois, je ne devais pas m'interroger sur un passage de Montesquieu ou de Cazalès. J'avais face à moi les confessions d'un homme obscur, dont j'ignorais tout, ou presque. Sa famille, son milieu, son époque, sa vie, etc. La seule chose que je connaissais était la rumeur sur sa fin dramatique. Mais comment un propriétaire terrien plutôt aisé de ce Salente sans histoire avait-il pu finir ruiné ?

En parcourant ces pages, je songeais que chaque génération avait ses espoirs que les suivantes ne pouvaient pas comprendre. Aussi, je décidai d'emprunter à la bibliothèque de la fac plusieurs études sur les débuts oubliés du royaume d'Italie et les récits des rares voyageurs étrangers qui s'étaient rendus dans les Pouilles à cette époque. Après quelques semaines un peu rebutantes, je finis par me prendre au jeu. Un monde passé se mit à revivre sous mes yeux.

Le *zio* ne débutait pas de façon classique en faisant une longue présentation de sa famille ; il amorçait son récit par les intrigantes réunions de notables tenues à la chandelle dans l'arrière-boutique (*retrobottega*) du pharmacien du *paese*, Arturo Riccardi. C'était son premier souvenir d'enfant. On était à la fin des années 1890, plus de trente ans après l'Unification de l'Italie. Les premières vagues de protestation socialiste ou anarchiste commençaient à inquiéter les propriétaires du Mezzogiorno. Est-ce la raison pour laquelle le père du *zio* tenait à amener son fils dans ces réunions nocturnes chez le *dottore* Riccardi ? Ce n'était guère un lieu pour un jeune garçon. Le *zio* prit goût à ce « démon du jeu de hasard », *il demone del gioco d'azzardo*. Jouer aux cartes était alors le passe-temps de cette petite classe désœuvrée qui perdait parfois des sommes considérables autour de la table. Il y avait là des notables du coin, un gentilhomme et avocat « à temps perdu », un adjoint au maire, dont le nom était mentionné uniquement par ses initiales, P. Z., un prêtre diocésain d'un certain âge, un officier de justice à la retraite, ainsi qu'un notaire et quelques autres propriétaires. Un cousin, Don Lele Rufo, se présentait parfois aux réunions ; sans que l'enfant en sache la raison, il était accueilli dans un silence glacial.

Que faisaient-ils exactement ? Le jeune homme avouait qu'entre ces « honnêtes gens » le jeu ne semblait pas la seule activité. Il évoquait des « tractations » qui lui échappaient. Quelque chose de plus secret semblait réunir ces notables du soir, tels des chevaliers de la Jubilation lisant à la lueur de la bougie un extrait du *Traité des trois imposteurs*.

Les discussions roulaient sur des ventes de terres, des hypothèques de domaines d'anciennes familles déchues ou des enchères de biens ecclésiastiques. J'avais lu qu'en 1858, trois ans avant qu'il ne disparaisse, le royaume de Naples comptait le nombre le plus impressionnant de prêtres et de moines de toute l'Europe. D'où ces milliers de couvents, de monastères ou de simples prieurés à vendre.

Les amis du *dottore* Riccardi évoquaient aussi leurs déboires avec les paysans. La grande nouveauté de cette fin de siècle était les premières résistances des masses rurales qui commençaient à se coaliser dans des ligues *bracciantili*, fomentées par quelques syndicalistes pour améliorer les salaires et les conditions de vie. Certes, le Salente n'était pas la Sicile et la domination de la petite propriété y rendait ce phénomène moins puissant qu'ailleurs. Le poids de l'Église compensait aussi dans cette région les revendications des leaders paysans. Mais les rivalités, les frustrations, les injustices rendaient la vie pénible. Il y avait, tout en bas de l'échelle, les paysans sans terre, les *braccianti*, à la recherche chaque jour d'un travail. Au-dessus, les « colons », des métayers qui cultivaient la terre des patrons, sous-louaient leurs champs à d'autres plus modestes qu'eux, des *sottomassari* ou des *subaffittuari* qu'ils exploitaient à leur tour dans une cascade infernale d'abus... Toute cette vie rurale était source de petits procès incessants.

Ce qui me frappa surtout dans ce journal était le manque de réserves sur sa vie intime. Au fil des pages, le *zio* racontait sans pudeur ses premières expériences de jeunesse, les séances de masturbation en groupe avec des fils de fermiers dans les granges quand il avait dix ans. En grandissant, comme il lui était interdit de fréquenter les jeunes filles de son milieu, il fut dépucelé par une domestique d'une quinzaine d'années qui venait d'être engagée au couvent. Elle s'appelait Concetta. Brune, vive, joueuse et espiègle, elle avait été initiée aux secrets de la vie par son précédent *padrone di casa*, selon une tradition bien établie. L'usage voulait que le maître offrît le logis et le couvert, ainsi qu'un peu d'argent à la mère de la jeune domestique qu'il engageait, en échange de services divers, incluant celui de disposer de son corps.

Concetta resta pendant quelques mois au couvent et le *zio* allait souvent la voir à la nuit tombante, quand tout le monde était couché, jusqu'à ce qu'elle fût un jour mystérieusement renvoyée. Avait-on découvert leur petit jeu ? Le *zio* sembla affecté par ce renvoi. Il cessa de travailler à l'école. Il lisait beaucoup mais refusait de se plier aux exercices de ses maîtres. Il n'était pas du genre à passer sous les fourches caudines de l'académie. Très vite, il fallut admettre qu'il ne serait jamais un grand universitaire, comme cela était d'usage pour les enfants brillants des anciennes familles du Sud, ni même un *professionista*, un avocat ou un médecin. Le *zio*, lui, se bornerait à être un simple propriétaire terrien *lottró*.

À la majorité, il perdit son père et se trouva à la tête de plusieurs *fondi* dans les riches terres de la vallée, autour de Lecce. Il ne possédait pas seulement des vignes et des agrumes mais aussi des *masserie* héritées de sa famille dans les environs de Brindisi et de Tarente, et des biens près de la mer sans aucune valeur à l'époque car on regardait alors ces rivages comme des terres insalubres.

Le *zio* était un propriétaire *non assenteista*, « non absent », comme il disait avec fierté pour se distinguer de ses voisins. Ceux-ci se désintéressaient de leurs domaines mais exigeaient des revenus croissants de la part de ceux qui géraient leurs terres. Ces *gabellotti* ou *fattori* étaient à leur tour sans pitié à l'égard des paysans car ils cherchaient eux aussi à s'enrichir sur le dos des propriétaires et des fermiers... Cela créait dans les campagnes un enfer aussi brutal que celui des multinationales contemporaines, où les salariés sont à la botte des actionnaires. Veblen avait déjà établi le parallèle à la fin du XIXe siècle entre actionnaires et propriétaires absentéistes. Seul à la tête de ses domaines, le *zio* se montrait certainement plus clément car plus proche de ses

« colons » que ceux ayant recours aux « négriers de la terre ».

Son journal n'occultait aucun détail de sa vie quotidienne. Il devait se lever à l'aube pour aller surveiller ses domaines. Il buvait son café, mangeait quelques légumes avec du pain puis partait à cheval à travers les champs. La vie dans les campagnes du Salente, à en croire la description qu'en faisait le *zio*, n'avait rien à voir avec la tristesse des campagnes françaises de la même époque sous la plume de Maupassant. Un détail revenait sans cesse : les chants des femmes. Le silence de ces grandes landes du Sud était entrecoupé à la croisée des chemins de pierre par des voix enchanteresses. C'était un lointain enseignement des pythagoriciens de l'école de Crotone, non loin de Tarente, qui croyaient aux vertus thérapeutiques de la mélodie. D'où les bacchanales. Une tradition vigoureusement réprimée par les Romains. Mais ces derniers n'avaient pu l'extirper du Salente. Chaque village possédait ainsi sa bande de musiciens.

J'étais un peu sceptique sur cette description idyllique des campagnes du Sud. Le *zio* n'exagérait-il pas ? Pourtant il n'avait pas la naïveté des *Bucoliques* de Virgile. Il ne cachait rien de la dure condition de ces paysans. La dysenterie et la malaria ravageaient le pays, surtout en bord de mer à cause des moustiques. On parlait de terres *ad endemia malarica*. Les paysans supportaient cette situation avec une grande fatalité. Cela les rendait taciturnes et peu loquaces. Selon le *zio*, ce caractère fier dissimulait une protestation sourde qui pouvait à tout moment basculer dans la violence. Même cette façon de chanter des paysannes pouvait se révéler ambiguë. Un cri de joie ou de rage ?

Après avoir passé sa matinée à courir la campagne pour surveiller ses domaines, le *zio* rentrait au couvent en début d'après-midi pour déjeuner. Souvent, en chemin, il lui arrivait de croiser quelques colons qui rentraient au *paese* à pied ou à dos de mulet. Après la sieste, il recevait ses *coloni* et autres *viddani*, *fittavoli*, *sottomassari* et *subaffittuari* venus lui présenter leurs doléances. Le *zio* se targuait d'avoir des idées « démocratiques », mais cela ne se traduisait pas vraiment dans les faits. Il prétendait qu'il ne devait pas se montrer trop généreux pour ne pas encourager les fraudeurs. Tout reposait sur la bonne foi. Certains domaines avaient des rendements très faibles, à cause du mauvais temps ou d'autres avatars. Mais d'autres étaient florissants. Comment savoir si ceux qui venaient implorer le *zio* de leur accorder quelque facilité avaient connu de vrais déboires, et ne pouvaient pas s'acquitter de leur métayage, ou s'ils mentaient pour tirer profit de la situation ? Pour décourager les seconds, il fallait se montrer inflexible avec les premiers, au risque de laisser leurs enfants mourir de faim. La cruauté d'un système tient parfois à ces détails.

Le soir, le *zio* faisait préparer sa calèche, revêtait son élégante redingote noire puis dînait seul avec sa mère, servi par Carmela, la vieille domestique au service de la famille depuis son enfance. Ensuite, il filait en fiacre jusqu'à Lecce. À la sortie du *paese*, il s'arrêtait parfois au prieuré des franciscains, perdu au milieu des oliviers, pour bavarder avec don Cataldo, détenteur de tous les secrets des environs.

Après les dernières *masserie* du village, le sentier serpentait au milieu d'une longue plaine rocailleuse jusqu'à

Lecce. En été, les lueurs du soleil coloraient les murets en pierre d'un trait rougeâtre trahissant, notait le *zio*, les errements de cette terre toujours fiévreuse. Les paysans savaient depuis les Romains qu'ils vivaient dans un monde où la justice appartenait aux puissants. Mais, depuis la naissance des mouvements socialistes, à l'époque de la naissance du *zio*, les choses commençaient à changer. En traversant certaines plantations, soumis à la brutalité d'un *campiero* ou d'un *fattore*, le *zio* entendait parfois des cris hostiles : « *Morte alla giamberga !* », « mort à la redingote ! » Était-ce des militants de la Lega contadina, la ligue paysanne ? Il fouettait son cheval pour accélérer le pas.

À l'approche de Lecce, le *zio* traversait des villages plus animés où, autour d'un feu, des banquets s'improvisaient à la fin des repas ; des garçons prenaient leurs guitares, les filles leurs castagnettes et leur *tamburello*, tous se mettaient à chanter, les fioles de vin passant de main en main. Les occasions de faire la fête étaient nombreuses dans le Salente, les agapes de la fin des moissons, après les vendanges en automne, mais aussi au début de l'hiver, pour la cueillette des citrons ou des oranges, et surtout la grande récolte des olives à l'approche du printemps. Les paysans sortaient de leurs hypogées pour festoyer pendant plusieurs jours.

À la tombée de la nuit, le *zio* rejoignait son cercle, le Circolo Cittadino, où il passait une partie de la soirée à jouer aux cartes avec des barons du coin. Il y avait alors dans l'antique Lupiae plusieurs maisons de jeu, des salons littéraires, des instituts, des bibliothèques, des universités, etc., tous logés dans des palais aux proportions colossales. Même si cette ville paraissait loin de tout, elle avait au XIXe siècle la réputation d'être aussi raffinée que Florence et aussi aimable que Naples ; une sorte d'enclave de civilisation dans un Mezzogiorno coupé en apparence du reste de l'Europe éclairée. Beaucoup lisaient et parlaient français. Les femmes y étaient vêtues à la dernière mode de Paris, mais « sans l'exagération si fréquente chez les Italiennes du centre », remarque, dans *Les Bords de l'Adriatique* (1878) un voyageur français aujourd'hui oublié, Charles Yriarte.

La passion des cartes ravageait cette petite classe oisive à laquelle appartenait le *zio*. Le jeu de hasard, *il gioco d'azzardo*, était son passe-temps préféré. Michela ne s'était pas trompée quand elle parlait de ce vieux joueur impénitent. Il perdait certaines nuits des sommes impressionnantes. Le *zio* s'était mis dans la tête que son chiffre fétiche était le trois : il était né un trois mars (3.3). C'était aussi, selon lui, le chiffre de la Trinité, de la Sainte Famille et aussi celui des trois Grâces... Après Concetta, il s'était mis à fréquenter les prostituées après ses parties de cartes, dans les *casini* des environs de Lecce.

Mais cette vie nocturne s'avéra rapidement incompatible avec les visites quotidiennes de ses domaines. Un soir, sa mère lui dit d'un ton sec, après le dîner : « Si tu sors aujourd'hui, demain tu ne rentres pas. » Pour ne pas renoncer au jeu, le *zio* renonça aux bordels.

Mais pas aux filles.

Il se « concéda », c'est le terme bizarre qu'il utilisait dans son journal, des *mantenute*. Cette institution de la *mantenuta* est l'une des marques les plus sombres de la société stratifiée du Mezzogiorno. Une jeune fille pauvre, mais belle, avait la possibilité de sortir de sa condition en acceptant les offres d'un riche propriétaire. On disait qu'elle était arrivée à se « maintenir en bonne condition de vie », *mantenuta in buone condizioni di vita*. Et si elle parvenait à faire un enfant à son amant, la *mantenuta* était même sauvée pour le restant de ses jours.

Cette pratique douteuse était alors fort répandue. Le *zio* l'avouait sans vergogne ; il se « concéda » trois *mantenute*. C'était son chiffre fétiche. Il était célibataire. Il n'avait de compte à rendre à personne. Son journal ne précisait pas comment il avait connu ces jeunes filles qui allaient composer son petit harem chrétien. La première, Cosima, était une jolie fille et ne le savait probablement pas. Elle supporta sans broncher, jusqu'à sa mort brutale, la présence des deux autres *mantenute*, Rica, diminutif de Federica, et Elvira, la plus jeune. Rica était la fille chérie de l'unique barbier du *paese*, don Paolo. Elle avait ouvert un salon au premier étage de sa maison et, telle une comtesse de village, elle y recevait les notables des environs et se faisait appeler noblement *donna* Rica. Subjugué par la jeune femme, le *zio* perdit vite patience devant ses prétentions et ses sautes d'humeur. La situation s'aggrava quand il s'éprit de la fille d'un cheminot qui obtint vite le poste envié de favorite. Elvira était apparemment une fille fort convoitée par les jeunes gens du village. Cette brune à la peau très mate, au visage angélique, mais au regard impérieux, suscitait la jalousie secrète des deux autres. Comment le *zio* pouvait-il s'emporter pour une fille aussi « typée » ? Aucune de ces trois filles ne m'était vraiment sympathique. Elles n'étaient pas vénales mais chacune mesurait son importance à l'aune de l'or qu'elle obtenait.

La lecture de ce *diario* me fascinait. Cette vie facile, qui s'exhalait sans mystère dans ces pages, me faisait amplement réfléchir, d'autant que le *zio* avait mal fini. Impossible de savoir encore pourquoi – le journal n'en parlait pas. Mais cela m'importait peu. Tout, dans ce journal, me confortait dans l'impression que l'homme trop léger faisait un terrible pari voué à l'échec. Cela me faisait frémir. J'ai longtemps été attiré par les esprits désinvoltes ; j'ai compris un peu trop tard qu'ils relevaient au fond de deux espèces bien distinctes. Les premiers n'étaient que de séduisants hypocrites, comme ces écrivains ou vedettes habiles qu'on voyait faire *bella figura* à la TV pour distraire la compagnie par leurs manières faussement détachées. Je m'étais fait prendre au jeu. Mais ces beaux esprits se révélaient généralement d'une âpreté implacable quand les projecteurs s'éteignaient. Le public n'y voyait que du feu et continuait à les encenser. Les autres, ceux qui entendaient sincèrement vivre avec légèreté, finissaient toujours mal. Leur vie se rétrécissait quand elle ne les conduisait pas au malheur le plus accablant.

Car la légèreté de l'être est « insoutenable ». On le sait depuis Kundera. La vie sérieuse ne s'arrête jamais. Il faut l'accepter. Michela avait été là pour me le rappeler au moment de la mort de mon père dépouillé par sa dame de compagnie à qui j'avais fait bêtement confiance. Elle m'avait sauvé de mes illusions. J'y retombais facilement pourtant. Il m'arrivait encore de chercher à fuir en lisant le prince de Ligne ou quelque petit-maître du XVIIIe siècle pour oublier cette bassesse de l'existence. C'était plus fort que moi. J'aurais trop voulu que la vie fût insouciance et amabilité, un « doux rêve » comme mon père. Pourtant, cette évidence me sautait au visage dans ce journal du *zio* : la pure légèreté ne rend pas heureux. Même en Italie.

22

Barons *manutengoli*

Le *zio* aurait pu rappliquer, il m'était devenu familier, comme un ami proche. Son *diario* était devenu le complice de ma vie parisienne. Je me passionnais pour son existence de *galantuomo* du début du XXe siècle. Je sortais le soir dans un bar de Montmartre en pensant à l'opéra San Carlo de Naples où il aimait se rendre. J'allais voir ma mère à Saint-Germain en songeant à ses sorties à Tarente, Brindisi ou Oria. Je ne me rendais pas à un dîner sans imaginer ses parties de cartes au Circolo Cittadino de Lecce.

J'aimais retrouver sa compagnie en rentrant à la maison. Celle-ci m'offrait un peu de lumière dans ma grisaille parisienne. Je partais vers un Finistère ensoleillé... C'est à cette occasion que je compris mieux pourquoi Machiavel attendait avec autant d'impatience la tombée de la nuit lorsqu'il était en exil dans sa petite maison de San Casciano, en Toscane. Durant toute la journée, il passait son temps à la taverne, buvant avec les paysans pour oublier sa disgrâce. Mais dès que le soir se profilait, il retrouvait sa flamme en remontant dans sa bibliothèque. Il se dépouillait alors ostensiblement de ses vêtements de la journée, et il revêtait son habit le plus luxueux avant de pénétrer, comme il l'écrit à l'ambassadeur Francisco Vetturi, dans « le sanctuaire antique des grands hommes de l'Antiquité ». Machiavel passait toute la soirée, seul, en compagnie de Plutarque, de Polybe, de César ou d'Aristote. Dans mon cas, je n'avais pas besoin de m'habiller avec faste car je ne me confrontais qu'aux modestes confessions d'un petit notable libéral du Mezzogiorno. Mais ces confidences me donnaient la même impression de dialoguer, par-delà les âges et les lieux, avec un compagnon d'infortune.

Je pénétrais grâce au *zio* les secrets d'une autre époque et d'un autre univers, un monde de propriétaires terriens du sud de l'Europe, encore très médiéval en comparaison de celui qui dominait en France au même moment. Il n'y avait pas eu de véritable révolution dans le Mezzogiorno, seulement l'absorption d'un royaume par un autre. La plupart des latifundistes de l'ancien royaume de Naples, à l'exception de quelques nostalgiques des Bourbons, s'étaient empressés d'offrir leurs services à la nouvelle dynastie de Savoie et tout était rentré dans l'ordre. *Tout changer pour que tout demeure...*

Ces familles continuaient à faire régner un ordre inflexible avec des méthodes parfois très contestables. J'aurais aimé en savoir plus sur ce point car cette violence expliquait peut-être les racines du mal qui s'était emparé de cette terre. Mais le journal du *zio* restait discret sur les pratiques de ces latifundistes. Il fallait scruter chaque page, analyser chaque détail, interpréter le moindre sous-entendu, pour comprendre précisément ce qu'il en était. Tout s'éclaira lorsque le journal du *zio* évoqua sans s'y attarder la teneur d'une visite nocturne à don Caltado au couvent des franciscains, à la sortie du *paese*. Ce soir-là, le *zio* était soucieux. Depuis quelques mois, il ne savait pas comment s'en sortir avec le domaine hérité d'un vieil oncle, près de Manduria, qui ne connaissait que des problèmes. Une nuit, une grange brûlait ; un autre jour, une partie des récoltes disparaissait, etc. Le colon qui louait le domaine se disait désespéré. Mais, un soir, un de ses *sottomassari* était allé voir le *zio* en secret, près de Villa Baldassare, et il lui avait fait ce terrible aveu : son colon de Manduria était de mèche avec un voisin, un baron sans scrupule, qui cherchait à détériorer son domaine dans l'espoir de le racheter à bas prix.

Le *zio* ne savait que faire. Il n'y avait pas de preuve et le colon clamait sa bonne foi. Et si le *sottomassaro* mentait à son tour ? « Je ne vois qu'une solution, dit don Cataldo, demandez l'aide de votre cousin, don Lele. Mieux vaut avoir une dette de famille qu'un litige avec un étranger. » Le *zio* n'en dit pas plus.

C'est ainsi que je découvris l'importance de don Lele Ruvo. Le *zio* avait déjà évoqué son nom au début de son journal. Don Emanuele, qu'on surnommait Lele, était un vieux cousin du *zio*. Il passait parfois le soir chez le *dottore* Riccardi, mais ne s'attardait jamais. Les autres joueurs semblaient le craindre. C'était un homme fort, grand et à la voix assurée, malgré son âge. Il appartenait à la famille des marquis Ruvo. *Don Emanuele dei Marchesi Ruvo di Sant'Elia*. Une vieille famille du coin dont l'arbre généalogique remontait, disait-on, à l'arrivée des Normands au Xe siècle.

Une rumeur prétendait au *paese* qu'il avait toujours

pu se rendre à la nuit tombante dans ses propriétés sans craindre de se faire détrousser, même dans sa jeunesse, au début des années 1860, à la grande époque du brigandage. Pour les gens du cru, c'était un indice parlant. L'homme intimidait. On le soupçonnait d'entretenir des liens étroits avec quelques bandits. Certains prétendaient même que ces derniers lui servaient d'escorte à la lueur de leurs flambeaux. Personne ne savait ce qu'il en était réellement.

Je me demandais comment on pouvait croire à de telles rumeurs. C'eût été proprement inconcevable en France à la Belle Époque. Il fallait pourtant bien l'admettre : ce cas de figure n'avait rien d'étonnant dans l'ancien royaume de Naples. Tout brigand y était populaire car il incarnait l'arme des Napolitains contre la puissance étrangère du Nord, les Piémontais. Et certains aristocrates fidèles des Bourbons se rapprochèrent à cette occasion de ces brigands.

L'Unification ne se passa pas comme les livres scolaires le disent. Pendant longtemps, un silence pesant interdit d'évoquer ce sujet dans la Péninsule. Mais aujourd'hui, cent cinquante ans après l'Unité italienne, les langues se délient, donnant vie à un récit qu'on appelle *neoborbonico*, et qui, bien qu'outrancier, oblige à s'interroger. Il faudrait de longues pages pour expliquer la guerre civile larvée qui éclata après l'annexion du royaume de Naples par le royaume du Piémont. Dès qu'elles arrivèrent dans le Sud, au début de l'année 1861, les autorités de Turin se comportèrent en pays conquis. Il y eut très vite des résistances. Certains paysans prirent les armes pour défendre leurs terres et leur roi, le jeune François II de Bourbon.

Ce souverain est encore surnommé dans les rues de Naples *Franceschiello*, le petit François. Une façon affectueuse de se moquer de ce jeune esthète sensible et bigot, une sorte de *Ludwig* du Sud – sa femme était la sœur cadette de Sissi – qui n'eut ni Wagner, ni Visconti pour le sauver de l'oubli. Il s'était réfugié avec sa cour à Rome auprès du pape. Seul Alphonse Daudet retraça sa pauvre vie dans *Les Rois en exil*, le décrivant comme un esprit stupide. Mais les paysans nostalgiques de l'ex-royaume de Naples s'allièrent à des soldats des Bourbons, des prêtres défroqués, des déserteurs, voire de véritables bandits, pour essayer de le rétablir sur son trône. Alors que les élites locales collaborèrent pour la plupart avec les nouvelles autorités, le peuple se rebella. La défense ultime de l'esprit d'une culture surgit toujours de ses franges les plus marginales. Il suffit d'écouter les chansons de la série *Gomorra* pour se convaincre de la survie de cet esprit napolitain dans les quartiers les plus sordides de l'ancien royaume des Bourbons.

Une flambée de violence se répandit en Lucanie et en Calabre. Puis les Pouilles se soulevèrent à leur tour. Il y eut plusieurs bandes, dont celle de Cosimo Mazzeo, dit *Pizzichicchio*, qui avait établi son quartier général près du *paese*. Elle semait la terreur dans la région, entre Oria et Manduria. Tous ces bandits *filoborbonici* étaient fêtés comme des « soldats de Dieu ». Ils portaient de façon ostentatoire le scapulaire, s'entouraient de prêtres, et, avant ou après les combats, récitaient le rosaire ou chantaient *l'Ave Maria* comme les Vendéens. Ces bandes étaient financées en sous-main par le secrétaire d'État de Pie IX, le cardinal Antonelli, surnommé le « Richelieu de la papauté ».

Pour combattre cette « chouannerie méridionale », le nouveau roi d'Italie avait donné les pleins pouvoirs à l'armée. Les troupes piémontaises ravagèrent les villages du Sud, incendièrent les maisons des meneurs, saccagèrent leurs terres, pourchassant sans répit les brigands, fusillant à l'aveugle leurs parents, leurs complices, voire de simples suspects. Il y aurait eu des dizaines de milliers de morts. Plusieurs nobles, ayant prêté secours aux brigands, furent fusillés.

Ce fut à cette occasion que don Lele renforça ses liens avec les bandits ; on disait qu'un de ses domaines, près de Martina Franca, avait servi de repaire à certains d'entre eux.

Par un soir d'hiver, cette bande aurait été trahie par un « repenti ». La garde nationale était partie à leur recherche. Don Lele, suspect, demanda au père du *zio* de foncer à bride abattue jusqu'à la *masseria* Torricella, à la sortie de Martina Franca, pour transmettre une lettre cachetée à un certain Raimondo. « Il vaut mieux pour toi que tu n'en saches pas plus. » Près du lieu, à un petit croisement isolé, deux brigands, un homme et une femme, l'air hirsute, habits crasseux et yeux brillants, portant fusil, longue cape noire, poignard et ceinturon rempli de cartouches en bandoulière, surgirent des bosquets. « Je viens porter un pli à Raimondo de la part du Maestro Supremo. » C'était le code. Le père du *zio* dut descendre de cheval. Personne ne s'aventurait plus loin sans escorte. La femme conduisit le jeune homme à dos de mulet jusqu'à une grotte creusée dans une paroi de la montagne. La petite troupe s'était réfugiée dans ce lieu misérable, où le père du *zio* les trouva en train de dévorer une brebis crue ; ils arrachaient la chair à même la bête, sans la cuire, pour ne pas alerter les autorités par des fumées suspectes.

Au début des années 1870, quand les États du pape tombèrent sous la botte des Piémontais, la répression prit fin dans le Sud. Le roi François II dut se réfugier à Paris, abandonnant définitivement tout espoir de restauration. La plupart des bandes furent dissoutes mais ceux qui avaient pu échapper aux représailles de l'armée se trouvèrent désœuvrés. Ils se regroupèrent avec quelques repris de justice pour poursuivre leurs forfaits, à leur propre compte. On les appelait « bandits », réservant le mot de « brigand », d'origine française, à ceux qui s'étaient battus pour le peuple et pour le roi.

Les nouveaux bandits constituèrent les premières *consorterie criminali* des environs, comme celle de Tarente. Et, avec l'essor du socialisme rural, voire de l'anarchisme, assez puissant dans le sud de Naples où s'était réfugié Bakounine, un pacte diabolique se noua entre les bandits et certains latifundistes pour mater les soubresauts de révolte paysanne. Ces possédants recrutaient des criminels pour intimider, et parfois éliminer, les leaders syndicaux, s'engageant en contrepartie à protéger les assassins si la justice les poursuivait, à leur offrir les services de leurs meilleurs avocats, ou encore à témoigner en leur faveur s'ils étaient arrêtés, faisant pression sur les policiers ou les juges pour qu'on les libère, etc. Ces propriétaires sans scrupule furent appelés des « barons *manutengoli* », des barons « prêtant la main » aux bandits ; ce sont eux qui ont été en Sicile à l'origine des premières sociétés mafieuses.

Les autorités locales fermèrent les yeux. Ces *manutengoli* étaient craints de tous, et notamment des propriétaires honnêtes, car il suffisait d'un mot pour que les nervis des premiers se lancent à l'assaut d'une propriété qu'ils pouvaient ravager en quelques heures. Chacun savait, dans les villages, les relations douteuses que ces possédants avaient établies avec les bandits. Mais tout le monde se taisait. Le *zio* n'en disait rien dans son journal mais don Lele avait la réputation dans la vallée d'être un de ces barons. Quand il se présentait aux réunions du *dottore* Riccardi, la petite compagnie tremblait pour cette raison.

Cette terre devait être vraiment dépaysante pour un Français du XIXe siècle. Même assagie, elle le restait encore pour un Français du XXIe siècle. Je repensai au mot de Dracula à l'arrivée du jeune Jonathan Harker dans son château des Carpates : « La Transylvanie n'est pas l'Angleterre. Nos us et coutumes ne sont pas les vôtres, et il y aura bien des choses qui vous paraîtront insolites. » En irait-il de même ici ?

23

L'échange des clefs

Fin juin, Matteo nous appela pour nous annoncer la bonne nouvelle. Le plus gros du chantier était sur le point de s'achever. On allait pouvoir passer notre premier été au couvent ! Trois ans s'étaient écoulés depuis que nous avions décidé de nous lancer dans les travaux. Au fond, en dehors de l'électricité, nous n'avions pas connu d'incident majeur, contrairement à ce que j'avais tant craint. Pas d'entrepreneur indélicat, pas de pression douteuse, pas de devis dépassé. Avions-nous eu du bol ? Ernesto, le patron de l'entreprise, avait tenu à me préciser, pour me rassurer : « Nous n'employons que des Italiens. » Le propos me fit sourire. Michela ne comprit pas pourquoi.

— En France, ce sont les peuples du Nord qui inspirent confiance, lui avais-je répondu.

— Tu oublies que les gens d'ici sont des maçons qui ont construit le monde entier, me répondit Michela.

Les Romains avaient été leurs maîtres.

Il restait un dernier détail à régler : les clefs confiées au géomètre. Il fallait les récupérer. Ne risquerait-il pas de s'offusquer ? Cela faisait des décennies qu'il possédait les clefs du couvent. Comment faire ? Les clefs ne sont pas seulement un objet ; c'est un vrai symbole. Chez les Germains et les féodaux, on attestait d'un changement de propriété par l'échange des clefs. Il n'y avait pas de notaire alors. Matteo se chargea de la besogne. Il était évident dans mon esprit que nous allions changer les serrures. On m'avait parlé d'un *fabbro* à l'entrée du *paese*, un serrurier qui avait bonne réputation. « Écoutez, pas de précipitation, dit Matteo en baissant la voix. Il me faut un peu de temps. Laissez-moi trouver quelqu'un en qui nous puissions avoir *pleinement* confiance. » Certains auraient pu avoir des liens avec l'ancien cercle.

— Autant ne pas tenter le diable, conclut Michela.

En dehors de cette question des serrures, les travaux étaient finis.

FINIS.

Les vacances d'été approchaient. J'étais excité. Nous allions enfin pouvoir vivre dans le Salente en compagnie des Anciens...

DEUXIÈME PARTIE

Premier été

24

« Où es-tu ? »

Lorsque nous sommes descendus du taxi, Matteo nous attendait, devant le *portone* du couvent, tout sourire avec ses lunettes noires. La maison avait été entièrement repeinte en blanc. Elle étincelait sous ce plein soleil. C'était la *casa bianca*, la maison blanche de tous nos efforts.

— *Benvenuti al sud !*

On s'embrassa chaleureusement. Comme après une grande aventure qui touchait à son terme.

Finalmente !

Impression de soulagement et peut-être déjà de nostalgie. Ces péripéties avaient noué des liens improbables.

Matteo nous tendit fièrement les clefs du *portone*. J'ouvris en écoutant le bruit vénérable du loquet. Dans l'*atrio*, où les échafaudages et les bennes de chantier avaient disparu, la lumière irradiait toute la façade ouest de la cour et une petite partie de la terrasse au fond. J'ai repensé au journal du *zio*. Il confiait qu'en revenant chaque jour de ses terres il rapportait avec lui des caisses de citrons, de raisins, de légumes qu'il déposait aux quatre coins de l'*atrio*. Quatre quotes-parts, une pour sa mère et les trois autres pour chacune de ses trois *mantenute* ! Une sorte de mise en scène baroque de sa vie de satrape.

Ce retour du passé me rendit un peu moins attentif aux explications de Matteo qui arpentait la cour en indiquant les derniers travaux à faire, si on avait le temps... et l'argent. Michela suivait à la lettre ses propos ; j'étais déjà ailleurs.

Je me dirigeai en douce vers les salons qui n'avaient pas été restaurés. Ces hauts plafonds voûtés réveillaient les rêveries qui avaient bercé mon enfance. Par son aspect robuste, le couvent me rappelait le genre de masure du fameux Vanini qu'il avait décrit dans son *De Admiriandis*, avec son *atrio* de la Renaissance donnant sur les terrasses et le petit jardin.

« Où es-tu ? »

J'entendis dans le lointain la voix irritée de Michela. « Mais qu'est-ce qu'il fait encore ? Il y a tant de choses à voir. » Je retournai au pas de charge dans la cuisine où le petit groupe s'était installé pour régler les derniers points.

Elle me demanda d'accompagner Matteo dans la chambre du *zio* pour vérifier les dernières installations de la salle de bains ; elles semblaient défectueuses. En traversant la chapelle jadis si sombre, je fus ébloui par le soleil se reflétant sur les murs nouvellement blanchis à la chaux. Quel contraste avec l'impression d'origine ! « Bizarre cette idée d'avoir peint les murs en noir, dis-je machinalement. Même pour la chambre d'un mourant. » Matteo me regarda avec étonnement. « Mais cette pièce n'a jamais été enduite en noir. » Ah bon ? Mais je me souvenais parfaitement de cette peinture obscure qui couvrait tous les murs. Il m'expliqua : « Tu ne savais pas ? Cela n'a jamais été de la peinture. » Quoi alors ? « Des traces de fumée. » Il laissa passer un moment de silence. « Je croyais que Michela te l'avait dit ; il y a eu ici un incendie ; un incendie criminel... »

Je tombais des nues. Quand ? Matteo ne savait pas précisément. « Dans les années 1980 ou peut-être au début des années 1990... » À l'époque du Cercle ! Encore lui ! Que s'était-il passé ? Matteo prétendait être trop jeune pour le savoir. Disait-il la vérité ? Il me rappela que les rivalités entre bandes mafieuses étaient si vives dans la région que tout était possible. « Mais c'est étrange, dis-je. Le feu n'a touché que la chapelle et la chambre du *zio*. » C'était en tout cas les seules pièces noircies. « Or, cette partie de la maison n'appartenait pas au cercle... » Était-ce bien lui qui était visé ?

Je me remis à cogiter sur ce passé tordu. Qu'avait-il bien pu se tramer ici avant que nous ne décidions d'y vivre ? Le couvent avait-il été impliqué dans une affaire particulière ?

— Tu vas arrêter de cogiter, me dit Michela qui nous avait rejoints.

Je n'arrivais pourtant pas à cesser de repenser à cette péripétie. Une tragédie avait-elle imprégné l'esprit de cette chambre ? *Shining* dans le Salente ?

— Pense plutôt à comprendre comment fonctionne la chaudière, trancha Michela.

Matteo proposa d'attendre l'arrivée de celui qui allait devenir notre « homme à tout faire », il *tuttofare*, plombier, électricien et autre. Notre tranquillité à venir dépendrait de lui.

J'attendais donc l'arrivée de Gigi – c'était son prénom, m'avait dit Matteo – avec une impatience mêlée de crainte. Et si notre homme se révélait un « je-m'en-foutiste » ? Par expérience, je redoutais le genre « artisan nonchalant qui traitait tout par-dessus la jambe ». À l'italienne. *Non c'è problema.* On aurait restauré une ferme en Allemagne, voire en Toscane, ce genre d'idées ne me serait pas venu à l'esprit ; mais, dans le sud de l'Italie, on pense toujours au pire. C'est le prix à payer pour habiter sous ce soleil puissant.

Je me trouvais sur la terrasse du premier étage quand on sonna au *portone.*

— Ça doit être Gigi, cria l'architecte.

La porte était restée ouverte. Je me suis penché sur la balustrade. Gigi pénétra dans l'*atrio*, le pas rapide. Il n'était pas du tout comme je le craignais. La quarantaine, de taille moyenne, vêtu d'un jean et d'un polo, une bouille joviale, le regard franc et ouvert, sans la moindre rouerie. Nous nous sommes retrouvés dans la cuisine. La douceur de son visage me faisait songer à une Italie éternelle. Mais je vis soudain dans son sillage apparaître un jeune homme très « looké », chemise ouverte et lunettes de soleil m'as-tu-vu, genre *latin lover* écumant les discothèques. Ça y est, me suis-je dit, il fallait s'y attendre. On allait se faire plumer par ce genre de type.

— Je vous présente mon futur gendre.

Ce jeune homme ne travaillait pas avec Gigi. Je ne pus réprimer un soupir de soulagement. Finalement, nous étions plutôt vernis. Le *Bel paese* m'avait toujours porté chance.

Les présentations faites, Gigi proposa de passer tout

de suite aux choses sérieuses. Direction la chaufferie, à l'autre bout de l'*ortale*, dans la dernière cellule de moine, juste avant l'escalier montant au jardin.

Gigi ouvrit la porte. Il expliqua comment fonctionnait ce monstre qui occupait la moitié de la pièce. Je n'y compris évidemment rien. Gigi réalisa que j'étais un cas désespéré : « S'il y a un problème, appelez-moi et j'arrive aussitôt ; j'habite de l'autre côté du Corso. » Il en serait pour ses frais. Le nombre de fois où j'allais l'appeler pour un dépannage... Je n'en suis pas très fier. Il ne nous a jamais fait faux bond ; il est toujours venu.

Ce premier jour, vers quatorze heures, tout le monde s'éclipsa pour aller déjeuner. Nous nous sommes retrouvés seuls dans la maison avec Michela. Nos pas résonnaient dans ces pièces trop grandes et sans meuble. J'aurais dû savourer ce moment de paix. Je ressentis pourtant une sensation bizarre, comme Thésée à l'entrée du Labyrinthe, perdu sur une mer sans rivage.

25

La voûte étoilée

La première nécessité fut d'aménager notre chambre. J'avais décidé de l'installer dans l'ancienne chapelle. Ce lieu monacal me paraissait propice au sommeil. Il était bien isolé, derrière ses gros murs, à l'abri du soleil – car dans le Sud, on ne cherche pas le soleil, on s'en protège. J'avais fait placer le grand lit devant l'ancien autel. À côté, sur la droite, une porte conduisait à un petit escalier dérobé et quelques marches glissantes donnaient dans l'ancienne bibliothèque du *zio*.

C'était plus fort que moi ; alors qu'il aurait fallu ranger nos affaires dans les placards, je suis descendu dans ce lieu secret. Il y flottait une forte odeur d'humidité. Un long couloir menait à l'ancien *studiolo* du *zio*. C'était là qu'il recevait l'après-midi ses paysans et ses fournisseurs. D'abord, je n'y vis rien parce que les fenêtres donnant sur l'*atrio* étaient fermées. M'habituant à l'obscurité, je commençais à distinguer la table en noyer sombre couverte de poussière. Le *zio* y avait-il rédigé son *diario* ? Beaucoup de rayonnages étaient vides. Les dossiers de famille et la plupart des livres avaient été entreposés chez les cousines mais il restait encore quelques vieux ouvrages dans les vitrines.

J'ai ouvert l'une d'elles. La poussière s'envola. Des collections de livres religieux côtoyaient des œuvres locales sur le Salente, le tarentisme, les recettes de cuisine locale, ainsi que des essais plus sérieux sur Dante, Leopardi, Lucrèce et quelques bouquins à la gloire de Vanini, cet « enfant du pays », pour lequel les gens des Pouilles conservaient une étrange sympathie, alors qu'il avait passé sa vie à dénoncer tout ce en quoi ils croyaient, la religion romaine, la sorcellerie et les miracles. Mon regard s'arrêta sur une collection d'une vingtaine de volumes reliés en plein veau du traité de droit civil du grand Pothier, un célèbre jurisconsulte de l'époque de Louis XV. Plus personne ne lisait Pothier, sauf quelques historiens du droit. Cette présence paraissait incongrue dans ce sud du Mezzogiorno. Avait-il servi aux magistrats de l'ex-royaume de Naples ?

Je m'apprêtais à remonter dans la chambre quand je découvris quelques livres en français, le *Journal* d'Amiel, alors fort célèbre, et l'ouvrage d'Émile Bertaux, *L'Art dans l'Italie méridionale. De la fin de l'Empire romain à la conquête de Charles d'Anjou* (1903). Plus de huit cents pages très denses, aujourd'hui introuvables à Paris. Je restai quelques instants. Il n'y a pas beaucoup de grands livres d'histoire de l'art sur le sud de l'Italie. L'ancien royaume de Naples a fait couler moins d'encre que la Toscane ou la Vénétie. Cet ouvrage de Bertaux est encore considéré comme une référence par tous les spécialistes de cette terre du Sud où s'étaient télescopées deux civilisations jumelles, celle de l'Occident chrétien et celle de l'Orient byzantin. Je sortis le livre des rayonnages avec l'excitation d'un enfant volant un bonbon au supermarché.

— Où es-tu ?

J'entendis la voix de Michela et remontai en vitesse, muni du livre de Bertaux que je déposai discrètement près de la table de nuit. Il allait côtoyer désormais les lectures que j'avais apportées de Paris, des philosophes des Lumières, le baron d'Holbach et Helvétius. Je n'avais pas voulu m'aventurer dans cette terre de religiosité baroque sans des munitions de survie.

Michela m'attendait, des draps plein les bras.

— Tiens, rends-toi utile, va les étendre sur la terrasse, près du *magazzino*.

J'ai passé le reste de l'après-midi à monter et descendre du premier étage pour étaler nos affaires au soleil. La réverbération de ses rayons sur le blanc de la terrasse finit d'ailleurs par m'éblouir.

Vers dix heures du soir, à la nuit tombante, nous étions épuisés. Nous avons dîné dans la cuisine, sous ce plafond en voûte étoilée – *volta a stella* –, aux allures de cabinet intime. J'aimais cette atmosphère rustique. L'immense âtre avait conservé sa grande perche en fer noirci qui servait jadis à tenir le chaudron sur le feu. Cette belle cheminée rappelait que toutes les vieilles maisons tournaient autour du foyer. C'était le cœur de la maison, l'*oikos* des Grecs. Pour eux, l'économie se réduisait à une « science de la maison », l'*oikonomia* de Xénophon ou d'Aristote.

Ce premier dîner à deux fut très frugal. Nous avons échangé quelques banalités. « Ah ! ça fait du bien de se retrouver enfin chez soi. » « Oui, quelle sérénité ! » La fatigue nous tenait quasiment muets.

Avant d'aller me coucher, je suis monté sur la terrasse à la recherche d'un peu d'air frais. Avec la nuit, un petit vent soufflait des Balkans, de l'autre côté de l'Adriatique, dans l'ancien royaume de Pyrrhus. C'était la première fois que je voyais l'église principale de nuit. Son dôme polychrome, joliment illuminé, en face de moi, se détachait de la masse sombre du bâtiment et me faisait penser à un mélange de chef-d'œuvre de la Renaissance, de temple américain ou de mosquée de Bosnie... On pouvait entendre dans le lointain les bruits d'une fête. Si je n'avais pas été aussi fatigué, j'y serais bien allé faire un tour mais mieux valait se montrer sage le premier soir.

Je suis redescendu et Michela me demanda de vérifier si toutes les portes de la maison étaient bien fermées. L'ancienne vocation religieuse de la baraque compliquait sérieusement la donne. Certaines pièces n'étaient que des petites cellules indépendantes qui ne communiquaient pas entre elles. Nos multiples clefs traînaient en désordre sur la table du grand hall. Matteo avait quand même enveloppé chacune d'elles dans un petit papier avec le nom de la pièce correspondante. Il faudrait prendre soin de toujours les replacer au bon endroit et de ne pas mélanger les papiers. Un jour, nous allions nous tromper.

— Tu n'oublieras pas d'acheter un trousseau et de mettre des étiquettes pour chaque clef, me dit Michela quand je revins dans la chambre.

— Oui, ne t'en fais pas ; on verra ça demain.

Elle marmonna : « Oui, toujours demain. » Je savais qu'elle ne supportait pas ma tendance à « procrastiner ».

— Tu as bien fermé la porte de la chambre, au moins ?

— Mais oui. Rassure-toi. De toute façon, il n'y a rien dans cette maison.

— Et si quelqu'un venait nous rançonner ?

Quelle idée bizarre ? On n'était plus aux lendemains de l'Unification.

— Qui voudrait de deux universitaires comme nous ?

Je ne pus m'empêcher de la charrier ; c'était aussi une façon de me rassurer. En m'allongeant dans le lit, je fixai le plafond voûté de la chapelle qui me parut bien haut pour la dimension étroite de cette pièce. L'ambiance était excessivement monacale à mon goût, avec ces murs blanchis à la chaux, un grand crucifix en bois noir en guise de chevet et deux petites tables de nuit en noyer. On aurait dit la cellule de Marie-Antoinette à la Conciergerie. On se sentait un peu « cloîtré ». Dans le futur, il faudrait repenser la décoration des lieux.

Je m'apprêtai à lire quelques pages de Bertaux. Mais je me suis endormi d'un trait sans même jeter un œil sur le bouquin, en repensant à cette histoire de trousseau de clefs.

26

Più a meno

Le lendemain matin, je me suis réveillé aux aurores et suis tout de suite monté sur la terrasse. La lune était encore visible mais il faisait déjà jour. Le soleil des Pouilles se tenait derrière les palmiers et les cyprès des jardins, à hauteur d'homme. On pouvait deviner ses reflets orangers dans le lointain. Une ligne rougeoyante ondulant dans la campagne. Brusquement, l'immense boule de feu cuivrée se leva des côtes d'Orient. En un instant, Jupiter bondit comme un félin par-dessus les toits et illumina tout le village, m'empêchant de le regarder davantage. Ce dieu de l'Olympe aveugle autant les hommes qu'il les éclaire.

Je redescendis dans l'*ortale* pour chercher mes lunettes de soleil. Et maintenant que faire ? Il n'était pas encore six heures du matin. Je partis à la découverte de mon nouveau refuge en Apulie.

Malgré l'heure matinale, les magasins commençaient à ouvrir et les rues s'animaient.

Je décidais de faire le tour du *paese* en remontant le Corso pour gagner les faubourgs avant de revenir au centre du bourg. Cette petite cité d'Apulie n'avait rien de bien *appariscente*, rien de faste, m'avait dit le notaire. Elle avait été pourtant une florissante cité de l'ancien royaume de Naples, un *mandamento* de justice, possédant une des plus anciennes écoles gratuites de l'Italie, fondée à la Renaissance, et une antique bibliothèque du XVIIe siècle. Mais la ville, coincée au cœur de la Terra d'Arneo et d'une vallée viticole plutôt prospère, avait eu le malheur d'être restaurée à plusieurs reprises jusqu'aux années 1950. Ces bourgades viticoles en avaient perdu une partie de leur âme ; c'est le lot de beaucoup de ces gros bourgs prospères. Les familles patriciennes de Lecce établirent leurs villas de campagne dès le XVe siècle dans cette vallée *della Cupa* qui produisait le *Negroamaro*. Il devait son nom à sa couleur très sombre (*negro*) et à son goût légèrement amer (*amaro*).

Les allées du Corso étaient bordées de ces petites maisons « Liberty », édifiées à l'époque de Giolitti en 1900, voire pendant le fascisme, chargées de stucs et de cariatides prétentieuses, comme le kiosque à musique du jardin municipal. Ce style fin de siècle, légèrement écœurant, contemporain de la jeunesse du *zio*, témoignait d'un temps où les « progressistes » de l'époque croyaient au triomphe du nouveau royaume d'Italie.

Curieusement, les piétons marchaient au milieu de la rue, les trottoirs étant devenus impraticables depuis qu'un esprit bizarre y avait planté des arbustes d'une taille si petite que leurs branches éraflaient les têtes des passants. Le Corso menait à une gare qui incarnait à la perfection toutes les illusions de cette *Italietta* « fin de siècle ». Italo Calvino voyait dans ces monuments désuets le souvenir d'une époque où la gare était le

« seul point de contact avec le reste du monde ». Mais quel contact pouvait bien offrir cette gare du *paese* ? Il suffisait d'ouvrir une carte pour comprendre que la ligne de chemin de fer ne reliait, au milieu des oliveraies, que Lecce à Martina Franca, deux des plus belles villes baroques des Pouilles, traversant la campagne du Salente. Elle n'unissait que les cités des anciens Messapiens, Manduria, Francavilla, Ceglie Messapica ou Cisterno, des bourgades éteintes depuis des siècles, fières comme des citadelles andalouses antiques et douces comme des cités toscanes. Pas le « reste du monde » ; juste le cœur de nos origines.

Avec ses palmiers, la gare du *paese* aurait pu se situer dans un bled perdu du Maroc, de Libye ou de Tunisie. Seuls le café de la *stazione*, avec sa bonne odeur *d'espresso*, et le vendeur ambulant de *lumache paesane* (escargots de campagne) trahissaient l'esprit du coin.

De la gare, en obliquant vers le centre, une succession de petites maisons blanches, cubiques, à un seul étage, alignées de façon monotone, rappelait les villages de la Sicile intérieure ou de la Grèce. Certaines maisons avaient été repeintes dans les années 1960 de façon extravagante, rouges, vertes, jaunes, etc., des couleurs *en liberté*. Beaucoup avaient été restaurées avec précipitation et mauvais goût. On trouvait des fenêtres plus larges que hautes, des étages trop surélevés, des balcons aux décors agressifs ou en biseau, des murs enlaidis par des céramiques ternes, des grilles démesurées, entourant des petits jardins envahis de statues du padre Pio, souvent éclairées la nuit de couleurs fluo, des escaliers grossiers, des antennes TV hérissées comme des gargouilles en fer, des coupoles en béton aux allures de tourelles de tank, etc. Bref un désastre architectural. Le genre *favelas* améliorées des banlieues de l'Orient.

Quand la modernité s'était abattue sur ces terres de résistance, ce fut avec une plus grande brutalité qu'au Nord. Mais l'esprit des origines persistait. Souvent, ces maisons possédaient au rez-de-chaussée de grandes portes-fenêtres qui ouvraient à hauteur de rue, signe qu'ici, malgré les dangers du banditisme, les gens se faisaient encore confiance.

On pénétrait ensuite dans les rues du centre, pavées à l'ancienne et toutes biscornues, mélange de mystère médiéval, de religiosité renaissante et de baroque espagnol. Mais tout cela méritait un œil un peu averti. Car la patte des années 1960 avait aussi frappé ce vieux centre, même si c'était de façon plus mesurée. Le *paese* avait eu le malheur d'être resté prospère au XXe siècle, comme bien des cités viticoles, et c'est cette modernité datée qui avait accentué sa défiguration. Je me suis dirigé vers la place du château, en coupant par la rue principale qui conduisait d'Otrante, dont le duché *in partibus* fut attribué par Napoléon à l'horrible Fouché, à Tarente, la ville spartiate sur l'Appia où était mort Choderlos de Laclos, l'auteur des *Liaisons dangereuses*. Ce télescopage avec des personnages familiers m'aidait à me repérer dans cette terre byzantine.

Même à pied, on se perdait facilement dans le dédale des rues poussiéreuses et tarabiscotées du centre du *paese*, menant parfois à d'étonnantes impasses sur des cours fermées. La profusion de vieilles chapelles et d'églises renforçait cette allure de quartier anarchique à la napolitaine.

Je dégotais aussi dans les petites rues du centre plus d'une dizaine de cercles de jeu. Celui qui occupait le couvent était donc loin d'être unique dans le *paese*. Quelle pouvait être leur utilité ? Certains semblaient bien inoffensifs, comme ce cercle des anciens combattants en face de la mairie. D'autres m'inspiraient moins confiance avec leurs allées et venues de *malavitosi*, de petits malfrats. Gigi me dira que certains cercles des environs étaient même carrément mafieux.

À quelle catégorie appartenait celui qui avait occupé la maison ?

Alors que je m'engageais dans une venelle si étroite qu'on ne pouvait s'y croiser à deux piétons, une Fiat 500 me frôla à vive allure, toutes fenêtres ouvertes. J'entendis un « Ciao Jacques » qui me fit sursauter. Qui cela pouvait-il être ? Nous n'étions ici que depuis la veille ; je ne connaissais personne. J'ai aussitôt pensé au cercle. La mafia utilisait ce genre de procédé pour intimider tout nouveau juge qui venait d'être nommé dans une ville en Sicile. Elle envoyait des émissaires dans les cafés ou les clubs de sport fréquentés par le nouvel arrivant. « Comment va votre fils ? Et votre fille ? Elle est contente dans sa nouvelle école ? Sa maîtresse dit qu'elle est très appliquée, etc. » Intimidation très efficace. L'ancien cercle cherchait-il de la sorte à nous impressionner ? « Vous ne serez jamais en paix dans ce *paese* ! » Je me retournai. J'aperçus dans le rétroviseur une figure féminine et reconnus Maria-Elena, la fille d'une des cousines qui occupait la grosse maison juste à côté de la nôtre.

Quel imbécile ! Comment avais-je pu croire à autre chose ? Cette histoire de cercle tournait décidément à l'obsession. J'avais gardé en mémoire la part négative de ce que m'avait dit le juge sur la plage : il pouvait bien rester çà et là quelques « résidus » mafieux. Ce mot avait continué à me hanter secrètement. Pourquoi fallait-il que je sois toujours pessimiste, alors que le juge, le maire ou la femme de la mairie, s'étaient montrés très rassurants ?

Après plusieurs minutes à tourner en rond, je finis par me retrouver enfin sur la grande place. Le centre du *paese*, l'antique *agora*. Il n'était pas encore huit heures du matin et une lumière éblouissante aveuglait cette immense étendue vide encadrée par un ciel d'un bleu absolu. Tout était calme. Je m'assis à la terrasse du café. Une vague odeur de poussière flottait dans l'air. Je regardais autour de moi ces petites maisons blanches ou ocre en songeant à l'importance de ces places de village, où se retrouvaient jadis tous les citoyens de la *Polis*. À l'époque de la Grande Grèce, elles avaient joué un rôle essentiel dans la naissance de la démocratie. Les voix du *nomos*, toujours plurielles, bruyantes et conflictuelles, y avaient émergé, démarquant l'Occident du despotisme oriental où dominait la voix univoque du clerc ou de l'empereur. Le Temple ou le Palais n'y avaient joué qu'un rôle secondaire. Le château qui occupait un angle de la place avait été construit par Frédéric II de Hohenstaufen. L'empereur allemand, également roi de Sicile, aimait chasser dans l'immense forêt de chênes entourant le *paese*. Ces bois, qui allaient d'Oria sur la via Appia jusqu'à Lecce, ont disparu depuis, certains disent qu'ils ont été utilisés pour construire les voies de chemin de fer au XIXe siècle. Seules les recettes de pâtes aux truffes, dans les livres de cuisine locale, rappellent que les Pouilles furent autrefois une région très boisée, comme le Périgord... L'empereur céda le château à son notaire, Pier Della Vigna, un homme célèbre en son temps, qui trahit ensuite Frédéric II ; c'est pourquoi Dante le condamna, dans *L'Enfer*, à se figer en un arbuste sec pour l'éternité. Les nouveaux barons du cru héritèrent de cette seigneurie et abusèrent de leur puissance, comme tous les grands seigneurs de l'époque. La bâtisse semblait construite à leur image.

Comment avait-on pu ériger aux deux extrémités de la muraille ces étranges tours en béton armé aux airs de blockhaus ? À lire le journal du *zio*, le *paese* avait été dirigé à l'époque du fascisme par un *podestà*, un maire nommé par le régime, qui avait épousé la sœur d'un des plus proches lieutenants de Mussolini. J'ose croire qu'en Toscane ou en Vénétie ce genre de crime esthétique n'aurait pas été possible. Mais, ici, qui s'en souciait ? Le monde entier avait les yeux tournés ailleurs.

Je m'attardais sur cette place piétonne. Il commençait déjà à faire très chaud. Quelques vieilles se pressaient vers le porche nord de l'église, la « porte de la *tramontana* », du nom de ce vent froid qui venait des Balkans. Ce matin, la brise faisait défaut. Et le seul endroit où l'on pouvait trouver un peu de frais était la Chiesa Madre, l'autre grand monument de la place. On la désignait ainsi parce qu'elle aspirait au rang de cathédrale. L'église avait été construite sur une ancienne crypte paléochrétienne, restaurée ensuite à toutes les époques jusqu'au XVIIe siècle.

Je passais une tête à l'intérieur de l'édifice. Un baroque trop sucré, que l'on sert autant dans les théâtres que dans les édifices religieux. C'était le style *global* de l'époque. En revanche, j'admirais la facture plateresque de son architecture extérieure, comme une église andalouse, mais avec la douceur ocre de la belle pierre de Lecce.

La Chiesa Madre faisait face avec arrogance à la mairie et au château. Elle les défiait de ses hautes colonnes sculptées remplies de fruits et de vignes telles les balustres d'un jardin d'Éden. Ici, comme en Espagne, Peppone s'inclinait devant don Camillo.

En ressortant de l'église, je découvris tous les vieux éparpillés autour de la place, près du cercle des anciens combattants, chacun sur sa chaise. On se serait cru dans un village sicilien des années 1950.

C'était bien ça le charme du *paese*. L'ambiance de cette bourgade semblait inchangée depuis l'époque de l'après-guerre où le *zio* achevait son journal ; je compris à cet instant le grand privilège que j'avais d'avoir pu rester à l'écart du flot touristique. Parce qu'il n'était pas spécialement en vue dans les guides, le *paese* conservait – pour combien de temps encore ? – l'esprit d'une Italie des années 1950-1960, celle de l'enfance, d'un monde que je n'avais pas connu mais dont j'avais rêvé à force de regarder à la maison les films d'un De Sica, d'un Visconti ou d'un Rossellini.

J'ai repensé à la fête de Tricase.

C'était finalement son côté dépassé qui avait préservé le *paese* des affres du tourisme et qui lui donnait tant de prix à mes yeux. Je suis rentré en sifflotant à la maison. Michela était levée.

Elle me rappela à mes devoirs.

— Demain, c'est lundi. Le jour des déménageurs.

27

Les cousines

L'ancien mobilier du couvent allait reprendre place entre nos murs. « Lundi après-midi », avait même précisé l'entreprise de déménagement. J'étais chargé de veiller à la réception. Lors de la location du cercle, tout avait été envoyé, voilà près d'un quart de siècle, dans un garde-meuble. Michela m'en avait fait un bref inventaire : d'immenses canapés en acajou qu'on appellerait en France « Restauration », sans grand charme, des lits en fer, de vieilles commodes et des fauteuils Napoléon III, ou genre « Western », bref tout ce qu'il y avait de plus banal en ces temps. Les maisons du Sud n'étaient pas aussi bien décorées que celles du Nord. Seuls quelques éléments étaient plus anciens, un bas-relief, une stalle Renaissance avec un haut dais, des consoles branlantes au plateau de marbre fêlé, des tableaux sans valeur, notamment une croûte noircie ressemblant vaguement à *L'Incendie de forêt* de Piero di Cosimo.

Comment aménager la maison ? Certes, nous avions eu tout le loisir de réfléchir à la destination de chaque cellule. Trois ans de chantier, cela laisse un peu de temps. Mais c'est à l'épreuve qu'on se rend compte de la complexité des choses. Tous mes calculs s'étaient trouvés déjoués par mon erreur sur le choix de notre chambre. On modifia à la hâte toute la disposition de la maison, installant notre lit dans la chambre du *zio* qui ouvrait sur l'*ortale*. Mais où mettre désormais ma pièce de travail ? L'ancienne chapelle qui venait de se libérer était trop cloîtrée. J'enviais ce paysage dont jouissait Pétrarque depuis les fenêtres de sa maison des monts Euganéens, donnant sur un beau panorama de collines ondulant à l'infini. À défaut d'une telle vue, j'espérais au moins un morceau de ciel. Il me rappelait l'existence d'un monde parallèle de lumière et de liberté, même si, par sa netteté, ce bleu immaculé du Salente finissait par être aussi monotone que les champs de blé du bassin parisien. Mais on se fait à tout. Ce toit d'azur deviendra pour moi un repère rassurant.

Nous avons passé notre premier week-end à nous agiter pour repenser l'organisation de la maison avant d'y placer les meubles. Plongés dans ces questions « cruciales », nous en avions perdu le sens du temps et de la vie sociale. À la fin du week-end, un coup de fil de la mère de Michela nous rappela à nos devoirs.

« Qu'est-ce qui se passe ? Tout va bien ? » Les cousines qui vivaient à côté lui avaient envoyé ce texto laconique.

Nous avions commis un impair.

Chaque peuple a ses usages et ses interdits. Dans le Sud, il faut se manifester aussi vite que possible auprès du voisinage, au risque de paraître importuns au regard de nos critères du Nord. Les cousines avaient assisté aux travaux durant ces longs mois d'hiver. Aussi s'étonnèrent-elles de notre silence. À peine posées les valises, il aurait fallu courir les saluer. C'était la règle. Personne ne survit en jouant le misanthrope dans le coin. Caligula avait pu assassiner Tibère sans susciter de réaction car ce dernier avait commis l'erreur de se retirer seul à Capri où l'on fit courir sur son compte les pires rumeurs. Ici, savoir créer des liens est vital. Nous étions passés pour d'affreux snobs. Les cousines n'osèrent pas nous en faire le reproche directement. Mais elles envoyèrent à la mère de Michela ce texto bien plus éloquent que tout. Notre discrétion avait été perçue comme un geste grossier.

On devait vite rétablir la situation.

Dès le lendemain matin, à la meilleure heure, Michela prit son téléphone et invita Maria Teresa et Oronza à passer boire un café en fin de matinée. Les cousines débarquèrent peu avant midi. Elles étaient physiquement aux antipodes l'une de l'autre. Oronza était aussi petite que Maria Teresa était grande et racée. Très volubiles, elles ne se quittaient pour ainsi dire jamais. Embrassades, caresses, cris de joie, café, *pasticciotti*. Personne n'était du genre à faire du *tralala*. C'est l'Italie.

Maria Teresa et Oronza habitaient la partie orientale du couvent, qui était aussi la plus importante. De l'extérieur, on ne s'en rendait pas bien compte car la baraque ressemblait à une de ces constructions obèses que le XIXe siècle avait infligées aux petits bourgs prospères, entre le bâtiment de sous-préfecture style XVIIIe et le palais de justice gréco-romain avec frontons. Mais c'est en me baladant un jour dans la cour de leur maison, à la recherche d'une fuite d'eau qui touchait notre chambre (jouxtant leur bâtiment), que je découvris le secret. Leur pompeux et banal logis encadrait en fait une grande cour, probablement l'ancien cloître du couvent. Des cellules de moines se succédaient autour d'une longue galerie conduisant à la grille de leur jardin. Les cousines possédaient une bonne partie des bâtiments conventuels dont nous n'avions que le lot le plus ancien, autour de l'*ortale*. Tout le reste, qui s'intégrait à l'origine dans un même ensemble, appartenait à ces parentes que nous n'avions pas pris le temps d'inviter.

Elles connaissaient tout le monde. Je ne prêtais qu'une attention très distraite à la discussion, c'est l'avantage d'être étranger. Les deux cousines louèrent l'application de nos ouvriers qu'elles avaient vus à l'œuvre. Mais Michela me dit le soir qu'il ne fallait pas trop se fier à ce genre de propos. Les Italiens sont toujours très apaisants. Ils ne vous disent jamais d'un premier jet que vous avez mal fait ou mal choisi. Tout le monde trouve grâce à leurs yeux en apparence. Le contraire des Français qui ont toujours quelque chose à redire. Mais quand cela tourne au vinaigre, l'Italien commence à se confier : « Ah, oui, ce maçon, je le savais ; on m'avait dit quelque chose de mauvais sur son compte. » En Italie, on attend avant de parler. Il ne faut pas y voir nécessairement une vertu. C'est d'abord parce que l'Autre n'existe pas dans la Péninsule. La société existe à peine. C'est au fond une forme d'anarchie latente. Et cette fameuse désinvolture conduit au final à une certaine mansuétude pour ses semblables. On ignore souvent les racines peu glorieuses de cette insouciance. « Après tout, si cet ouvrier leur convient, pourquoi leur dire qu'il a mauvaise réputation ? »

On sonna au *portone*. « Ce doit être Bianca, la femme de ménage », me dit Michela. J'ai quitté les cousines et traversé l'*atrio* en courant pour aller ouvrir. Je me trouvai face à deux malabars au crâne rasé qui n'avaient apparemment rien à voir avec Bianca. Le plus petit, probablement le chef, se présenta. C'étaient les déménageurs du garde-meuble, ils venaient rapporter le mobilier. « Mais on vous attendait cet après-midi ! » Le type avait eu une course dans le coin ; alors il était venu plus tôt que prévu. Je compris à leurs regards qu'il n'y avait pas à tergiverser. C'était maintenant ou jamais.

Les meubles débarquaient déjà du camion. Il fallait ouvrir les deux battants de l'immense porche en bois pour faire passer les coffres et les armoires. « On les met où ? » Je pris sur moi de faire déposer dans le futur bureau de Michela tous les vieux meubles de style Savonarole. C'est un genre qui ne se rencontre qu'en Italie et peut-être un peu en Espagne. Il avait fait florès à l'époque du fascisme : lourde copie du style Renaissance, on le rencontre dans la plupart des vieilles maisons toscanes ou romaines. Mais ce n'est pas non plus nos horribles buffets Henri II. Je fis déposer les autres meubles un peu au hasard dans les salons pour ne pas encombrer. « Ils vont s'abîmer », s'inquiéta Michela. On les recouvrit de draps blancs. Toute cette mise en scène avait des airs de maison hantée.

Quand Matteo arriva, Michela lui demanda d'installer des *zanzariere* à chaque fenêtre. Ce terme vient du mot *zanzara* qui veut dire « moustique » en italien.

Dès son premier réveil, Michela prétendit avoir été piquée. Pourtant, dans la Péninsule salentine, les vents salés des Balkans nous protégeaient de ces pénibles créatures. Mais la présence d'une bâtisse en ruine, à nos côtés, la préoccupait.

— Qui sait ce qui peut se cacher dans ces décombres, dit-elle.

28

Bianca

Permesso ! Je m'apprêtais à retourner à la cuisine quand j'entendis dans l'*atrio* une voix féminine. Je jetai un œil dans la cour et vis au pied de l'escalier, au milieu des meubles, une jeune femme brune, proche de la trentaine, de taille moyenne et menue, tout sourire, des écouteurs sur les oreilles, en tee-shirt et short très court sur sa peau mate. Matteo s'était précipité vers elle pour lui faire la bise. J'en déduisis qu'il s'agissait de Bianca. Michela descendit à son tour, suivie par les cousines. Et tout ce monde s'embrassa.

On aurait dit une réunion de famille. Bianca était la cousine de Matteo qui était l'ami des filles d'Oronza qui était à son tour la cousine de Michela. Au fond, à part moi, chacun se connaissait plus ou moins directement depuis les invasions gothiques.

Quand les déménageurs se retirèrent, il y eut comme un vent de départ. Matteo s'éclipsa, puis ce fut le tour des cousines, en nous rappelant que nous avions aussi des meubles et des livres chez elles, dans leur entrepôt du rez-de-chaussée. « Rien ne presse ; passez les prendre quand vous voulez. »

Après ce tourbillon, nous nous sommes retrouvés seuls avec Bianca. Michela tint tout de suite à lui préciser qu'on avait besoin d'elle afin de remettre un peu d'ordre dans cette grande baraque trop longtemps inhabitée. Mais cela ne préjugeait en rien de la suite. Nous n'avions ni les moyens, ni l'envie, de payer une femme de ménage pendant toutes les vacances. « Pas de souci », avait dit Matteo. Bianca ne faisait pas ce travail de femme de ménage comme un job vital. Elle avait poursuivi ses études jusqu'en licence de lettres, nous avait préalablement expliqué Matteo, et n'avait abandonné l'université que pour suivre son mari, comptable dans une boîte d'agroalimentaire en Calabre. Ils étaient revenus au *paese* depuis quelques années parce qu'il avait trouvé un boulot dans le coin. Bianca avait alors cherché un petit emploi pour améliorer l'ordinaire de la famille. Elle avait d'abord bossé dans un *call center* à Tarente, situé à plus d'une heure de voiture. Au bout de quelques mois, elle craqua. Elle était payée une misère. Bianca préféra faire des ménages dans les environs ; c'était moins oppressant. L'idée lui était venue quand un *bed and breakfast* s'était monté, non loin de l'hôtel de ville. Ce B & B avait proposé à sa mère de faire du repassage ; Bianca entreprit de seconder la *Mamma* en faisant des ménages. Voici comment une étudiante en licence de lettres devint femme de ménage à temps partiel. En attendant mieux.

Michela emmena Bianca à la cuisine pour lui donner sa feuille de route pendant que je retournais à mon bureau. Je l'entendis lui dire qu'il fallait bien nettoyer la poussière des salons car ils n'avaient pas été restaurés. Puis elles se dirigèrent vers les pièces en enfilade. Comme je n'avais pas fermé la porte de la pièce qui me servait provisoirement de bureau, Bianca jeta un œil en passant. « Quelle chance d'être payé à lire des livres ! »

« Et à en écrire ! » ajouta-t-elle.

C'est ce que j'avais cru, moi aussi, en quittant le journal et en retournant à la fac. Si Bianca savait ce qu'était désormais le métier d'universitaire en France ! J'ai repensé à mon pauvre collègue, le grand écrivain W. G. Sebald, professeur dans une petite fac anglaise. Il était devenu écrivain, dit-il en 1998, en partie à cause du délabrement de sa condition d'universitaire après les « réformes » Thatcher. « Les conditions de travail dans les universités anglaises étaient parfaitement idéales dans les années 1960 et 1970 », affirmait-il. Puis la Dame de fer passa par là, avec son esprit managérial sans nuance, « et la vie est devenue tout à fait déplaisante », ajoutait-il. Les petits chefs avaient pris le pouvoir et la productivité remplaça la qualité.

Je m'apprêtais à m'épancher avec Bianca sur mon sort, car ces réformes commençaient aussi à arriver en France, quand j'entendis Michela s'impatienter. De l'extrémité du premier salon, elle demanda à quelle heure Bianca comptait venir à la maison. C'était une façon de couper court à notre bavardage. « Vers sept heures du matin si c'est possible », répondit Bianca en allant la rejoindre. Je soupirai : adieu la grasse matinée ! J'avais prévu de me lever tôt mais tout de même...

Michela trouva une solution : elle prêta à Bianca une clef du jardin : cela lui permettrait de passer le matin par le *vico* et de s'occuper d'abord de la cuisine et des cellules de l'*ortale* sans avoir besoin de nous réveiller. C'était toujours mieux que le bruit de l'aspirateur des femmes de ménage dans le couloir d'un hôtel. « Mais attention à ne pas perdre la clef », la mit en garde Michela avec fermeté. Au ton de sa réponse, Bianca apparaissait comme une femme de caractère, pas du genre à se laisser marcher sur les pieds. Je me suis dit qu'un jour ou l'autre le courant risquait d'être électrique.

Je me suis éclipsé pour redescendre à la bibliothèque dans l'espoir de trouver d'autres ouvrages d'Émile Bertaux. J'avais commencé à lire son bouquin. Ce grand savant n'était pas seulement un érudit. Il ne voyageait pas uniquement pour décrire des bâtiments et des ruines ; il s'était aussi intéressé aux habitants qui les côtoyaient. Cette attention m'avait tout de suite plu chez cet érudit. Rousseau distinguait ainsi deux catégories de touristes : « Il y a bien des différences, notait-il dans *L'Émile*, entre voyager pour voir un pays et voyager pour voir des peuples. » Bertaux avait réussi à rattacher l'art de cette vieille terre du Sud à tout ce qui s'était passé ici depuis la chute de Rome jusqu'à l'arrivée des Français de Charles d'Anjou. C'était exactement ce qu'il me fallait pour mieux comprendre cette civilisation tout à la fois grecque, romaine, byzantine, normande, souabe et angevine... Bertaux avait laissé d'autres écrits sur l'Italie du Sud, notamment dans la *Revue des Deux Mondes*. Je furetais dans les rayonnages de la bibliothèque pour voir s'ils y étaient peut-être quand j'entendis un cri.

Je remontai aussitôt pour voir le drame qui se nouait. Michela s'était-elle déjà accrochée avec Bianca ?

Je la retrouvai dans son bureau, tournant autour de son secrétaire Savonarole. « Qu'est-ce qui ne va pas ? » Elle me regarda, furieuse. « Ce foutu bureau est trop haut pour moi ! » Je souris. Elle payait le prix de ses préférences nordiques en matière de siège. Comme tant d'Italiens, Michela avait pris l'habitude d'utiliser une sorte d'horrible chaise soi-disant « ergonomique », venue de Norvège, totalement inconfortable de mon point de vue, qui tenait les jambes à moitié accroupies et les pieds en arrière. Cette position du pénitent l'empêchait aujourd'hui d'utiliser le vieux bureau Savonarole. Le siège ergonomique lui mettait le nez au niveau de l'écritoire qui avait été conçu pour les hauts fauteuils d'époque.

« Que faire ? » Les déménageurs venaient de partir. Changer de place ce massif secrétaire ? On n'en avait pas le courage... Du coup, elle me proposa de me laisser son bureau. C'est ainsi que j'héritai de la plus belle vue sur l'*ortale* et l'*atrio* ! Les conneries scandinaves avaient finalement du bon.

Michela partit à la recherche d'une nouvelle pièce pour écrire. Des foules de critères rentraient en ligne de compte. La cigarette par exemple. Puisque nous avions installé notre chambre dans celle du *zio*, je proposai de transformer l'ancienne chapelle vide en un petit salon. Impossible, me dit Michela. « Je ne veux pas qu'on fume à côté de notre chambre. »

Stupeur de ma part.

— Mais tu es la seule de nous deux à fumer.

— Justement, je veux pouvoir fumer tranquillement dans le salon sans risquer de contaminer la chambre...

Et ainsi de suite.

Nous passions notre temps à crier à travers la maison car les pièces ne communiquaient pas toutes entre elles.

— Où es-tu ?

29

E che c'ho scritto Giocondo ?

Nos munitions étaient sur le point de s'épuiser. Il était temps maintenant de sortir de notre autarcie.

Le lendemain matin, au petit déjeuner, je proposai d'aller au marché. « Fais-moi juste la liste des choses dont tu as besoin... » Je vis le visage de Michela se figer. Pas le temps de réfléchir, elle m'avait déjà lancé : *E che c'ho scritto Giocondo* ? Même si on ne comprend pas cette expression familière et courante à Rome, le ton aurait permis à n'importe qui de saisir que l'idée générale tournait autour de quelque chose comme : « Tu vas arrêter de me prendre pour une conne ! »

— Je t'ai déjà dit que j'en ai marre de faire des listes de tout ce que tu dois faire. Prends les choses en main.

Michela rappela ne pas vouloir être la seule à s'occuper de la maison. Elle avait déjà bien rodé sa théorie, bras armé d'une nouvelle révolution à venir.

Chacun a entendu parler en France de ces questions de « charge mentale ». Michela m'en parlait bien avant qu'on ne commence à s'en soucier à Paris. C'était ce que j'appelais sa *To Do List Theory*, sa « théorie de la liste des choses à faire ». J'y adhérais avec autant d'enthousiasme qu'un koulak ukrainien au programme de collectivisation des terres lancé par les soviets. En vérité, ce n'était pas par mauvais esprit mais parce que je m'en sentais bien incapable. Je n'avais pas de grandes aptitudes à la gestion du foyer. À la gestion *tout court*. Tout cela m'ennuyait et me dépassait.

C'était bien ce que me reprochait Michela en me lançant « Eh ! quoi ! Il n'y a pas écrit *Giocondo* ? »

Pour bien saisir cette expression, il faut rappeler qui était Francesco di Bartolomeo del Giocondo, dit *Il Giocondo*, le mari de la célèbre Joconde. Ce riche marchand florentin avait épousé en 1495 Mona Lisa qu'on surnomma la *Gioconda*, la femme du *Giocondo*. Cette vraie Joconde avait une réputation sulfureuse à Florence ; on prétend qu'elle trompait son mari quasiment sous ses yeux. *Giocondo* était fou amoureux de sa femme, au point de commander son portrait à Léonard de Vinci, et il devint pour cette raison un objet de dérision pour le petit peuple, l'Éternel mari, le *cornuto* absolu, cocu et crétin. Un *cornuto*, comme on dit à Rome, est autant synonyme d'imbécile que de mari trompé. Dire qu'il « n'y a pas écrit *Giocondo* », c'est comme dire en français « il n'y a pas écrit la Poste ». L'italien est juste un peu moins administratif.

Je fis donc le tour du propriétaire, un carnet à la main, pour noter toutes les nécessités du ménage. Michela me suivait pour éviter une omission. Quand nous eûmes fini notre inspection du rez-de-chaussée, elle monta rapidement au premier étage pour s'assurer que nous n'avions rien oublié. J'en profitai pour aller dans la chambre du *zio* chercher mon portefeuille et mes lunettes de soleil.

J'aperçus dans la cuisine la femme de ménage qui était probablement entrée par le jardin sans se faire remarquer.

Elle passait l'aspirateur en se trémoussant avec ses écouteurs sur la tête. Elle eut un petit sursaut de frayeur quand elle me vit passer. Je lui fis signe d'ôter son casque. J'étais curieux de savoir ce qu'elle écoutait. Elle me dit être fan de *Nandu Popu*. Qui ? *Nandu Popu*, cria-t-elle, des *Sud Sound System*, un groupe du coin assez connu qui avait été à l'origine, ajouta-t-elle, du *ragga-muffin* italien. C'était un peu trop pour moi... Elle me fit écouter un extrait. *Maledetta Televisione*. Une sorte de reggae mélangeant les rythmes de la Jamaïque et ceux des Pouilles, le tout dans un dialecte local et sur un ton passablement agressif. Genre *Trust*, « Antisocial tu perds ton sang-froid » qu'on écoutait dans ma jeunesse. Je lui demandai ce qu'elle pouvait bien y trouver.

— C'est une façon de ne pas accepter le monde comme il va.

J'aurais plutôt pensé que Bach ou Beethoven aidait à supporter la face sordide de cette planète...

— Avec ce genre de chanson, on reste en éveil. Et pourquoi pas un jour, une belle révolution. *Se Dio vuole*...

Si Dieu le veut ! Elle concluait une phrase sur deux par ce *Se Dio vuole* ! Comme jadis les paysans de nos contrées. Viendrait-elle demain ? Grillo sauverait-il un jour l'Italie ? Ferait-on la révolution ? *Se Dio vuole*. Quel singulier mélange de religion et de révolution ! Chez Bianca, Dieu était mis à toutes les sauces, même les plus radicales.

Au fil de notre séjour, je finirai par prendre plaisir à discuter avec Bianca. Le matin, je la retrouvais souvent dans la cuisine et, alors que tout le reste de la maison était encore assoupi, nous prenions ensemble un café en devisant de tout et de n'importe quoi, la vie du village, Dieu, la religion, les posts de Beppe Grillo, les usages locaux, les secrets du coin. Elle croyait à la lutte du Bien et du Mal, de Dieu et du Diable. Sous ses dehors de jeune femme libérée, Bianca était d'une étonnante superstition. Avec Nandu Popu comme démiurge et Beppe Grillo comme boussole, Bianca me faisait penser à un Christ des barricades en minijupe qui se serait égaré chez les Cinq Étoiles.

— Tu es où ?

Michela était redescendue dans l'*atrio*, elle s'impatientait. Je fis signe à Bianca de remettre ses écouteurs et traversai la cour à la hâte. « Tu faisais quoi ? » Inutile d'avouer qu'au moment de partir au marché je discutais musique et révolution avec la femme de ménage. J'inventai un petit mensonge en prétendant avoir demandé à cette dernière l'adresse du *fornaio*, le dernier du *paese* à faire encore cuire ses fougasses dans un authentique four en bois. « Ce n'est pas de *ça* que nous avons besoin. » Et nous sommes partis faire notre marché.

Celui-ci se tenait sur une place qui jouxtait le jardin des marquis Ruvo, les parents du terrible don Lele. Pour y accéder, il fallait passer sous le porche voûté d'une église fortifiée. Encore une ! Le maire m'avait dit qu'il y avait près de trente églises pour dix mille habitants. Soit plus d'églises que de *masserie* !

Ces coupoles et clochers polychromes évoquaient la

Grèce et Byzance. Mais ils me faisaient aussi penser à quelque chose de plus familier. Et je découvris plus tard chez Bertaux que mes impressions n'étaient pas de simples illusions. Nombre de ces monuments du Salente étaient moins soumis à une influence grecque ou byzantine qu'à une survivance de l'habitat primitif des hommes du néolithique, comme ces *trulli* qui ressemblaient aux maisons des causses du Quercy, ces petites « gariotes » arrondies en pierres sèches que je croisais dans mon enfance du côté de Luzech ou de Montpezat. Aussi n'était-ce pas pour rien que les plus simples *caselle* de la terre de Bari ne m'étaient pas étrangères.

30

Poveri francesi !

Tous les marchés du Sud se ressemblent en apparence. Et pourtant ceux du Salente réservaient encore quelques surprises. Sur les étalages, j'étais stupéfait par la variété des *verdure* ; il y avait là tout un panel d'herbes « spontanées », les *misticanza di erba*, ou « feuilles » mélangées, les *fogghie 'mbische* ou *fogghie 'mbisicate*, que les habitants des Pouilles cuisinent depuis la nuit des temps, les *cicorie*, dites aussi *puntarelle*, des sortes de feuilles d'endives mais plus savoureuses, la *catalogna* ou les *cime di rapa*, qui s'approchent vaguement des feuilles de navet ou de brocolis, que l'on sert ici avec de la purée de fèves et un filet d'huile, la *cicoria* sauvage, la *bietola*, la laitue sauvage (*lattuga selvatica*), l'*aspraggine*. Pour celui qui n'a connu que des légumes gonflés d'eau et élevés sous serre, fades, pauvres en vitamines et gavés de nitrates, ces « herbes » du Salente peuvent surprendre. Elles sont moins tendres car elles regorgent de ces fibres que le citadin va désormais acheter en pharmacie.

Nous prolongions nos emplettes en passant par le Corso pour nous arrêter chez le primeur ou *fruttivendolo*, le fromager, *caseificio*, le boulanger, la *panetteria*, les *panifici*, ou *forni*, spécialisés dans la *focaccia*, les *taralli*, ces petits biscuits apéritifs, et autres *pucci*, des petits pains fourrés d'olives ou de raisins. En France, il serait aujourd'hui bien difficile de trouver autant de commerces dans une petite cité provinciale de cette dimension. Je repensais à ma bourgade du Perche dont les magasins avaient fermé un à un depuis les années 1990, dévorés comme les compagnons d'Ulysse par un nouveau Cyclope tapi dans les faubourgs de la ville, la grande surface Leclerc. Dans le Salente, je crus un instant que ces monstres n'existaient pas. Mais je découvris bientôt qu'il existait des supérettes dans le *paese*, dont un Prisunic, le PAM – *Più A Meno*, « plus à moins ». Comment expliquer une telle cohabitation ?

Michela s'arrêta à un moment devant une boutique qui ne payait pas de mine, à l'angle de la via Taranto. Devant la porte, sur un tapis à même le sol, des courgettes entortillées qui ressemblaient à de véritables anacondas. Malgré leur apparence, Michela s'extasia sur ces primeurs biscornues et demanda au marchand s'il n'en avait pas d'autres.

Trasse e vide ! lui répondit le vieillard assis sur un panier de bois. C'est une forme dialectale qui veut dire en italien *entra e vedi* (entre et regarde). En passant avec Michela entre les *bancarelle*, je m'étais rendu compte que je ne comprenais pas un traître mot de ce qui se disait. La plupart des vendeurs s'exprimaient en *salentino*. Dans sa célèbre *Histoire linguistique de l'Italie unifiée*, le grand philologue Tullio De Mauro affirmait qu'en Italie il y a autant de dialectes que dans toute l'immense péninsule de l'Inde. Et les parlers du Nord avaient des racines celtes, très différentes de ceux du Sud aux racines étrusques ou messapiennes.

Je crus même entendre certains patriarches parler le *griko*, un dérivé du grec de l'époque byzantine. D'où le nom de cette petite enclave : la *Grecia Salentina*. Ils s'étaient religieusement transmis la langue de leurs ancêtres en résistant à l'italianité.

— Bah ! Tu ne sais pas ce que tu dis. Personne ne parle le *griko* ici, rectifia Michela.

— Pourtant certains me semblaient...

— Réfléchis ; nous sommes au nord de Lecce. La *Grecia Salentina* est au sud de Lecce... Cela n'a rien à voir. Tu confonds tout !... Et arrête avec tous ces détails sans intérêt.

Pourtant cette terre du Salente avait permis au vieux legs antique de survivre quand, partout ailleurs, il s'était effondré. Après la chute de Rome, la région était restée une des seules de l'Empire romain à ne pas être tombée dans la main des Barbares, ou plutôt à avoir été reconquise par l'empire romain d'Orient. Une muraille large de plus de sept mètres aurait même été érigée, de l'Adriatique à la mer Ionienne, pour protéger la péninsule salentine des Lombards de Bénévent. Le *Limitone dei Greci*. Il passait, disait-on, au nord du *paese* près de l'ancienne via Traiana Calabra, une bretelle de la via Appia.

Nous pénétrâmes dans la boutique du marchand de courgettes comme dans la caverne d'Ali Baba. De splendides voûtes d'ogive transformaient l'habitation, très modeste, en une petite cathédrale rurale. Michela me fit prendre un cageot entier de ces *zucca genuisa* (courgettes génoises). « On ne les trouve qu'ici et dans les environs de Gênes », me souffla-t-elle comme si elle me confiait un secret d'État.

Avec un filet d'huile, ces *zucche genuise* avaient un goût tout à fait inimitable et délicieux, plus proche de la purée que de la courge. Cette boutique remplie de légumes étranges me donnait l'impression d'avoir débarqué sur une terre nouvelle, opulente, un autre pays de cocagne. La vallée de l'Arneo était bien plus riche que je ne le soupçonnais.

— Tu te dépêches...

Michela se dirigea vers la pâtisserie « Chéri » et, en voyant la queue, elle me demanda d'aller pendant ce temps acheter quelques *pagnotelle*, des petits concombres goûteux. « Prends aussi des petites bottes de *rughetta*. » Cette roquette avait ici un goût tellement piquant qu'il fallait faire attention à ne pas en abuser dans la salade.

En me présentant à l'étal de la marchande, mon téléphone sonna.

C'était une amie de Paris, Charlotte, qu'on surnommait Lolotte parce qu'elle était un peu loufoque.

Je pris la communication et dus céder ma place.

Lolotte était une amie d'enfance. On ne s'était jamais vraiment perdu de vue. Des amis communs, des galères communes. Un goût pour les situations compliquées. Je lui avais fait part de mes soucis ; elle des siens. Et on continuait à se voir de temps en temps, même si on était désormais aux antipodes. Elle travaillait dans une multinationale où on comptait les jours de l'année à partir de la date des résultats comptables. L'embrigadement managérial complet. Je ne sais pas pourquoi, j'ai décroché. La nostalgie de Paris ? « Comment ça va mon gros loup ? » Charlotte n'écouta pas ma réponse : « J'ai décidé de faire une petite surprise à Éric. » C'était le prénom de son copain. Elle se préparait à partir à Brindisi dans quinze jours pour une « petite semaine en amoureux ». Lolotte « adorait » voyager. Toujours à l'affût de nouvelles destinations.

— Tu sais, c'est à la mode les Pouilles ?

— Super, dis-je machinalement.

— On a loué une voiture ; on va se balader. Je pourrai passer ? Ça serait sympa de se voir, dit-elle d'un ton affectueux.

Ça se gâtait. Il n'était pas question de recevoir des amis. Michela avait été très ferme. « J'ai dit non à tous mes amis romains, avait-elle précisé. Il est hors de question que tu fasses venir tes potes de Paris. Après, on se transforme en maison d'hôte. » À bon entendeur... Comment faire ? Je fus obligé de dire à Lolotte que nous n'étions pas encore installés, ce qui n'était pas tout à fait faux. On campait. « Ce n'est pas grave, avait répondu Lolotte. On s'arrangera. » Alors je poussai un peu plus la dissimulation. Je lui dis que nous étions retenus à Rome. Mensonge diplomatique. Avant de raccrocher, Lolotte me demanda quand même le nom du bled où nous étions pour y faire un saut en passant. Il n'y avait aucune raison pour que je ne le lui donne pas ; elle n'avait pas mon adresse précise... « Je suis tout excitée à l'idée de découvrir cette région », conclut-elle.

La marchande de légumes avait suivi ma brève conversation téléphonique. *Francese* ? me demanda-t-elle quand je raccrochai. « Oui. » Elle fit machinalement un signe de croix, apitoyée et triste. *Poverini*, lâcha-t-elle.

Les gens d'ici avaient été profondément affectés par l'attentat qui s'était perpétré la semaine précédente, dans la région de Rouen. Le père Hamel avait été égorgé par deux fanatiques islamistes. Nous avions été choqués nous aussi par cette horreur mais, à ma grande honte, l'aménagement de la maison avait repris ses droits. Au *paese*, ce *sgozzamento islamico* avait ravivé le souvenir toujours vivace du massacre des centaines de chrétiens d'Otrante, égorgés un à un par les Turcs pour avoir voulu rester fidèles à leur foi. C'était en 1480.

Je vis dans le regard que m'adressa cette vieille marchande de légumes comme une sorte de compassion sincère ; elle n'aurait pas dévisagé autrement un chrétien d'Orient vivant dans un pays où l'on égorge les prêtres dans leurs églises...

Poveri francesi !...

31

Il pasticciotto Obama

Je retrouvai Michela à la pâtisserie. Quand son tour arriva, elle demanda d'un ton ferme à la vendeuse une demi-douzaine de *pasticciotti*. C'était la spécialité du lieu, une sorte de gâteau basque plus léger. La pâtisserie du village avait connu un grand succès en ayant créé voilà quelques années le *pasticciotto Obama*, le même gâteau mais au chocolat. Une publicité grotesque ornait l'entrée du village avec la tête caricaturale d'Obama, lèvres lippues et nez exagérément camus, pour vendre un gâteau à la crème... En France, quelques associations se seraient liguées pour interdire une telle pancarte... En Italie, le camp du Bien et des inquisiteurs zélés n'était pas encore aussi structuré que chez nous.

Il pasticciotto Obama ! Drôle de nom quand même ! Rien ne semblait plus inadapté à ce *paese* de l'extrême Sud de l'Italie ! Mais on se l'arrachait.

— Ces pâtisseries sont de ce matin ?

Je fus étonné par le ton ferme de Michela en désignant les *pasticciotti* du doigt. La patronne prit la mouche.

— Elles sont encore chaudes.

— Vous en êtes bien sûre ?

Michela me chuchotait en français : « Mieux vaut demander ici ; sinon, ils n'hésitent pas à te refourguer des gâteaux rassis de la veille. » Je ne sais si la patronne, une bonne *mamma* bien enveloppée, comprenait le français mais elle sembla très irritée. Son honneur était en jeu. Alors elle prit avec un papier un de ces beaux gâteaux et le tendit vivement à la bouche de Michela, par-dessus la vitrine de protection.

E allora mo'mangiatelo... « Eh bien, maintenant, mange-le ! » dit la pâtissière d'un ton sec. Michela ne s'y attendait pas. Elle dut engloutir le gâteau à la crème. Je l'ai aidée à finir ; cette pâtisserie était bien du jour. La pâtissière avait eu raison de sacrifier un de ses gâteaux. On en commanda une bonne douzaine. Le sens du commerce ne passe pas toujours par l'esprit de lucre, contrairement à ce qu'on nous avait enseigné. Je notai que la patronne ne nous fit même pas payer le gâteau qu'elle nous avait donné de force. Elle en fut pour son argent.

En sortant de la pâtisserie, Michela reprit vite ses esprits.

— Il faut aller acheter des pâtes maintenant.

À l'angle de la rue qui conduisait au prieuré des Capucins, nous nous arrêtâmes dans une épicerie à moitié déserte. « *Buon giorno, signori* », fit la patronne, ravie de voir des clients par ce jour de marché, où tout le monde déambulait dans les rues. Sur les étagères de sa boutique, on pouvait distinguer des centaines de pâtes différentes. Michela commanda des *orecchiette* fraîches, des *troccoli*, des *fileja*, toutes spécialités des Pouilles et de Calabre, notamment ces *strozzapreti*, littéralement des « étouffe-curés ». La patronne peina à déverser toutes ces pâtes dans le cageot des courgettes. Michela s'irrita et se pencha sur le sac. « Évidemment, tu as tout mis en vrac. » Elle chercha à mieux le ranger, pestant contre mon côté brouillon. Un peu lassé, je repensai à Francis Ponge qui désignait le cageot à « mi-chemin de la cage au cachot ». Mais ce n'était pas le moment de faire de l'esprit. Michela avait pris la longue liste que nous avions préparée à la maison.

Direction le *caseificio*, le marchand de fromages frais. On y confectionne sur place les *mozzarelle* et autres *latticini*, comme la *burrata* ou la *giuncata*, avec le lait des bufflonnes des environs. Aucune *bancarella* du marché ne pouvait proposer des produits aussi frais.

Nous sommes entrés dans le magasin où il y avait une cohue indescriptible. Les gens étaient assis sur des chaises disposées tout le long du mur. Tout était blanc, des murs aux vêtements du marchand. Coiffe, salopette et bottes d'un blanc impeccable. À travers la vitre intérieure, on voyait le « laboratoire » où se confectionnent ces produits à partir du lait du jour. « Ils n'ouvrent que le matin », m'avait dit Michela. À midi, tout était déjà vendu.

On prit notre place dans la file d'attente. Le fromager discutait avec le premier acheteur comme si de rien n'était, racontant comment il faisait sa *ricotta marzotica*, une sorte de ricotta salée, typique du Salente, qui ne se faisait qu'au printemps. D'où son nom qui évoquait le mois de mars (*marzotica*) et la douceur des fourrages.

Michela commençait à trépigner. Elle me glissa, suffisamment fort pour qu'on entende : « *Se la prende comoda.* » Ce qu'on aurait traduit : « Il se la coule douce. » Mais le sens exact – « Il prend la vie de façon commode » – avait quelque chose de plus séduisant. Après tout, nous étions en vacances.

Mais, quand arriva notre tour, il n'y avait presque plus rien dans les bacs, ni *giuncata*, ni *primosale*, ni *cacioricotta* pour mettre sur les pâtes. La plupart de ces fromages des Pouilles plaisent parce qu'ils sont à l'état pur, ce qu'on appelle ici la *cagliata* ; on les mange avec du miel ou de la cannelle. Mais, en fin de matinée, le magasin était dévalisé. Il ne restait plus que deux *burrate* que l'on embarqua sous les yeux furieux des clients suivants. Ce produit ne se conserve pas longtemps et ne supporte pas les transports. Ce qui explique qu'on ne trouve pas de bonnes *burrate* à Paris ni même à Rome. Les limites de la mondialisation. Elle peut tout faire, mais mal.

32

Le descendant d'Apollon

Après le *caseificio*, retour à la maison... Les vieilles pierres blanches des rues centrales renvoyaient les rayons du soleil des Pouilles. Et, à cette heure, celui-ci commençait à être aveuglant.

Matteo nous attendait devant le *portone* avec un grand type maigre, genre bellâtre. Nous n'avions pourtant pas rendez-vous. « Je n'ai pas eu le temps de vous prévenir », dit Matteo en faisant mine de s'excuser. En Apulie, la précipitation est le moteur de tout. C'est un mode de fonctionnement. Au fond, plus efficace qu'on ne croit. Les choses se font quand on y pense.

Matteo voulut nous présenter. Seulement le macho qui se tenait à ses côtés ne paraissait pas très intéressé par ce qu'on disait. Il avait les yeux fixés sur deux filles qui bavardaient de l'autre côté de la rue. L'une était de face, plutôt jolie ; l'autre de dos. Quand elle se tourna, je reconnus Bianca. Le bellâtre les salua d'un geste. Bianca traversa la chaussée pour lui faire la bise. « Ciao Massimo. » Elle comprit ma surprise. « Massimo est mon cousin », me dit-elle avec un clin d'œil. Le poseur de moustiquaires était donc lui aussi un cousin de Matteo. « C'est une grande famille », dis-je à l'architecte non sans un sourire. Il se crut obligé de se justifier : « Vous savez, ici, il vaut mieux que tout travail se fasse avec des parents ; *è più sicuro* ; c'est plus sûr. »

Quand Massimo daigna détourner son regard de la copine de Bianca, je lui indiquai le chemin de l'*ortale* où il devait poser ses *zanzariere*. Il installa ses outils dans la cour et me demanda quelques instants pour se changer. On étouffait dans l'*ortale*. Massimo se dénuda sans gêne dans la *lavanderia*, la grande pièce voûtée qui servait jadis à faire la sauce tomate. Nu comme Adam, il fouilla dans sa besace à la recherche d'une salopette échancrée. Il prenait visiblement plaisir à exhiber son corps de demi-dieu. Je finis par comprendre que toute cette scène était destinée à Bianca qui l'observait derrière la vitre de la souillarde. Et, apparemment, elle ne semblait pas indifférente.

Quand je suis rentré dans la maison pour retrouver un peu de frais, Bianca chercha à se disculper en lançant une petite remarque ironique à propos de son cousin. *Ma che buffone !* murmura-t-elle en haussant les épaules. Mais son regard restait toujours fixé sur le corps parfait de Massimo tandis qu'elle passait l'éponge derrière la vitre. Le descendant d'Apollon devait savoir l'effet exercé sur sa cousine et il commença précisément à poser la première moustiquaire sur la fenêtre que Bianca essuyait.

La scène valait le coup. Le cousin fit bien attention à ne pas baisser les yeux en regardant à travers le carreau. L'œil est très important dans le Sud. L'homme, le *maschio* s'entend, ne doit jamais baisser le regard. Tout a été codifié à Naples dès le siècle des Lumières. Cela s'appelle l'art de la *jettatura*. Le bon œil, le mauvais œil. Bianca paraissait captivée par son cousin. Soudain, Massimo se mit à siffloter en la fixant, provocateur. Ce fut le truc de trop. Bianca déguerpit aussitôt pour faire les chambres.

Michela proposa de passer à table. À cette heure de la journée, il faisait bien trop chaud pour déjeuner dans le jardin, même sous le *canizzo*, ce toit en paille prolongeant la maison. On se réfugia sous les voûtes de la cuisine. Nous avons avalé quelques feuilles de salade, des concombres, des poivrons et du pain grillé avec un mince filet d'huile. Pas de viande. Un peu de fromage frais du coin. Les pâtes, c'était pour le soir. Nous suivions la fameuse « diète méditerranéenne » d'Ancel Keys.

Encore un vegan ! aurait-on pu se dire. Je ne l'étais pas mais j'avais été fort marqué par la vie du docteur Keys. Ce savant diététicien avait participé au débarquement allié en Sicile et à Naples en 1943. Il y était revenu ensuite dans les années 1950 pour étudier la population de la Campanie. Il avait réalisé que les gens du Mezzogiorno ignoraient les maladies cardiovasculaires qui commençaient à devenir un fléau dans la moderne Amérique. Avec sa femme Margaret, Keys avait fini par quitter sa chaire du Minnesota pour venir s'installer sur la côte du Cilene, à Pioppi, un petit village de pêcheurs près de Salerne.

Le choix de ce village n'était pas dû au hasard. L'Italie du Sud conservait aux yeux de Keys l'archaïsme qu'il recherchait, loin du « miracle économique » de l'Italie du

Nord. Ce « progrès » lui paraissait néfaste pour la santé de l'homme, comme pour l'architecture.

Son *buen retiro* faisait face à l'ancienne colonie d'Élée où Parménide et Zénon fondèrent leur école dite *éléatique*. C'était au ve siècle avant J.-C. et pourtant les questions qu'ils se posaient me semblaient d'une brûlante actualité : comment distinguer la raison et la *doxa* (l'opinion) ? Margaret et Ancel Keys comprirent bien avant les autres que le « sous-développement », contrairement à ce qu'enseignait justement la *doxa* économique en vogue, pouvait être, à certaines conditions, un autre modèle de vie plus simple mais non moins enrichissant que le développement frénétique des « modernes ». Cette « diète méditerranéenne » permit au docteur de vivre jusqu'à plus de cent ans.

Peu de viande rouge, du poisson ou de la viande blanche, peu de gras animal, des légumes, du blé, de l'épeautre, de l'orge, des fruits, de l'huile d'olive, pas de beurre, mais du pain, du basilic ou de l'origan (plutôt que du sel), et des pâtes intégrales. Les pâtes, selon Keys, rendent moins agressifs. C'est pourquoi les fascistes lancèrent un mot d'ordre contre les pâtes accusées d'amollir les Italiens, *Abbasso la pastasciutta !* Comme toujours en Italie, cette croisade vira à la farce. Mussolini aurait lancé : « À bas les pâtes, d'accord, mais les macaroni, c'est différent »...

33

Le pays des « mangeurs d'herbe »

Cette « abondance frugale », très en vogue aujourd'hui, n'avait rien de révolutionnaire dans le Salente. Elle correspondait à une vieille tradition locale. Keys n'avait au fond rien inventé. Je découvris dans la bibliothèque du *zio* une ancienne *Statistique du royaume de Naples de 1811*. Ce document, rédigé à l'époque où Murat régnait sur ce bout d'Italie, précisait dans la partie « subsistance et alimentation » que les habitants de la terre d'Otrante « inclinent à l'herbivore » (*inclinano all'erbivoro*).

La « base de la nutrition de la population » était les légumes secs (*legumi*) et les *vegetabili* (aujourd'hui on dit *verdure*). On mangeait les herbes de toutes les façons possibles, crues, cuites, soit simplement *lessata*, soit sautées à la poêle, soit plus grassement frites.

— C'est bizarre votre alimentation, dis-je à Michela un peu par provocation. Vous êtes au fond très primitifs...

— Oui, mais moins que les peuples barbares des « mangeurs de viande » comme vous.

Michela avait répondu presque machinalement, avec son ton toujours un peu brusque. Mais ce n'était que pour la forme. Au fond, je la sentais plus apaisée ; elle n'aurait pas eu auparavant le goût de polémiquer avec moi sur ces fadaises de cuisine. Viande, pas viande ? Ce séjour chez les « mangeurs d'herbes » commençait à lui faire du bien.

Il m'est revenu à l'esprit le mot d'Homère qui désignait aussi les Grecs comme des « mangeurs de pain ». Cet aliment se distinguait à l'époque de la viande, nourriture des sauvages et des bêtes féroces. Le pain suppose la maîtrise du feu et un art de la levure dont les primitifs s'avéraient incapables. La différence entre le cru et le cuit. Le feu de Prométhée, donné aux humains contre la volonté de Zeus, avait accompagné le confort des hommes. Dans l'Athènes de Périclès, les grands chefs étaient des boulangers. Cette tradition simple, bien antérieure au véganisme, avait survécu dans les Pouilles. Le pain n'y est pas simplement un à-côté du repas. Il en est souvent le cœur. Et ce n'est pas par misère. Il y a un vrai culte du *pane*. Les gens d'ici en raffolent, en particulier la *friselle*, un pain très sec, arrondi qu'on baigne dans l'eau pour le ramollir.

Cette terre avait donné naissance au meilleur des pains que j'aie jamais mangé. Le pain jaune d'Altamura, du nom de cette petite ville de Frédéric II dans le nord des Pouilles, près du château de Castel del Monte. Nous allions l'acheter en grande quantité le mardi et le jeudi et on le conservait dans le congélateur. En rentrant à Paris, j'en rapportais même dans la valise. Sur les bords de Seine, j'étais devenu nostalgique du pain d'Altamura comme Dante regrettait dans son exil de Rimini le pain sans sel de Florence.

Après notre repas, en apparence pauvre, en réalité sobre et apaisant, Michela est allée fumer sa cigarette sur la terrasse. Pour moi, dehors, il faisait résolument trop chaud. Je suis retourné dans mon bureau boire le café. Bianca passa la tête dans l'embrasure de la porte.

— Je peux encore vous demander quelque chose ?

Elle me montra les piles de bouquins qui traînaient sur la table de travail. Son rêve, dit-elle, « ce serait d'avoir un jour suffisamment de temps pour lire la *Recherche du temps perdu* en français ». Bigre ! Elle me dit qu'elle avait appris notre langue à la fac. Elle avait presque tout oublié. Mais elle ne renonçait pas à reprendre un jour des cours. Elle s'approcha du bureau et me demanda la permission de jeter un œil sur mes livres. Je n'y voyais pas d'inconvénient mais je craignais qu'aucun ne puisse vraiment l'intéresser. Elle prit *De l'Homme*, le traité oublié d'Helvétius... « Je peux ? » dit-elle en tenant le livre avec précaution. « Le titre est engageant », ajouta-t-elle en feuilletant quelques pages. Elle tomba au hasard sur un passage qui lui fit refermer aussitôt le traité comme s'il pouvait la contaminer. « Vous avez vu ce qu'il écrit ? » me dit-elle. Elle retrouva la page et lut : « Point de prêtre ou point de vraie morale ! » Elle en prit un autre ; pas de chance ; c'était le *Traité des trois imposteurs* attribué au baron d'Holbach. Je lui dis de quoi il s'agissait. Les trois « imposteurs » en question, c'était Moïse, Jésus et Mahomet. Elle me regarda effondrée. « Vous n'avez que ce genre de livre ? » Je n'étais pas un grand lecteur, en vérité, de ces auteurs matérialistes mais je devais les consulter pour achever un livre sur l'*Histoire de la République* que j'écrivais avec mon ami Thomas, un collègue de la fac.

Elle reprit son souffle et consulta alors sa montre.

— Ah ! désolé, *professore*, je dois aller chercher mon mari à la gare de Brindisi. Il revient de Rome, dit-elle pour s'excuser de devoir partir encore plus tôt aujourd'hui.

C'était la première fois que Bianca m'appelait *professore*. L'Italie est bien le dernier pays d'Europe où ce titre jouit encore un peu de considération. Je n'étais plus un simple *dottore*, titre qu'on donne au premier venu. Évidemment, je n'étais pas dupe, pourtant ce « *professore* » me flatta un peu bêtement.

Avais-je une nouvelle étudiante ?

34

Terra amoris

Dans la semaine qui a suivi notre installation, Michela dut repartir à Rome pour régler une question familiale avec ses parents. Je me suis retrouvé seul pour quelques jours dans la grande maison. Bianca s'attardait un peu plus dans mon bureau. Elle prenait son temps pour passer le plumeau au-dessus de l'armoire Savonarole, juchée sur l'escabeau de bois. Je ne pouvais m'empêcher de regarder ses jambes bronzées. Nous étions seuls, au fin fond des Pouilles, loin de tout et il faisait très chaud. On discutait, on buvait le café pendant sa pause et elle fumait une cigarette avec moi. Quand elle reprenait le travail, elle n'avait pas le même entrain. Un jour, accoudée au dossier d'une chaise, elle me raconta son dernier voyage à Lorette. Pendant qu'elle me parlait, je regardai son décolleté plongeant au milieu duquel pendait une belle croix en fer. Elle n'avait pas mis de soutien-gorge. Après avoir croisé mon regard, elle se redressa vivement, embarrassée et remonta son tee-shirt. « Finalement, je vais retourner faire les carreaux de la cuisine », dit-elle.

Ce fut presque un soulagement.

À la fin de la semaine, Michela était revenue. Les vacances allaient pouvoir véritablement commencer. Je ne changeai pas les habitudes que j'avais prises de sortir tous les matins de bonne heure. Après le café, j'enfilais mon jogging. Première halte chez la boulangère pour acheter des viennoiseries qui ressemblent à nos petits pains au lait. « Ils sont à l'huile », avait-elle rectifié un peu sèchement. Nous avions commencé à échanger quelques mots sur le *paese*. « Ah, vous êtes Français. » En Allemagne, dans ma jeunesse, c'était un compliment. En Italie, c'est toujours à double tranchant. Paris est adulé mais le Français est réputé hautain et peu sympathique. On dit qu'il a *la puzza sotto il naso* ; c'est une expression vraiment bizarre. Avoir la puanteur sous le nez ! Cela veut dire être snob. Les Italiens nous regardent comme nous regardions les Anglais jadis.

— Alors, vous le voulez quand même ce petit pain à l'huile ?

Cette brune d'une trentaine d'années, avec son air sulfureux typique des quartiers espagnols de Naples, m'intriguait. Ses yeux pouvaient vous transpercer. Avec son regard furieux et sa voix rauque, je l'imaginais passant de la caresse à la morsure comme la mère de Vanina dans *Le Professeur* de Valerio Zurlini. Gare à celui qui se mettait en travers. Le pays était dominé par ce genre de femmes au caractère bien trempé, tantôt muse, tantôt sorcière.

On pense que le Mezzogiorno est un pays de machos. Ce n'est pas totalement faux. D'ailleurs les violences contre les femmes sont légion ici. Toutes les semaines, les soirs d'été, l'émission *Amore criminale* sur RAI 3 égrène de tristes histoires de femmes massacrées par leur compagnon, ce que les juristes d'Ancien Régime qualifiaient d'*uxoricides*. Le terme est resté d'usage ; on parle aussi de *femminicidio*.

Pourtant, en dehors de ces cas dramatiques, ce sont les femmes qui, depuis Médée et Circé, règnent en secret dans le coin. L'architecture en témoigne. Dans la plupart des églises chrétiennes du Moyen Âge, les porches symbolisent les ténèbres et les saints du paradis. Ici, le paradis terrestre est représenté par des fleurs, du blé, des pommes, des grappes de raisins et, au centre de la porte, parmi des dizaines de *puttini* lascifs, la statue d'Ève, nue, charnelle et voluptueuse, à la place de la Sainte Vierge. D'après un historien local, il s'agit peut-être d'un témoignage unique dans l'art chrétien de la présence aussi visible d'une divinité païenne.

Nous étions bien au pays des femmes ! D'ailleurs, les Grecs vénéraient les hermaphrodites issus du croisement d'Hermès et d'Aphrodite. Dans les rues de Naples, depuis le Moyen Âge, des *trans*, les *femminielli*, étaient respectés pour leur « pouvoir magique ». Une des chefs de la Camorra, Ketty Gabriele, était une *femminiello*. Ce qui serait inconcevable en Sicile.

Après la boulangerie, je traversais le Corso pour aller chez Laura, la marchande de légumes. Pour un euro de plus, elle lavait et faisait revenir dans sa poêle la *cicoria*, la *bietola* et tant d'autres herbes typiques. Les gens se bousculaient dans son magasin pour utiliser ses services. Nous n'étions pas les seuls à être paresseux en vacances. C'était du reste une vieille habitude du royaume de Naples à en croire le très consciencieux voyageur allemand Carl August Mayer. Déjà en 1840, il constate que même les pauvres de ce royaume avaient recours aux traiteurs forains plutôt que de se faire à manger, tant les prix étaient bas.

Laura n'était pas la patronne de la boutique, seulement une employée. Elle avait obtenu, me dit-elle, une licence de marketing à Pise puis elle avait décidé de revenir au pays. Elle ne devait pas avoir plus de vingt-cinq ans. Elle poursuivait son master par correspondance. « Je n'en pouvais plus de Pise. » Des millions de touristes se damnaient de par le monde pour visiter la tour penchée. Laura, elle, n'en pinçait que pour son Salente.

C'était une fille à l'air séraphique, le visage lisse comme une *Pietà*. On rencontre souvent dans le Sud des femmes aux traits nobles rappelant les modèles de l'art religieux ou de la sculpture antique. Mais Bianca, bien que pudique, n'était pas une icône de tabernacle, avec son bracelet indien à la cheville et sa voix douce lorsque je la payais.

Grazie, gentilissimo.

On aurait dit une invitation à danser.

J'avais cru adolescent à la réalité de cette *terra amoris* dont parlait Stendhal, un pays béni des dieux peuplé de jeunes filles audacieuses. L'Italie m'évoquait le soleil, la musique, les soirées accueillantes sur une terrasse ou autour d'une fontaine romaine, les *veline* sensuelles de la TV de Silvio. Ah ! ces belles « années Eros ». J'étais passablement naïf.

Lorsque je suis arrivé à Rome pour ma thèse, j'ai un peu déchanté.

Je ne sais pourquoi Stendhal a pu écrire qu'en Italie « on peut faire l'amour comme on veut ». Il a dû confondre avec les pays scandinaves. Certes, dans le Mezzogiorno, la religion n'est pas très regardante ; c'est même une digue charmante. Facile à contourner, elle renforce délicatement la passion en la défendant. Ce n'est pas une découverte : l'interdit religieux ne fait qu'affermir le délice d'enfreindre la règle quand il ne sombre pas dans le moralisme rigide. Il y a en revanche un obstacle bien plus redoutable que la règle canonique : les mâles jaloux, très incommodes à dompter. Même le marquis de Sade s'en plaignait dans son séjour en Italie. J'y ai repensé en voyant comment le boulanger surveillait sa femme depuis son fournil. Je n'aurais pas voulu m'y frotter.

Je finissais mon tour du patelin en passant chez le marchand de journaux. Il occupait un long boyau sombre, sous la voûte d'un palais mal restauré dans les années 1950 qui jouxtait la mairie.

Le kiosquier s'entretenait dehors avec quelques vieux du cercle des anciens combattants. Il me lança : « *Arrivo subito !* Vous n'êtes pas d'ici ; je connais tous les gens du *paese.* » Je répondis que j'étais français. Il se raidit.

— De Paris ?

— Oui.

Pour sûr, il trouvait bizarre qu'un Parisien vienne s'enterrer dans son village. Je lui dis que ma femme venait du *paese.* Il parut soulagé. Je devenais désormais un enfant du pays *par alliance.*

Ici, inconsciemment, les gens ont toujours besoin de vous rattacher à une connaissance. Cela les rassure. C'est pourquoi ils demandent toujours si tu ne serais pas le cousin d'un tel ou le neveu d'un autre. Le kiosquier se dérida. Il s'appelait Giuseppe, « mais tout le monde ici me surnomme Pippi », s'écria-t-il. Je jetai un œil sur les journaux et choisis la *Gazzetta del Mezzogiorno*. « Vous savez ici, les gens lisent aussi *Il Quotidiano di Puglia* », dit-il. Chaque jour, je pris l'habitude de discuter avec Pippi de l'actualité du *paese* et des environs. Je n'achetais plus que les deux journaux du coin. Tout ce qui se passait au nord de Brindisi ou au-delà de la pointe de Leuca cessa de m'intéresser. *Quant'è bello non capire*, dit un dicton du coin. Comme il est bon de ne rien comprendre...

35

« Dans les rues, il n'y a plus que les fous, les chiens et les Français »

Quand la cloche de la Chiesa Madre sonnait les deux heures de l'après-midi, la vie s'arrêtait au *paese* jusqu'à cinq heures. Alors il n'y a plus dans les rues, dit-on, « que les fous, les chiens et les Français ».

J'aimais ces heures privilégiées. Cette détente *pomeridiana* est ici un rituel plus impérieux que celui de la messe. On fermait les volets et dans la pénombre de la chambre du *zio* une lumière chaude se faufilait entre les persiennes. Elle imprimait sur le sol des rayures bizarres qui ressemblaient aux ombres de la forêt. On aurait pu se croire dans la clairière d'un bois en été. Michela, qui se transformait à vue d'œil au contact de cette vieille terre solitaire du Salente, venait parfois me rejoindre. C'est peut-être dans ces moments uniques, alangui sur le lit, que tant d'envies surgissent. J'avais retrouvé dans la bibliothèque les *Amours* d'Ovide. Les Anciens n'avaient pas nos fausses pudeurs ou nos criantes impudicités. Dans une chambre un peu semblable à la mienne, Ovide décrivait la belle Corinne qui s'approchait de lui, chiton relevé, « les cheveux flottant de chaque côté sur sa gorge ». Il poursuivait : « Je la dépouillai de sa tunique, dont le tissu léger ne me cachait cependant aucun de ses appas. Corinne toutefois faisait, pour la garder, quelque résistance ; mais ce combat n'étant point celui d'une femme qui veut vaincre, elle consentit bientôt sans peine à être vaincue. » L'amour l'après-midi, le corps bronzé sur les draps blancs qui accompagnaient la pureté des murs blanchis.

Dans la torpeur du Salente, nous perdions, Michela et moi, nos repères. « Eh ! tu es mort ? » m'écrivait parfois une amie, inquiète de ne pas avoir de nouvelles. Sur les bords de Seine, il fallait répondre dans la seconde ; ici, on oubliait même le portable. « Tu tiens le coup ? » Il ne fallait pas la décourager. « Oh, tu sais, je relis des classiques et je découvre W. G. Sebald que je n'avais jamais ouvert ; au fond, je me repose et, si on y pense bien, les vacances, c'est un peu fait pour ça, non ? » Je persévérais dans cette joie de me retrouver au bout de l'ancien royaume de Naples sans voir personne. « Mais tu ne t'ennuies pas un peu ? »

J'avais su par une indiscrétion ce qu'elle avait dit à ses amis une fois le téléphone raccroché. « Qu'est-ce qu'ils doivent s'emmerder dans leur bled avec ses vieux auteurs ! C'est du passé tout ça. » Je songeais à ce que les amis du docteur Munthe lui disaient lorsqu'il avait décidé de s'enterrer dans sa sublime villa d'Anacapri. « Vous qui êtes un homme cultivé, qui allez-vous fréquenter ? » Et le médecin de répondre : « Moi-même, mes chiens et mon singe. » Je n'avais ni chien, ni singe. Et le couvent n'avait rien de l'exceptionnelle villa San Michele et ses sept cent soixante-dix-sept marches phéniciennes dominant la baie de Naples. Mais j'étais prêt à discuter avec moi-même et surtout avec ces « vieux auteurs » poussiéreux. J'y trouvais un peu plus de réconfort qu'avec certains modernes.

Un pote m'avait envoyé un texto quand je lui avais donné la date un peu tardive de mon retour : « Mais pourquoi restes-tu si longtemps ? » Jamais je ne m'étais senti aussi bien en vacances depuis les étés passés à Bayonne dans la vieille maison de mon grand-père. Il faisait simplement un peu trop chaud.

Le *solleone* a fini par donner à la terre des Pouilles le nom de « terra russa » qui veut dire « rouge » en dialecte local. Mais c'est aussi un habile jeu de mots. Car le soleil qui domine l'été toute l'immensité du Sud impose une aphasie métaphysique, comme le vent froid sur les plaines russes.

Même les cigales se taisent durant la journée.

36

Lolotte

En cette fin d'après-midi, je sortais à peine de ma sieste quand j'entendis qu'on sonnait avec insistance à la cloche du *portone*. Nous n'attendions personne. En ouvrant d'un geste brusque la petite porte, je tombai nez à nez avec mon amie de Paris et son compagnon. « Surprise ! » s'exclama Lolotte. Comment avait-elle fait pour nous retrouver ? Elle ne répondit pas à ma question et poussa le battant du porche. « Tu permets, je jette un œil. » Charlotte pénétra dans l'*atrio* et se planta au milieu. « Ah ! tu as vu ces gros pots en terre cuite », dit-elle à son compagnon, Éric, qui suivait avec les valises. « C'est bizarre ici, ajouta-t-elle. On croirait une sorte de Riad. En moins luxueux, évidemment... Je ne m'imaginais pas un couvent comme ça. Tu sais, moi, les trucs religieux... »

Elle monta les petits escaliers qui conduisaient aux salons.

— Putain, ce qu'il fait chaud ici ! J'aime bien la chaleur mais alors là... On se croirait à Marrakech. Tu as un verre pour nous désaltérer ?

Je la conduisis à la cuisine et Lolotte déversa un flot de paroles pour m'expliquer comment ils avaient fait pour nous retrouver. « Avec Éric, on a commencé à faire le tour du Salente en voiture. Quand on est arrivé près de Lecce, je me suis dit : c'est trop bête ! On va aller voir mon vieux pote. Il habite à côté. J'avais le nom de ton bled. On est allés à la mairie demander la maison du Français. Bref, on a galéré, je te raconte pas ! Personne ne parle anglais ici... On est sorti de la mairie, et là, juste en face, on est tombé nez à nez avec un type, assis sur un banc, il y avait toute une bande de vieux. » Ce devait être Pippi. « Il avait l'air un peu moins ramolli que les autres, dit-elle. C'est le soleil, ou quoi ? Ils n'ont pas tous l'air bien réveillés ici. Bon enfin, j'ai demandé s'il connaissait la maison d'un Français qui venait de s'installer. Il nous a indiqué où tu habitais... »

Merci Pippi !

J'allais devoir prévenir Michela. En revenant dans le hall, je dis à Lolotte et à son compagnon de m'attendre quelques instants. Je ne savais pas comment Michela pourrait réagir. Je me doutais bien que cette arrivée inopinée risquait de remettre en cause l'équilibre fragile que nous avions fini par trouver.

« C'est bien une de tes copines. » Michela était furieuse quand je lui dis que Lolotte voulait rester quelques nuits au couvent « pour mieux connaître la région ». Elle n'avait pas trouvé de chambre d'hôtel. Michela haussa les épaules. « Évidemment, quand on sait qu'on pourra trouver une pauvre poire comme toi. »

Elle me dit de les installer au premier étage, dans le *magazzino*. « Ils auront peut-être un peu chaud, me dit-elle, mais on sera tranquille. »

Quand je revins dans le hall, Lolotte me demanda où Éric pouvait garer la voiture. Dans la rue, cela ne risquait rien. Elle tiqua. « Tu sais, on a plein d'affaires. Et puis, dans le Sud, on ne sait jamais... » Je compris et lui proposai de la mettre dans la cour, derrière la maison. « Le porche est tout au bout du *vico.* » Lolotte se tourna vers Éric. « Tu vas garer la voiture mon chéri... »

Elle monta avec moi à l'étage pour voir la chambre. Dans les escaliers, Lolotte me dit qu'elle venait d'être nommée à la direction d'un service marketing dans son groupe d'agroalimentaire. L'époque où elle voulait faire de l'édition semblait bien loin. Mais elle restait très « libre », prétendait-elle. Ou très « autonome », je ne fis pas très attention. Elle ajouta fièrement qu'Éric était un grand ponte de l'informatique. On allait s'amuser.

Au bout de quelques instants, j'entendis qu'on klaxonnait nerveusement en bas. Je me précipitai à la rambarde de la terrasse et je vis que la voiture d'Éric était bloquée dans le *vico*. C'était bien ce que je craignais. Les voisins avaient pris l'habitude de stationner leur Mercedes devant la grille de notre jardin, obstruant ainsi notre entrée. Et voilà qu'Éric klaxonnait avec insistance comme s'il était à Paris !

Je descendis en courant pour prévenir un drame. Le voisin du *vico* n'avait pas la réputation d'être commode. Au bout de dix minutes, il sortit, décontracté, en chaussons et marcel. Souriant. Tant mieux. Je pris alors les devants en lui expliquant poliment la situation. « Nos amis auront besoin de passer avec leur voiture dans le *vico* pendant quelques jours. » Il se montra très compréhensif : « Pas de souci, on va s'arranger. »

Non c'è problema...

À neuf heures du soir, on dîna sobrement dans la cuisine, suivant toujours les préceptes du docteur Keys. Michela n'ouvrait pas la bouche. Je voulus détendre l'atmosphère en évoquant une petite anecdote historique à propos de la salade que nous mangions, la *rughetta che pizzica un po'*, « la roquette qui pique un peu », comme disait Laura. Les Romains en consommaient avidement car ils lui attribuaient des qualités particulières. Ovide, dans son *Ars Amatoria*, l'appelle l'*herba salax*, l'herbe luxurieuse. On prétendait qu'elle avait des effets aphrodisiaques.

Michela se leva sans prêter attention à mon récit et alla chercher des *orecchiette* à la cuisine. Comme fromage *grattugiato*, nous n'avions plus de parmesan mais il restait du Rodez que j'avais acheté la semaine dernière. « Du Rodez ? » demanda Lolotte. Oui, c'était un fromage fabriqué dans la capitale du Rouergue, en France. « Il n'est vendu qu'ici, dans les Pouilles », m'avait dit fièrement le fromager. Je n'ai pas vérifié la justesse de cette bizarrerie.

« On aurait peut-être pu leur offrir un vrai dessert », dis-je à Michela lorsque nous nous sommes retrouvés tous les deux dans la chambre. Elle avait acheté quelques *pasticciotti* hier pour sa cousine. « Arrête, on ne les attendait même pas », me répondit-elle. Fin de la discussion. Michela attrapa sur la table de chevet un autre livre de Joan Didion. Décidément. Je repris la lecture de Bertaux, me replongeant avec délectation dans mes Pouilles médiévales, oubliant rapidement nos hôtes. J'étais avec Frédéric II et les barons chypriotes.

Le lendemain matin, après ma petite balade matinale dans le *paese*, je retrouvai Lolotte et Éric dans la cuisine, l'air épuisés, lunettes de soleil sur le nez pour se protéger de la lumière qui surgissait de l'*ortale*. À huit heures du matin, le soleil tapait déjà dans la cour comme s'il était midi.

« Bien dormi ? » dis-je machinalement. Lolotte releva la tête, les cheveux hirsutes. « Enfin, c'est pas évident avec cette chaleur », murmura-t-elle.

Je leur promis d'aller acheter un ventilo à *Pianeta Casa*, « la planète de la maison », un grossiste sur la route de Lecce.

Lolotte me remercia en émergeant à peine de sa tasse de café. Elle trouva quand même la force de me demander ce qu'ils pourraient visiter aujourd'hui. « Avec la voiture, tu as l'embarras du choix », lui dis-je ; nous étions au carrefour de l'Orient et de l'Occident, au cœur de toutes les civilisations, entre le Salente byzantin et les terres lombardes de Bari. Elle pouvait pousser vers les ports d'Otrante et de Gallipoli, ou remonter vers le nord et le pays aride des *trulli*, puis sillonner après la ville baroque de Martina Franca dans les canyons du plateau des Murges, avec ses grottes et ses cours d'eau souterrains qui mènent jusqu'à la forteresse de Castel del Monte. De là, si elle le voulait, rien ne l'empêchait d'aller jusqu'au fief de l'empereur d'Allemagne, à Melfi, en Basilicate, et de jeter un œil au retour sur les *sassi* de Matera, cet habitat troglodyte parmi les plus célèbres au monde...

Je vis Lolotte se renfoncer dans sa chaise ; j'y étais peut-être allé un peu trop fort. Ce vaste panorama touristique parut lui donner le tournis. Elle n'était pas suffisamment d'attaque pour envisager aujourd'hui un

Grand Tour, me dit-elle. « On se contentera d'un petit saut à Lecce. » La ville baroque valait le détour et ce n'était qu'à cinq minutes d'ici. Mais, pour éviter les embouteillages du centre, mieux valait arriver tôt. Je les mis aussi en garde contre les *posteggiatori abusivi*, ces voituriers qui n'étaient autres que des escrocs. Et je passe sur la cohue dans les rues piétonnes, les vendeurs ambulants partout. Une vaste fête foraine au milieu d'un décor baroque. Pour nous, la messe était dite. On préférait rester au *paese*. « Pour vous, c'est différent mais un seul conseil : allez-y le plus tôt possible. »

« Dépêche-toi alors », dit Lolotte à Éric, en lui demandant d'aller sortir la voiture du *vico*. Au bout de quelques minutes, il revint la mine abattue. « Qu'est-ce qu'il y a encore ? » s'énerva Lolotte. Elle avait visiblement repris du poil de la bête après avoir dévoré tous les petits pains à l'huile.

— La Mercedes des voisins est encore devant le porche du jardin, répondit Éric dépité. Ils n'ont rien compris !

Je le rassurai. « Si, ils ont compris mais ils s'en moquent. Pour eux, c'est pratique de garer la voiture devant leur porte de maison. Tu klaxonnes à nouveau ; sans t'énerver. Ils vont la bouger. » Ce fut le cas. Et, à nouveau, le voisin s'excusa en souriant. Il promit de ne plus se garer devant le porche. Vaines promesses évidemment.

« Il faudrait quand même demander à la mairie le panneau *passo carrabile* », me dit Michela qui nous avait rejoints. C'est le moyen d'indiquer en Italie qu'il est interdit de stationner devant un porche. « Parce que tu crois que cela va changer quelque chose ? »

37

Le château d'Otrante

Quand Lolotte et son copain partirent pour Lecce, Michela fut prise d'une subite et bizarre frénésie de lessive. Elle sortit tous les vieux outils du jardin et de la *lavanderia* pour les étaler dans la cour, en plein soleil, afin de les décaper. Des foules d'instruments jonchaient le sol pavé de l'*ortale*. Les vieilles maisons du Salente étaient capables jadis de vivre en pleine autarcie, comme l'*oikos* des Grecs. S'amoncelaient les pressoirs pour le raisin, les poids pour peser les cuves, les appareils pour la corvée des olives, les pompes et filtres à huile, mais aussi tout ce qui servait aux travaux des champs les plus simples, comme ce crochet barbare pour récupérer les seaux tombés dans les citernes, les entonnoirs, des sortes de poids et de balances, des bouteilles et jarres en argile, des instruments archaïques pour parsemer les champs d'engrais, ainsi que des outils de charpentier (*falegname*) et de forgeron (*fabbro*).

On aurait pu s'amuser à classer ces objets. Les grosses marmites, pareilles à des filles de ferme aux formes accortes, genre cantinière de la garde impériale ; la cruche à eau qui se prend pour une pimbêche de manoir ; les carafes du *zio*, avec leurs blasons incrustés dans le cristal, qu'on n'ose pas toucher ; et cette cafetière présomptueuse, courtaude avec son long bec pendouillant dans le vide.

Michela commença à décrasser tous ces vieux ustensiles. Je m'interrogeais.

Quelle nécessité de faire cela maintenant ? Était-ce pour montrer à Lolotte, quand elle reviendrait d'excursion, qu'ici on ne chômait pas ? Bianca en arrivant sur ces entrefaites prêta main-forte à Michela.

— Tu vas rester là à bayer aux corneilles ? me lança Michela.

— Non, je me demandais ce qui serait le plus utile.

— Tu as l'embarras du choix.

Je pris un de ces filtres à huile étalés pour la grande laverie d'été. Tous ces ustensiles évoquaient la puissance de la tradition paysanne inchangée depuis des siècles. On ne travaille bien qu'avec ce qui nous est familier. Conserver permet parfois de se dépasser, quand la frénésie du changement déstabilise et affaiblit.

En bonne philosophe féministe de gauche, Michela n'était pas soupçonnable de la moindre parcelle de conservatisme. Pourtant, elle faisait toujours l'éloge du raccommodage pour économiser. Les Anciens ne jetaient pas, disait-elle. Ils réparaient, ils rapiéçaient, ils reprisaient. Tout l'inverse de la fureur moderne pour le *Usa e getta*. Utilise et jette !

On sonna au *portone* et Michela s'absenta un instant pour aller ouvrir. Bianca en profita pour me glisser à voix basse : « Vous savez que les outils coupants ont le pouvoir d'éloigner les puissances du mal. » Je la regardai, interdit. Bianca avait parfois de ces idées bizarres qui semblaient remonter à la nuit des temps. Elle ajouta avec un clin d'œil : « Je vous ai fait une infidélité. » Je ne comprenais pas où elle voulait en venir. « Oui, me dit-elle, je suis passé des Français aux Anglais ; j'ai commencé à lire *Le Château d'Otrante*. Vous connaissez Horace Walpole ? » Difficile de l'ignorer quand on a fait sa thèse sur le XVIIIe siècle. « Vous savez que ça se passait dans le coin », me dit-elle, presque fière. Inutile de lui dire que Walpole n'était jamais venu dans la contrée. Il avait en fait tout inventé. On ne devrait jamais se fier à un écrivain. Dans *Le Château d'Otrante*, Walpole prétendait avoir découvert dans la bibliothèque d'une « vieille famille catholique du nord de l'Angleterre » un manuscrit qui aurait été publié à Naples en 1529. Il contait une étrange histoire se déroulant dans le Salente, au Moyen Âge, chez le prince Manfred, un seigneur sans scrupule, qui voulut épouser sa bru pour conserver sa principauté. Cet ouvrage très caustique, un peu trop bizarre à mon goût, devint le premier roman « gothique » de la littérature. Tout commençait par l'absurde histoire d'un casque géant tombant dans la cour du château de Manfred.

« Cela me plaît beaucoup », renchérit Bianca.

Comme ce pays de sorcellerie, elle était faite pour le merveilleux et le moyenâgeux.

Michela était revenue en pétard. « Encore des VRP qui cherchent à te faire changer de distributeur d'électricité. » À l'époque du *zio*, de petits artisans, en provenance de tous les coins du Salente, offraient également leurs modestes services mais sans chercher à vous arnaquer. Le *zio* aimait le cri du marchand de balais, *Lu Ttaccascupe*, qui arrivait à la fin de l'été pour proposer ses plumeaux en sorgho, ou celui de l'*ombrellaio* qui débarquait dans la cour en criant « *Lu mbrellaru, Lu mbrellaru !* » Il restaurait les parasols. Et puis il y avait ce type qui se pointait toutes les semaines en hurlant dans son dialecte, « *Mmulaforbici, mmulaforbici !* » C'était l'aiguiseur de couteaux ou de ciseaux. J'avais découvert qu'il existait même un réparateur de vaisselles cassées, le *conciabrocche*.

En milieu d'après-midi, le maire du village était venu prendre le café. On l'avait invité comme les cousines parce qu'il avait rapporté à Matteo, un peu déçu, que nous ne lui avions pas encore fait signe. On avait craint de l'obliger. Mais les gens du Sud ont raison : l'amabilité est une vertu quand elle est sincère. Et si elle est souvent feinte, ce n'est pas une raison pour y renoncer. La civilité passe par ces petites attentions.

En pénétrant dans l'*atrio*, le *sindaco* semblait satisfait. « Alors, ils ont bien bossé, les petits gars, non ? » Façon de rappeler que nous avions pu restaurer la maison grâce à lui. En s'asseyant dans la cuisine, près de la grande cheminée, cet ancien militant communiste, passé au Parti démocrate (PD), et déprimé par l'évolution des choses, confia à Michela le plaisir qu'il avait à venir ici quand il était jeune.

— Tu sais, je l'aime bien votre maison. C'était, dit-il en haussant le ton, la seule *casa signorile* où on nous accueillait, nous les « rouges ».

J'aurais bien voulu savoir pourquoi. Mais je rêvais surtout de l'interroger sur ce « jour malheureux » de 1947 dont parlait le *zio* dans son journal. Je m'abstins car, après tout, le maire était trop jeune à l'époque. Et, de toute façon, il ne m'en laissa pas le temps. Il s'assit – eut-il un moment de nostalgie ? – et parla de ses premiers pas de militant au début des années 1970.

Bianca se rapprocha et l'écouta avec intérêt. Les communistes pensaient alors que les choses allaient s'améliorer. « J'ai cru en ce bref instant magnifique. » Il parla du « compromis historique » qu'Aldo Moro, né à Maglie et devenu le leader de la Démocratie chrétienne, avait proposé en 1973 aux communistes italiens de Berlinguer. « Cette conciliation entre le capitalisme et le communisme », dit-il, devait servir de modèle pour tous les autres pays d'Europe. L'Italie possédait alors le parti le moins stalinien de tout l'Occident. « On cherchait une *via media* à l'époque. Les patrons ne la ramenaient pas trop. C'était un moment propice où le monde aurait pu changer en bien et ce projet eut même la bénédiction du pape Paul VI, un proche de Moro. Mais ni la CIA, ni les multinationales, ni même le KGB, ne voulurent en entendre parler. » Ce rêve tourna vite au cauchemar quand, en 1978, Moro fut enlevé puis assassiné par les Brigades rouges (BR). C'était du moins la version officielle. « Moro a été kidnappé par les BR. C'est une certitude. Mais qui l'a vraiment tué ? » se demandaient Pippi et tant d'autres. « Après, plus rien ne fut comme avant. » Vinrent les années Reagan, Craxi, le grand ami de Mitterrand, le règne de la télé-paillettes, le culte du fric, la mondialisation, la privatisation. Et l'explosion des inégalités. « Le capitalisme sauvage a triomphé comme à la fin du XIXe siècle », dit le maire qui se leva pour regarder le soleil dans la cour de l'*ortale*. « Les choses ont basculé si rapidement quand on y pense. La peur a changé de camp ; les riches ont relevé la tête et plus rien n'a été possible. »

À cet instant, Bianca sursauta. Un chat noir descendit les escaliers de l'*ortale*. C'était une petite femelle sauvage qui passait d'un toit à l'autre et s'attardait de temps en temps chez nous. Elle avait pris le jardin en affection. Bianca détestait les chats. *Portano sfortuna*. « Ils portent malheur. » Le maire ne fit pas attention et poursuivit, en évoquant le processus de désintégration du Sud. Il fut élu pour la première fois à la tête du *paese* au début des années 1990, en plein triomphe de la mafia. « Rome nous a abandonnés à l'époque. »

Il se plaignit aussi de l'Église, notamment de l'actuel curé du village. À la dernière minute, celui-ci venait de lui refuser une salle du presbytère pour une petite fête après un mariage civil. « *Ma che figura !* Vous imaginez de quoi j'avais l'air devant mes électeurs », dit-il en se prenant la tête dans les mains. « Comme vous avez de la chance en France d'être un État laïc. » Peppone semblait toujours en froid avec don Camillo.

Tandis qu'il parlait, j'observais le maire. Vif et volubile, il me faisait plutôt penser à Totò, le De Funès italien. À l'image du parti communiste, qui avait proprement fondu, le maire était aussi petit et mince que Peppone était massif. Le *sindaco* avait des mimiques et un indéniable don d'acteur, comme la plupart des politiciens méridionaux de bon aloi, ceux qui ne sont pas *en odeur de mafia*. Ces derniers sont en général taiseux, faussement réfléchis comme nos importants du Nord.

Avec son ton volubile, et ses gestes théâtraux, le maire était ouvertement du camp de ceux qui parlent trop pour vaincre le silence, le principal complice de la mafia.

Le maire évoqua alors l'importance de la culture pour combattre ce mal qui continuait à ravager le Sud. Propos « démago » destiné à flatter les deux universitaires qui le recevaient ? J'étais peut-être un peu trop soupçonneux. Je voulus lui demander en quoi la culture était si importante pour lutter contre la mafia. Mais il ne m'en laissa pas le temps. « À ce propos, dit-il, faites-moi penser à vous apporter le CD des *lieder* de Schubert retranscrits au piano par Liszt. » Il avait présidé à son enregistrement intégral au *paese* par le grand pianiste Roberto Cappello. À cet instant, on sonna au *portone*. C'était la secrétaire de la mairie, tout essoufflée. Elle avait couru du Municipio jusqu'à la maison pour prévenir le maire que son rendez-vous était arrivé. « Ah, c'est déjà l'heure, dit le maire en regardant sa montre. On se revoit très vite. » Et il s'éclipsa. Je n'eus donc pas le temps de lui demander ce qui avait bien pu se passer ici en 1947. Le *sindaco* avait déjà traversé tout l'*atrio* au pas de course. Avant de franchir le porche, il se retourna et jeta un dernier regard sur la cour. Nous étions encore sur la terrasse lorsqu'il nous lança de loin :

— Je me souviens quand j'étais jeune...

Sa voix se cassa. Il se limita à un bref « Ça me fait vraiment plaisir d'être revenu dans cette maison. »

38

Le *minestrone* global

La cloche de l'église venait de sonner la messe de sept heures quand j'entendis la voiture de Lolotte klaxonner dans le *vico* della Giudecca. Le voisin avait dû remettre sa Mercedes devant le porche du jardin. Ce sera désormais un rituel. Quand Lolotte et Éric partiront ou reviendront d'expédition, on le saura à dix lieues à la ronde à cause du petit coup de klaxon pour prévenir le voisin de bien vouloir déplacer sa voiture.

Ils débarquèrent en soufflant. « Quelle chaleur ! » Lolotte se versa plusieurs verres d'eau. Éric la suivait, des sacs plein les bras. « Ce soir, c'est moi qui fais la tambouille », déclara Lolotte, fière comme un maréchal d'Empire. « Si, si, Michela, laisse-moi faire. On a fait le plein de courses à Lecce. » Je vis le désespoir se dessiner sur le visage de Michela. Mais elle laissa faire à ma grande surprise. Elle devait vraiment être bien reposée pour résister à la tentation de ne pas foutre tout le monde à la porte. Ces vacances au *paese* lui faisaient décidément un bien fou.

Lolotte avait disposé tous ses ingrédients sur les dessertes de la vieille cuisine.

Elle annonça à la cantonade qu'elle allait préparer des œufs à la tomate marocaine et une salade canadienne « délicieuse » ! Une recette de la mère d'Éric qui vit à Montréal. « On va se régaler ! » Cela risque juste d'être un peu long mais on est en vacances, dit-elle à la cantonade. « Personne n'est pressé. On dîne tous vers dix heures. »

Michela sortit dans l'*ortale* pour ne pas l'étrangler.

Pour Lolotte, ce n'était pas seulement une salade mais la fusion de l'Amérique et de l'Afrique avec des produits italiens. « La *worldfood* », dit-elle avec sérieux. « Quand on a été à Québec, l'année dernière, voir la mère d'Éric, on mangeait chilien et indien, car elle vit avec un type super-sympa qui vient de New Dehli. C'était extra ! »

Elle mit dans le faitout un bon filet d'huile et l'ail avant d'y verser la pulpe des tomates. Puis le paprika. « Il faut bien incorporer et cuire à découvert en remuant de temps en temps. » Elle sala et poivra abondamment – elle avait la main un peu lourde, à mon goût –, avant d'ajouter le poivron et le piment.

Je ne sais si j'ai fait une grimace, mais elle me dit : « Je te sens un peu perplexe. » Je lui répondis : « La cuisine italienne est si bonne. Pourquoi s'embêter ? » Elle se raidit. « Un peu d'imagination, non ? » Elle en était presque à me traiter comme un débile. « La nouvelle société, c'est comme une salade ou une grande soupe, la société *minestrone*. » Elle se retourna vers Éric. « Tu te souviens, ce philosophe qu'on était allé écouter, l'année dernière, avec ta mère. » Éric marqua un temps d'arrêt. « C'était un prof de Toronto, je crois. Je me souviens de la comparaison. La cuisine québécoise, c'est comme une mosaïque de toutes les cultures qu'on pouvait croiser là-bas. »

Je lui demandai ce qui était québécois dans tout ce melting-pot culinaire. Elle me regarda interloquée. « Eh bien ! quoi ? C'est le mélange. » Je voyais bien ce qui venait d'Italie, du Salvador ou d'Inde. Mais du Québec ? « Fais pas l'idiot, dit Lolotte. Tu sais bien ce que je veux dire. Ta pizza napolitaine, elle n'est pas d'ici non plus... La tomate, elle est arrivée des Amériques à la Renaissance. Tu vois ? Tout circule, tout se mélange, c'est ça qui est bien. »

Elle mit un peu de poudre de curry dans la marmite. Il se dégagea une odeur âcre, bizarre, par certains côtés attirante et par d'autres fort déplaisante.

« Tu crois que la cuisine napolitaine est multiculturelle ? », ai-je demandé. Lolotte me regarda, surprise. « Ben, oui ! »

Je fis la moue. Pour qui connaissait Naples, il n'y avait pas de cuisine plus enracinée dans un territoire. Car le mélange n'avait été qu'une brève parenthèse. Ensuite, il avait été bu comme l'encre par le buvard. Naples avait absorbé les tomates des Amérindiens comme elle avait digéré la présence américaine après 1943. Je repensais à cette magnifique déclaration d'amour qu'avait faite à la fin de sa vie le grand acteur Marcello Mastroianni. « Naples est la ville la moins américanisée d'Italie et même d'Europe. Et pourtant, elle a eu les troupes américaines si longtemps ! » C'est un trait propre à toute l'Italie du Sud : un pays à « souveraineté limitée », totalement à la botte des États-Unis, à l'inverse de la France du général de Gaulle. Mais, culturellement, le jeu se renversait. En France, c'était le début de la folie pour les « States ». Johnny triomphait en chantant le Texas et le Tennessee, en s'habillant comme un *biker* californien. Dans la Péninsule, on fredonnait certes « l'Americano » mais c'était pour se moquer de ces cow-boys mal dégrossis. Un film de Hollywood était qualifié d'*americanata*, un synonyme de « navet ». On ne se prosternait pas devant la culture yankee. Les traditions populaires italiennes résistaient bien mieux que celles des Gaules.

Au Québec, s'ils continuaient à croire à leur cuisine « multiculturelle », n'était-ce pas tout simplement parce qu'ils n'avaient su faire émerger aucune cuisine locale ? Toutes ces recettes du Québec étaient restées les unes à côté des autres, sans jamais donner naissance à quelque chose de proprement québécois. Et ce manque risquait d'aboutir au triomphe du néant universel.

Lolotte écoutait à peine. « Tu m'embrouilles. J'ai besoin de concentration. »

Une heure plus tard, elle déclara : « Allez, on passe à table ! »

Le résultat fut comme on pouvait s'y attendre. Un dîner pour Millennials habitués aux soupes *ramen* et aux toasts aux avocats. La table était belle et la photo aurait été magnifique sur Instagram. Une parfaite cuisine « ethnique fusion ». À l'épreuve du palais, le *fooding* se révéla un peu moins exaltant. Le plat marocain était trop épicé et la salade insipide. Lolotte avait quand même l'air contente. « Alors, ça vous plaît, hein ? Ça change un peu des pâtes... »

Je me vis regretter l'esprit « de province » de la cuisine italienne que critiquait Jean-François Revel dans les années 1950. Il est vrai qu'elle n'avait jamais cherché, comme nos grands chefs, à innover, à s'ouvrir à toutes les modes, au risque de se dissoudre et devenir illisible. En Italie, la cuisine était restée très attachée à ses vieilles recettes locales, les gnocchis, les macaronis, les *rigatoni*, etc. Cela n'avait pas empêché les pizzas et les pâtes de conquérir le monde. C'était peut-être ça le nouvel esprit d'ouverture ? Résister au Tout informe et niveleur du grand chaudron de Lolotte. Je repensais au Newark où Philip Roth avait passé son enfance et dont il disait : « Paradoxalement, c'était ce provincialisme qui nous faisait cosmopolites. »

Après avoir avalé la cuisine de Lolotte qui brûlait le palais sans le contenter, je proposai d'aller nous promener sur la place du village et d'y manger une bonne glace. Une façon discrète d'oublier la cuisine globale.

39

Une veuve noire

Il régnait sur la *piazza* une atmosphère typique des soirées d'été dans le Salente. Des bandes de gamins couraient dans tous les sens, faisaient des tours de tricycle ou jouaient au ballon. En voyant l'audace de ces mômes, qui se comparaient à des généraux antiques, je repensai à mes propres crâneries d'enfant. À Bayonne, je rêvais de vivre nu dans la brousse africaine, loin de tout, comme un demi-dieu. Qu'est-ce qui avait bien pu me traverser l'esprit ? Ce village était-il la réalisation assagie de ce rêve ? Une Afrique apaisée, un dépaysement à portée de main. Je n'aurais pas détesté un village plus reculé, encore un peu plus sauvage, du côté de Gravina, dans les canyons de l'Apulie.

Dans un coin, un groupe d'ados plus âgés, en ronde, chantaient à tue-tête des chansons de Battisti en claquant des mains ; sous la terrasse du château, des jeunes filles faisaient les cent pas devant le distributeur de cigarettes. La terrasse du café occupait un bon tiers de la place avec ses tables et tout le monde pouvait s'y asseoir, même sans prendre de consommation. Une musique d'Ennio Morricone rappelait ces soirées passées à Paris devant les westerns spaghetti, *Cinéma Paradiso* ou *Le Clan des Siciliens*. Au fond, sans le savoir, nous avions cette Italie gravée au fond du cœur depuis l'enfance.

J'étais frappé par la vitalité de cette place après le dîner. Plus sagement assis sur des bancs, le long de l'esplanade, entre l'église et le château, les vieux observaient. À leur mine perplexe, on s'imaginait facilement ce qu'ils devaient se dire. « Toutes ces têtes nouvelles ! L'été, il y a bien trop de monde... » Lolotte me fit remarquer l'odeur incongrue des crêpes dans ce lieu pourtant si éloigné de la Bretagne. Un marchand ambulant proposait tous les soirs ce dessert typiquement français.

On prit des *gelati* au bar et, après avoir fait deux fois le tour de la place, Lolotte voulut retourner à la maison. « Demain, nous avons encore une journée de visite. » Sur le chemin, elle demanda s'il ferait aussi chaud que la nuit dernière. Flûte ! J'ai alors réalisé que j'avais oublié d'aller à *Pianeta casa* pour leur acheter ce foutu ventilateur. Cela m'était complètement sorti de l'esprit. Je ne dis rien, espérant qu'ils se seraient habitués cette nuit à la canicule...

À la maison, chacun fila dans ses appartements, sauf Éric qui devait, dit-il, réparer un siège de la voiture resté bloqué. J'étais depuis quelques minutes dans mon bureau, essayant de corriger un passage sur la crise de la IVe République, à l'époque des événements d'Algérie, quand j'entendis un cri au premier étage. Je lâchai aussitôt le président René Coty et ses déboires avec les généraux du comité d'Alger pour monter en courant dans les *magazzini*. Lolotte sautait sur le lit comme une forcenée.

Elle m'indiqua du doigt sur le mur de la fenêtre une

grosse araignée. Une de ces tarentules noires qui ne sortaient de leur tanière que la nuit. C'était étrange ; je pensais qu'avec les pesticides ces bêtes avaient disparu. « J'ai horreur de ça », me dit Lolotte. Pas besoin de le préciser. L'animal n'avait pas l'air du tout engageant avec son gros ventre, ses pattes sombres et poilues qui s'agitaient en cherchant, sans y parvenir, à se faufiler dans le trou pour échapper aux plaintes de Lolotte. Serait-ce ce qu'on appelle ici une « veuve noire », la *Vedova nera* ? Une des espèces les plus venimeuses des environs. « Ne t'inquiète pas, Lolotte, ce n'est rien », dis-je alors que je n'en menais pas large du tout ; j'avais lu que cet animal pouvait paralyser ceux qu'elle piquait ; on évoquait même certains cas de paysans mordus dans les champs et qui avaient perdu la raison. C'était l'origine de la légende du « tarentisme ».

Il fallait, disait-on, regarder sous le ventre de la bête pour savoir s'il s'agissait de la fameuse « veuve noire ». « Ah, non, arrête ! Tous ces noms affreux », cria Lolotte. Cette araignée appartenait à un genre qui pullule dans les champs secs des Pouilles. Elle avait une tache rouge très brillante en forme de sablier sous le ventre, comme pour avertir l'adversaire de sa grande dangerosité. Qui a jamais eu l'idée de regarder sous les entrailles d'un animal aussi horrible pour savoir à qui il avait affaire ? Par sécurité, je pris un vieux candélabre de messe en bois doré qui était à côté de l'armoire et d'un coup sec, je l'enfonçai sur la créature de l'enfer. Elle s'écrasa de tout son jus sur la paroi. « Voilà, on n'en parle plus. Je vais chercher une éponge pour laver le mur. » Je mis le cadavre compressé dans un sac-poubelle tout en paraissant minimiser l'aventure. Éric était remonté, ignorant ce à quoi il avait échappé. « Ça arrive dans toutes les maisons de campagne, dis-je ; dormez bien. » Au fond de moi, je me doutais bien que ce genre de péripéties devait avoir quelque lien avec la présence de la ruine d'à côté. Matteo me l'avait dit. Il faudra aussi trouver un jour ou l'autre un moyen de mieux fermer l'accès à l'enfilade des salons non restaurés.

En retournant dans ma chambre, à l'autre extrémité de la maison, Michela me demanda : « C'était quoi toute cette agitation ? – Une araignée dans la chambre de Lolotte, dis-je. – Ah ! il en reste encore... J'imagine que ce ne doit pas être bien agréable. » Elle reprit paisiblement sa lecture de Joan Didion.

J'étais un peu plus agité. Je découvrais un nouvel aspect du Salente qui justifiait bien son surnom : la « terre de la morsure ». On appelle ici *tarantolate* ou *tarantate* les femmes victimes du « tarentisme ». Ces noms venaient tous de la ville spartiate de Tarente, jadis dédiée au dieu Taras, fils de Poséidon et d'une nymphe locale. La racine *tar*, en grec ancien, désigne l'action de se déhancher, de s'agiter, de se précipiter dans le désordre. Elle donna aussi son nom aux tarentules et à ce morceau célèbre de la musique populaire du royaume de Naples, la fameuse *tarentelle.*

Le *paese* avait joué un rôle décisif dans l'étude de ce phénomène inquiétant. L'un des premiers observateurs de la *tarantata* fut un enfant du pays, le médecin Nicola Caputo, auteur du *De Tarentulae anatome et morsu* (1741) dans lequel il renoua avec l'idée des anciens pythagoriciens de Métaponte, à côté, qui croyaient guérir par la musique. Cela me donna l'idée de redescendre à la bibliothèque pour voir s'il y était. C'était un classique. Mais je ne le trouvai pas. En revanche, je tombai sur un livre plus récent de Maurizio Nocera, *Il morso del ragno*, la « morsure de l'araignée », et un vieux bouquin de médecine sur les tarentules. Je les remontai dans la chambre ; j'allais enfin tout savoir sur la *Vedova nera*. « Tu ne vas pas te mettre au lit avec ces livres plein de poussière. » Non, bien sûr. Je me suis replié dans le bureau quelques instants pour lire.

En revenant dans la chambre, je fis part à Michela de mon savoir tout frais. « Tu sais que cette veuve noire se comporte comme les mantes religieuses. » Mon propos ne rencontra pas beaucoup d'écho. « Ah bon ? » Je poursuivis, un peu plus offensif. « Après l'accouplement, elle sacrifie le mâle, un bon gars qui n'est même pas venimeux. » Michela ne réagissait toujours pas, plongée dans son roman ; j'insistai un peu plus lourdement. « Étrange, non ? Cette cruauté de la femelle et la placidité du mâle... La nature réserve bien des surprises, tu ne trouves pas ? » Michela baissa son livre. « Pourquoi polémiquer ? – Quand même, dis-je, cette veuve noire est un animal plein de ressources. Normalement, elle se nourrit comme n'importe quelle araignée des proies qui se sont laissé prendre dans ses filets. Mais elle peut aussi lancer sa toile sur sa proie, comme un cow-boy du Far West ; elle dispose d'une patte à cet effet. Elle injecte ensuite son venin dans le corps de sa victime. Et les enzymes dissolvent petit à petit cette dernière, ce qui fait que la veuve n'a plus ensuite qu'à l'aspirer. »

Michela ferma bruyamment Joan Didion. « Tu veux m'empêcher de dormir avec ces détails dégoûtants ? » Mieux valait opérer un repli stratégique. « Je voulais seulement souligner que certains animaux de sexe féminin sont parfois pires que ceux du sexe masculin. » Michela leva les yeux au ciel.

— Bon arrête maintenant. Tu n'as pas le sens de la mesure. Si tu étais juste un tout petit peu plus...

— Je sais, je sais. Allez j'arrête, tu peux reprendre ta lecture, dis-je en l'embrassant.

Apparemment, ce roman de Joan Didion la captivait. Et comme elle commençait à entreprendre l'écriture de son prochain livre, je savais qu'il valait mieux la boucler. Si je la poussais à bout, nous risquions une engueulade et un sommeil très tardif.

Je repris le journal du *zio*. Il parlait avec un certain embarras de ces *tarantate* dans son manuscrit. Il avait raconté l'histoire étrange d'une jeune fille analphabète, Maria, qui vivait à Guagnano, une petite ville antique près de Lecce. Vers l'âge de vingt ans, cette fille très pauvre et orpheline dut épouser un homme plus vieux qu'elle et presque aussi miséreux. Elle ne l'aimait pas. Elle n'avait pas eu le choix. Mais un jour, alors qu'il l'avait frappée, elle le quitta et retourna chez sa mère.

Cet été-là, elle vivait de petits boulots. Alors qu'elle retapait un muret protégeant un champ d'oliviers, elle fut piquée par une tarentule. Les campagnes étaient infestées de ces animaux qui se cachaient dans les pierres et les foins. Elle rentra chez sa mère, tordue de douleur. Cette dernière n'appela pas le médecin mais les musiciens. C'était une tradition très ancienne dans le Salente où la musique et les chants étaient censés guérir les maladies. Il existait dans presque chaque village des joueurs de *tamburelli*, de violon et de *fisarmonica*.

En début d'après-midi, Maria commença à sortir de sa léthargie aux sons de la mélodie. Elle bougea d'abord un pied, puis les jambes ; elle se releva ensuite brusquement, et déambula dans toute la maison, sans regarder personne ; on l'aurait cru mue par une force étrangère. Au bout d'un quart d'heure, elle dansait la *pizzica* autour de son lit, comme si elle était possédée. À mesure que la musique devenait plus rapide, elle entrait dans une sorte de transe pour exorciser l'emprise de la bête, montant sur les meubles, passant dans l'étable, grimpant sur les corniches. Le *zio* notait que, si les musiciens venaient à cesser de jouer, Maria s'arrêtait brusquement puis elle devenait enragée. C'était le signe qu'il fallait continuer, de plus en plus vite. La *tarantata* mimait alors les gestes de l'amour physique, avançant en adhérant au sol, comme une araignée. Cette danse folle pouvait durer plus de trois jours. Puis, quand le mal se dissipait, la possédée retombait au sol, prostrée.

Et la musique pouvait s'arrêter.

Quelques jours plus tard, le 29 juin, sa mère décida de l'accompagner dans une chapelle de la petite ville de Galatina, au sud-ouest de Lecce. Chaque été, le jour de la Saint-Paul, les femmes de la région s'étant fait mordre par une tarentule s'y retrouvaient, toutes vêtues de blanc. La légende disait que l'apôtre y opérait des miracles. En se rendant à Rome, Paul aurait passé une nuit dans cette demeure de Galatina et, pour remercier le patricien qui l'avait fort bien reçu, il lui aurait donné, ainsi qu'à ses descendants, le pouvoir de guérir des morsures de la tarentule.

Ce jour de juin, intrigué, le *zio* était allé voir. Dans la chapelle, les *tarantolate* avaient rampé par terre jusqu'à l'autel puis, au son de la musique, elles s'étaient relevées, tournant sur elles-mêmes comme des derviches, s'agrippant aux statues comme des araignées... Elles s'adressaient à saint Paul de façon très familière. On les surnommait les « épouses de saint Paul », les *spose di San Paolo*.

San Paolo mio delle tarante che pizzica le ragazze in mezzo alle cosce (« Saint Paul des *tarante* qui pique les filles au milieu des cuisses »). *San Paolo degli scorpioni che pizzichi i ragazzi nei coglioni* (« Saint Paul des scorpions qui pique les garçons dans les couilles »). C'était proprement impressionnant.

— Tu vas lire encore longtemps, protesta Michela qui avait éteint sa lampe de chevet depuis pas mal de temps.

— Non, non, je finis.

Mais je n'arrivais pas à m'arracher à la lecture du journal, essayant de comprendre ce qu'avait pu ressentir un homme comme le *zio* confronté en pleine Belle Époque à cette irruption de l'archaïsme le plus antique.

40

Les bacchanales

Chaque homme est de son temps et il est inutile de prétendre à plus. À l'époque, le journal du *zio* décrivait ces *tarantate* des Pouilles comme de pauvres « hystériques », malheureuses victimes d'une « maladie poétique » liée aux grandes chaleurs, à l'air épais, au tempérament « mélancolique » et à l'instabilité du caractère des femmes d'Apulie.

Je regardais du côté de Michela. Elle s'était à nouveau endormie. Je pouvais poursuivre ma lecture. On sait aujourd'hui, au moins depuis *La Naissance de la tragédie* de Nietzsche, que ces danses bizarres remontaient de façon très indirecte aux antiques cultes dionysiaques de la Grande Grèce. À l'époque de Pythagore, on croyait à la musique pour apaiser les mœurs et, pendant les vendanges, on forçait les jeunes filles à se balancer à la corde des arbres pour favoriser les récoltes. Platon mentionne dans *Les Lois* que des danseurs, appelés « Corybantes », guérissaient de la folie par des rythmes frénétiques. Ces rites initiatiques permettaient d'accéder ensemble à des vérités supérieures, échappant à la compréhension du vulgaire, ce que Platon appelait la « télestique ».

À Rome, cela prit une tournure plus sexuelle avec les orgies des fidèles de Bacchus. Mais ce rituel dionysiaque disparut sous le règne d'Auguste. Les sévères Romains craignaient que ces cultes d'origine grecque desservent la *Res publica*. Tite-Live consacre quinze chapitres de son *Histoire romaine* à la répression de ces « bacchanales ». Cette crainte se transmit au monde chrétien qui n'accepta que sa version aseptisée : le carnaval.

Mais, dans cette petite province isolée de l'Empire, le culte de Dionysos se maintint en cachette, sans prêtre, ni temple, dans les couches les plus subalternes de la société, toujours les plus « zélotes », c'est-à-dire les plus résistantes à la culture étrangère dominante... Cette terre de Dionysos était trop imprégnée par ces cultes à mystère. Ainsi la danse de la tarentule se transmit-elle de génération en génération. On en oublia petit à petit le sens, sans en perdre pour autant l'esprit. L'Église fut plus astucieuse que les Romains ; elle comprit vite qu'elle ne parviendrait pas à éradiquer ce culte païen si profondément enraciné dans l'âme du peuple. Alors elle préféra le récupérer en inventant cette légende de saint Paul guérissant les *tarantate* à Galatina. Elle christianisait de la sorte une pratique à laquelle les paysans du cru, les *pagani*, demeuraient farouchement attachés.

Dès le XIVe siècle, certains auteurs redécouvrirent ce vieux mythe. Et, au XVIIIe siècle, le médecin du *paese*, Nicola Caputo, restaura cette vieille thérapie par la musique.

Notre condition première n'est-elle pas dans le dandinement ? Le succès de la musique et de la danse ne s'expliquerait pas autrement.

Même Louis XIV dansait.

Cette découverte me disculpa de tout ce temps perdu en boîte de nuit jusqu'à un âge trop avancé. Je m'endormis conforté...

Le lendemain matin, Lolotte et son mari étaient déjà à la cuisine quand je suis arrivé pour prendre mon petit déjeuner. Ils semblaient s'être réveillés fort tôt. « Cette histoire d'araignée quand même... J'y ai pensé toute la nuit », me dit Lolotte qui paraissait encore moins en forme que la veille. Si elle savait... Je me gardai bien de lui demander si elle n'avait pas trop souffert de la chaleur. Elle était en petite tenue très légère...

« Aujourd'hui, on va à la mer », dit-elle. Mais elle voulait aussi faire du tourisme. « Tu pourrais nous conseiller une belle ville sur l'eau. » Je lui suggérai le port antique d'Otrante. Il y a de belles plages autour. C'était ce qui lui importait. « Parfait, mais alors cette fois-ci, tu viens avec nous », me dit Lolotte, en me suppliant. Je fis la moue. « Il y a trop de monde en été », lui dis-je. « Allez ! pour une fois. »

Lolotte avait retrouvé la forme. Comme je me sentais coupable pour le ventilateur, je cédai.

Elle était ravie et dit à Éric de sortir la voiture pendant qu'elle montait prendre ses affaires. J'en profitai pour aller informer Michela que je partais avec eux et ne rentrerai qu'en fin de journée. Je crois que l'idée de se retrouver seule dans la maison pendant quelques heures ne l'indisposait pas, bien au contraire. En sortant dans l'*ortale*, j'entendis dans le lointain le petit coup de klaxon habituel. La Mercedes du voisin dans le *vico* !

Sur la route, je retrouvais les landes couvertes d'oliviers centenaires, grands comme des platanes, surgissant de la terre rougie par un feu indompté. Le trajet normal passait par l'intérieur des terres jusqu'à Maglie mais Lolotte voulait voir la mer. Alors nous avons longé la côte jusqu'aux falaises de Castro par des petits sentiers murés, pour revenir ensuite, *via* l'étrange station thermale de Santa Cesarea Terme jusqu'à l'ancien port byzantin.

La visite d'Otrante fut, comme on pouvait le craindre en ce mois d'août, grouillante et convenue. Files d'attente dans les rues, magasins et restaurants pour touristes, plages bondées, cathédrale fermée à l'heure du déjeuner.

Après cette journée éreintante, le retour au couvent sonnait comme une délivrance. Le soleil avait déjà à moitié disparu derrière les toits des maisons quand on commença à prendre l'apéritif avec les olives et les *tarallini* sous le *cannizzo*. Lolotte évoquait les joies de notre visite quand elle poussa un nouveau cri. Un gros gecko venait de passer près d'elle, sur l'une des colonnes de la pergola. Ce lézard, aux paupières plus mobiles et globuleuses que celles de Joey Zasa dans *Le Parrain III*, me faisait penser à un crocodile en miniature. Il était plus inoffensif que Zasa et moins sournois. Michela nourrissait une certaine tendresse pour cet animal qui avait la bonne idée de dévorer les moustiques. *Che carino !* s'écria-t-elle et elle fit semblant de vouloir le prendre de ses mains. « Ah, non c'est horrible », dit Lolotte en se mettant les mains sur les yeux et en sautant sur sa chaise.

Au dîner, je ne sais pourquoi, Michela parla avec insistance des différentes races de lézards et d'araignées qui existaient dans la région. Le fit-elle par malice ou était-ce involontaire ? Elle dit que certaines de ces bestioles avaient des écailles si bizarres qu'elles pouvaient se confondre avec l'écorce des arbres. « Puis, tout à coup, elles se relèvent et se jettent sur leurs proies. Elles sont très voraces ; certaines dévorent même leurs propres enfants »... Lolotte et Éric avalèrent en silence leur plat de *pastasciuttà* et retournèrent aussitôt dans leur chambre, harassés.

— Tu as réussi à les dégoûter, dis-je à Michela en allant nous coucher.

— Non ? Tu crois ? Bah ! Ils s'en remettront.

— C'est bizarre cette horrible race de lézards des Pouilles... Je n'en avais jamais entendu parler.

— C'est normal, me dit-elle en éteignant la lampe. Ils n'existent qu'à Madagascar !

« Ah ! au fait, ajouta-t-elle, Matteo est passé aujourd'hui pour la piscine. » Avec cette chaleur, Michela s'interrogeait sur un hypothétique aménagement de l'ancien bassin. « Ce n'est pas le prix qui va poser le plus de problèmes. » Mais quoi alors ? « L'autorisation de la mairie ; cela risque de prendre du temps. »

Comme s'il nous annonçait une grande nouveauté.

Le lendemain matin, à mon réveil, je trouvai déjà Lolotte et son mari dans l'entrée avec leurs valises. Ils s'étaient levés encore plus tôt que la veille. « On est désolé de vous quitter plus vite que prévu. On a eu un appel de Paris. Il nous faut rentrer de toute urgence. »

Et moi qui n'avais toujours pas acheté le ventilateur...

41

La Fable des abeilles

Après le départ de nos hôtes autoproclamés, nous avons repris notre existence routinière. Finis les tracas du tourisme et des importuns. Plus les jours passaient, plus nous appréciions notre vie reculée. Comme si cette terre avait un pouvoir miraculeux. Aussi absurde que cela puisse sembler, cette maison nous apaisait. Et nous éprouvions une grande joie à nous retrouver seuls.

À Paris, j'avais parfois pris les solitaires pour des misanthropes. « Il n'est pas sociable. » Je me trompais : celui qui se tient à l'écart du monde parce qu'il souffre de sa futilité, et plus encore de son inauthenticité, n'est pas plus condamnable que le mondain, celui qui recherche la fréquentation de tous mais n'est sincère avec personne. Nombre de solitaires veulent simplement préserver leur authenticité. Ils sont souvent l'objet des pires rumeurs. Prenez Tibère, l'empereur de Capri. Il s'était réfugié, je l'ai dit, dans cette île par mépris des fausses mondanités. Mais sa retraite lui fut fatale. Elle nourrit tous les fantasmes et, alors qu'il était de mœurs austères, ses ennemis réussirent à le faire passer pour un des pires débauchés. « C'est un homme que je ne vois jamais », disait Louis XIV pour jeter le discrédit sur un honnête homme, confondant la courtisanerie et la fidélité. L'honnête homme n'en pouvait plus de sa cour, cette « société de loups ». Avec le temps, j'ai compris ce que voulait dire Rousseau dans sa *Lettre à d'Alembert*. « Il n'y a pas un homme de bien qui ne soit misanthrope. » En bien des choses, je donnais de plus en plus raison à Rousseau.

Je restais parfois seul du lever au coucher du soleil à lire dans notre jardin broussailleux, avec pour seuls compagnons la brave chatte sauvage qui effrayait tant Bianca. J'aimais la voir se promener dans l'enclos, au milieu des rares arbres du jardin, un pauvre néflier, le *nespolo*, produisant un fruit sans valeur (d'où l'expression « des nèfles ! »), le *melograno*, le grenadier, le *cachi*, le plaqueminier, le *cotogno*, le coing, dont Bianca disait qu'elle faisait d'excellentes confitures, et les carrés d'agrumes, avec son citronnier, ses mandariniers et ses orangers. Mais ces derniers n'étaient pas bien beaux à voir. Leurs troncs lépreux étaient recouverts d'une étrange pellicule noire.

Au milieu de cet enclos sauvage, je me sentais de plus en plus proche du vieillard de Coryce que Virgile décrit dans les *Géorgiques*. Ce vieux sage possédait quelques arpents d'un terrain abandonné, près de Tarente, non loin du *paese*. Au milieu des buissons et des fourrés, il avait réussi à faire pousser des lis blancs, quelques pavots et des plantes de verveine. Dans son modeste jardin, ce vieillard se sentait comme au paradis : « Il s'égalait, dans son âme, aux rois », écrit le grand poète (*Géorgiques*, IV, 116-148).

La lecture de Virgile me rappela la verveine et le tilleul qui poussaient près de la souillarde de la maison de mon grand-père à Bayonne. Le soir, on entendait les abeilles bourdonner pendant le dîner. Cela indisposait ma mère mais mon père adorait la taquiner : « Virgile a consacré tout un tome à ces insectes glorieux ; et tu voudrais les chasser ? » Le poète, disait-il, regardait ces animaux avec beaucoup de déférence, des êtres sociaux, entre l'homme et la bête, dotés d'une « parcelle de la divine intelligence ». Je n'avais pas lu Virgile à l'époque, précisément parce que mon père nous accablait avec ces références. J'avais tort. J'ai réparé cette erreur ici ; c'était l'un des charmes de cette terre antique, elle ramenait à de précieuses lectures. Je découvris que le poète était fasciné par le sens *social* des abeilles. « Seules, elles élèvent leur progéniture *en commun*, possèdent des demeures *indivises* dans leur cité. » Il avait décelé dans ces animaux un véritable esprit « républicain » dont s'étaient peut-être inspirés les Spartiates de Tarente. Aristote rappelait que le gouvernement des Tarentais avait accordé « aux pauvres l'usage commun des propriétés », obtenant ainsi, écrivait-il dans *La Politique*, « le dévouement de la foule » (VII, III, 5). C'était peut-être l'origine de ce « familialisme » du Sud.

Aujourd'hui, les abeilles semblaient avoir disparu dans la région. Gigi m'avait dit que personne ne savait où elles étaient allées. Il était inquiet. Les abeilles sont un des meilleurs indicateurs de l'état de santé de la nature. Le *zio* racontait que les propriétaires du coin organisaient au milieu du XIXe siècle d'immenses tueries d'abeilles car ces bestioles gênaient les paysans. Ils les attiraient avec des odeurs trompeuses, *odorosi inganni*, dans des entrepôts fermés puis ils les étouffaient en diffusant des vapeurs de soufre. Un homme s'opposa à cet holocauste. Don Lele prétendait que les abeilles ne piquaient jamais quelqu'un en vain, mais seulement pour se défendre. Selon lui, les êtres humains devaient s'inspirer de leur modèle. « Un homme doit tout faire pour protéger sa famille. » Don Lele justifiait-il ainsi les pactes scélérats qu'il avait noués avec les bandes criminelles des environs ?

Cet exemple des abeilles a toujours servi aux théories les plus barbares, comme la fameuse *Fable* du docteur Mandeville, l'essai fondateur de toute notre économie politique. Dans cette *Fable des abeilles* (1714), Mandeville entendait rompre avec le moralisme de la société chrétienne. Une société vertueuse génère pauvreté et misère, écrivait-il. Il était persuadé que seuls les vices engendrent richesse et croissance : « Depuis toujours, les plus grandes canailles ont contribué au bien commun. » Ainsi Mandeville justifiait-il le crime au nom du Marché. Après tout, le criminel ne faisait-il pas vivre l'avocat, le juge et le bourreau ? avait écrit ce grand fou qui fut salué comme le père spirituel d'une école de pensée dégénérée mais aujourd'hui dominante. Comment un monde reposant sur de tels principes pouvait-il espérer survivre bien longtemps ? C'était au fond le monde des mafieux et des *camorristi*. Don Lele avait-il lu Mandeville ? Probablement pas. Il n'en avait pas eu besoin. Il savait d'instinct que la *main invisible* du crime était encore plus efficace depuis que dominait la *main invisible* du marché. « Nous avons besoin des bandits pour que les affaires prospèrent », résumait-il. Les grands milliardaires à la Rockefeller, tous ces « barons voleurs », les *robber barons*, avaient eu les mêmes idées. Mais eux s'y étaient mieux pris et le monde moderne en avait fait des héros.

Michela me laissait souvent seul dans le jardin. Elle préférait la terrasse ensoleillée. Mais dès que le soleil déclinait, je la retrouvais pour le dîner près du *magazzino*, en face de l'imposante coupole de la Chiesa Madre, à la recherche d'un petit souffle de vent des Balkans qui n'arrivait jamais.

Ces soirées me rappelaient celles de nos commencements. Nous nous étions rencontrés par un soir de printemps voilà plus de quinze ans. C'était à l'occasion d'un de ces cocktails académiques qu'elle comme moi fuyions d'ordinaire. Mais, ce jour-là, qui sait pourquoi, nous étions passés faire un tour. Je l'avais tout de suite remarquée ; quelques jours auparavant, elle venait de se faire agonir d'injures dans une émission TV par une cinéaste en vue. Alors je l'avais abordée en ironisant à ce sujet. Nous n'avions apparemment pas les mêmes préoccupations, mais nous n'étions pas ce que nous paraissions et nos inconscients l'avaient deviné. Comme ils furent légers ces jours passés sur le scooter à redécouvrir une capitale.

Paris avait alors des airs romains.

42

La chapelle basilienne

Nous attendions sur la terrasse en cette soirée de fin juillet que surgisse la *tramontana* annoncée par la météo. Nous n'en pouvions plus de ce thermomètre qui s'emballait. Même le pauvre chien du village, un berger allemand jadis menaçant, se traînait sur la *piazza*, la langue pendante, cherchant en vain une protection à l'ombre de la Chiesa Madre. La chaleur l'avait sensiblement adouci. Au début de notre séjour, Gigi m'avait dit que ce « temps africain » n'allait pas durer. « Dans deux ou trois jours, la *tramontana* va tout arranger. » Deux semaines après, la canicule perdurait, voire s'aggravait. On annonçait ce foutu vent d'est. Mais nous ne voyions toujours rien venir.

Tout d'un coup, j'entendis en bas une voix féminine. Je jetais un œil dans la rue. Une jeune femme équipée d'un mégaphone guidait un groupe. Les gens ne ressemblaient pas à des touristes et la jeune femme ne psalmodiait pas les banalités d'usage. Je l'entendais évoquer les pratiques de séchage du tabac dans les maisons où l'on filait la chique. Qui cela pouvait-il concerner ?

— Tu ne veux pas descendre ? dis-je à Michela, emballé. Ça m'a l'air original comme visite.

À son habitude, Michela fit la moue. Du monde ; des explications historiques, toujours ces vieux Romains...

— Vas-y toi, si ça te fait plaisir...

Mais, tout à coup, elle entendit dans le lointain quelques notes de *pizzica*. Aussitôt elle se leva, attirée par le son des *tamburelli*, avec leurs cymbales, accompagnant la guitare et le violon :

— Viens ! dépêche-toi..., fit-elle comme si c'était moi qui traînais les pieds.

Nous sommes sortis à la hâte du couvent pour rejoindre le groupe. Il se trouvait sur la place du château. Je pensais tomber au milieu d'un car de touristes venus passer une soirée « typique », agrémentée d'une petite musique « folklorique » du Salente. Il y avait des gens de tous les âges, beaucoup d'enfants. Je compris vite qu'il s'agissait d'une visite organisée par la municipalité pour les habitants du *paese*. Comme avait dit le maire, il n'y a pas d'argent ici mais la mairie continuait à jouer la carte de la culture. Et de la mémoire. Une façon de former l'œil des habitants, ajouta la conférencière qui nous avait rejoints, et d'éviter que ne se reproduisent toutes les horreurs des « années du boom », plus heureuses sur le plan social qu'architectural.

Le groupe se trouvait maintenant devant l'impasse qui conduisait à la grille du jardin. La conférencière avait repris son mégaphone grésillant. On n'entendait qu'un mot sur trois. Elle indiqua de la main la maison de Michela et je perçus, entre les crépitements, qu'à l'origine de ce couvent il existait ici une petite chapelle basilienne, la chapelle Sant'Anna.

Une chapelle basilienne... C'est ainsi que le lointain passé de la maison surgit. Elle se rattachait à l'époque byzantine, après les invasions barbares du Ve siècle...

Je compris mieux pourquoi le petit jardin où je passais presque toutes mes journées m'inspirait. Les frêles colonnes de pierre de la pergola rappelaient ces petits cloîtres de nos origines, ceux des moines basiliens qui avaient maintenu coûte que coûte la vie de l'esprit au milieu de la barbarie triomphante, avant que les prestigieuses abbayes du Nord, en particulier celles de Normandie, ne reprennent le flambeau. Ces modestes moines basiliens avaient fondé non loin du *paese* l'abbaye de Cerrate, un des fragiles bastions de cette civilité en résistance. Je me disais que, décidément, le Sud est porteur d'un message de finesse et de nostalgie.

Pour être sincère, je parle de monachisme basilien comme s'il m'était familier ; ce n'était pas le cas avant cette visite de village. Auparavant, je n'en avais qu'une vague idée. Enfin, entre nous, pas la moindre idée du tout. Dire que l'ordre de saint Basile était le plus ancien ordre monastique de la chrétienté, antérieur même à l'ordre des bénédictins, aurait été au-dessus de mes connaissances du moment. Basile de Césarée est peu connu en Occident car il a surtout œuvré en Orient, à l'époque de l'empereur Julien l'Apostat, au IVe siècle. Quand je me mis à lire quelques détails sur sa vie, il m'apparut très attachant. Il voulait rompre avec la radicalité de ces anachorètes, comme saint Antoine, qui avaient lancé la mode de se retirer seuls dans le désert pour mieux se recueillir. Pour Basile, l'idéal de vie chrétienne ne se trouvait pas dans ces ermitages trop isolés qui s'étaient multipliés en Égypte, en Syrie ou en Cappadoce, mais reposait au contraire sur une vie simple, en communauté, dans des monastères à taille humaine. « Si vous vivez à l'écart des hommes, comment pourrez-vous vous réjouir avec les heureux et pleurer avec ceux qui souffrent ? » Et il avait un argument imparable. « Notre-Seigneur a lavé les pieds de ses apôtres : vous qui êtes seuls, à qui les laverez-vous ? » Basile refusait la vie mondaine sans prôner le retrait solitaire absolu.

Cette *via media* était précisément celle que je recherchais ici.

Le groupe continua à faire le tour du château pour arriver dans une cour obscure, à peine éclairée par un lampadaire diffusant une faible lumière ocre. Au fond de l'impasse, on pouvait distinguer un petit attroupement, quelques musiciens et danseurs. Je perdis Michela qui s'était faufilée au premier rang. Tout à coup, le groupe se mit à jouer à nouveau la *pizzica*. Un cercle se forma autour des danseurs. Je réussis à me placer à mon tour aux premières loges.

Comment décrire cette danse bizarre à qui ne l'a jamais entendue ? Il ne faut pas la confondre avec la *pizzica* désespérée de ces pauvres filles, comme la Maria de Galatina, décrite dans le journal du *zio*. La *pizzica d'amore*, ou *pizzica de core*, ou *pizzica-pizzica*, est une sorte de ballet vif dont le chant est assez déplaisant, aigu, répétitif et larmoyant, scandé par le timbre frustre du *tamburello*, l'un des plus antiques instruments remontant à la civilisation des Pharaons. Elle surprend une oreille non avertie. Mais l'élégance du pas de danse attire l'œil, faisant penser à une sorte de menuet paysan, tant le jeu entre les danseurs est gracieux. L'homme, à moitié penché vers la femme, semble lui tourner autour, tandis que la danseuse se cambre pour ne jamais le toucher. Le contraste entre les sons rugueux et le raffinement de la danse suscita chez moi une surprise aussi forte que la première fois où j'entendis jouer le « Ça ira ! » au clavecin. L'opposition entre le chant sanguinaire – « à la lanterne ! » – et l'élégance raffinée des cordes pincées fut un choc d'autant plus singulier que ce n'était pas la violence qui l'emportait mais la douceur. Étonnamment, ce chant appelant à la guillotine s'était transformé par le miracle de la musique de Claude Balbastre, l'ancien organiste de Marie-Antoinette qui passa à la révolution, en une élégante musique de cour.

Ainsi la douceur pouvait-elle parfois l'emporter sur la fureur ?

La danse de la *pizzica* me fit cette impression.

En face de nous, les trois danseuses, dos découvert, pieds nus sous leur longue robe, formaient en courant une ronde (*ronda*) autour de la place, comme si elles fuyaient leur partenaire. Puis elles se retournèrent, face aux hommes, dans une attitude provocante. Elles sautillaient et tenaient leur robe pour la faire virevolter, battant le pavé de leurs pieds nus. Les trois hommes se précipitèrent dans le sens inverse, en faisant la même ronde, tout en se rapprochant des danseuses, sautant et tournant sur eux-mêmes. La *giravolta* mime, dit-on, la marche de l'araignée, la *taranta*. Rien de commun avec nos bourrées paysannes. Ici les danseurs ne faisaient qu'effleurer du bout des doigts leur partenaire, tout en s'échangeant des œillades et des regards d'abandon puis de refus. Brusquement, les femmes se libérèrent de l'étreinte en défaisant leur longue chevelure pour la balancer de part et d'autre aux sons de la musique qui devenait de plus en plus rapide.

Je sentis tout à coup les premiers souffles de vent. La *tramontana* tant attendue commençait à dévaler l'Adriatique. Les danseurs se rapprochèrent et se prirent par la taille, en tournant comme des toupies, simulant une sorte de palabre amoureuse qui semblait marquer la conquête sans jamais la figurer. Était-ce une chorégraphie dont l'origine lointaine puisait dans les cérémonies dionysiaques mais que le christianisme avait assagie ? À moins que les Anciens aient déjà compris que la charge érotique est d'autant plus forte qu'elle est simplement suggérée.

Une fois libérées de l'encerclement des hommes, les femmes se mirent à courir à l'extérieur du cercle, en se rapprochant de nous. Puis les danseuses s'immobilisèrent, faisant tourner leur longue chevelure brune. Le vent des Balkans commençait à souffler en rafales de plus en plus fortes ; avec la bourrasque, les pointes de cheveux de la danseuse qui s'était arrêtée devant moi commencèrent à me caresser le visage. La fille se retourna, gênée. Je la regardai. C'était Laura, la jeune marchande de légumes du Corso, celle de mes tournées matinales. Je ne l'avais jamais imaginée en danseuse de *pizzica*. Et comment deviner ses longs cheveux qu'elle tenait toujours attachés ? Cette chevelure libérée lui donnait une volupté ravageuse que ne laissait pas supposer son visage de *Madonna*. Le regard que nous nous sommes échangé me mit dans un bref embarras. En rentrant, je me suis rappelé ce que les bénédictins napolitains disaient à propos de la *jettatura*. Ils y voyaient une puissance pernicieuse et diabolique, « un pacte tacite ou express avec les démons», comme disait Leonardo Vairo, dans le *De Fascino* (1589).

Le lendemain matin, quand je rentrais dans le magasin de Laura, son regard n'avait vraiment rien de diabolique. Elle semblait presque aussi embarrassée que moi. Je me suis fait violence pour lui dire qu'elle dansait fort bien. Elle me répondit modestement mais avec grâce, comme lorsque je lui réglais ses courgettes.

Grazie, gentilissimo.

43

« La peste des Pouilles »

De retour à la maison, je trouvais Matteo à la cuisine, en train de discuter avec Bianca. J'avais appelé l'architecte dès le départ de Lolotte pour me plaindre de l'incident de l'araignée. « Avec cette restauration partielle, que voulez-vous ?... » me répondit-il rudement. Ne pourrait-on pas trouver quand même un moyen de mieux calfeutrer les pièces ? « Je vais voir. » Il ne me semblait pas très convaincu, ni désireux de remédier à un mal que nous avions causé par notre impécuniosité. Il y avait un autre problème dans la salle de bains que je voulais lui montrer ; la douche ne me semblait pas totalement étanche, le sol était anormalement humide ; y avait-il déjà quelques infiltrations ? Nous sommes passés par l'*ortale* qui donnait dans la chambre du *zio*, Michela se reposant dans l'ancienne chapelle. Mais nous fîmes probablement du bruit et elle vint nous rejoindre. Je lui fis part de mes interrogations sur la partie ruinée. Ne faudrait-il pas trouver un moyen de la restaurer ? « Arrête de penser à tout ça, ce n'est pas dans nos moyens. » Croyant voir monter la crise de couple, Matteo en profita pour s'éclipser. « J'ai d'autres rendez-vous. Je repasserai dans la semaine. »

Michela haussa les épaules et me tendit une perche : « Tiens, tu pourrais aller me chercher après la sieste du citron ? Je viens de lire dans un magazine plusieurs recettes au citron, les pâtes et les desserts. Je vais m'y mettre ce soir. J'ai envie de faire de la cuisine, mais pas comme ta copine. On mangera italien. »

Il fallait vraiment qu'elle soit de bonne humeur pour songer à se mettre aussi activement aux fourneaux. Acheter des citrons ? Bizarrement, je n'en avais encore jamais vu au *paese*. Cela pouvait sembler étonnant dans cette région qui était une des plus grosses productrices d'agrumes après la Sicile. Il y avait des citronniers partout. Nous en avions même dans notre enclos. J'avais entendu dire que certains citrons avaient été empoisonnés. Était-ce vrai ? Et pourquoi ?

Je retournais à la cuisine pour en parler avec Bianca. « On peut manger nos citrons ? » La réponse fut sans appel.

— Surtout pas... Ils ont la *coccinella*, me confia-t-elle d'un ton catastrophé comme si elle m'annonçait une épidémie de choléra.

Toute la région en était infestée. On l'appelait aussi la *tristeza*, un mot venu d'Espagne pour désigner ce virus qui s'attaquait aux agrumes mais aussi aux vignes, aux lauriers, etc. La région semblait avoir attiré la colère des dieux. J'ignorais tout de la *coccinella*, n'ayant entendu parler que de la *xylella fastidiosa*, la « peste des Pouilles ». Cette bactérie, parmi les plus dangereuses au monde, avait commencé à s'attaquer aux oliviers du Salente depuis 2013. « Si vous voulez des citrons pour la cuisine, n'allez pas non plus en acheter au *paese*», poursuivit Bianca. «Pourquoi? Leurs citrons sont aussi contaminés?» Bianca haussa les épaules. «Non, évidemment. Aucun des commerçants n'est autorisé à vendre nos citrons. La plupart de ceux qui sont vendus viennent d'Espagne.» Et alors? «Il ne faut pas les utiliser pour la cuisine car leur peau est traitée avec des produits chimiques.»

Que faire alors? «Si vous voulez absolument des citrons, je peux vous en rapporter la prochaine fois de chez ma mère qui en fait venir de Sicile. Ma cousine habite à Monreale, près de Palerme. Là-bas, les citrons ne sont ni contaminés ni traités.» Mais je ne voulais pas briser Michela dans son élan. Il me fallait les citrons aujourd'hui.

Alors Bianca proposa de m'accompagner chez sa mère après le travail. Celle-ci habitait sur les hauteurs du *paese*, non loin de la petite église de la Madonna dell'Alto. «Je dois aller y chercher mon linge.» J'eus une hésitation. «Et comment reviendrai-je?» Bianca n'y avait pas pensé. Elle sourit: «Je vous raccompagnerai. *Non c'è problema.*»

J'acceptai volontiers. Bianca continuait à m'intriguer par sa combinaison bizarre d'intelligence mutine et de religiosité aiguë. Elle ne correspondait en rien au portrait des bigotes de Jacques Brel, «vêtues de noir comme Monsieur le Curé». Jeune et plutôt jolie, profondément superstitieuse, elle voyait l'ombre du Malin partout.

— Avez-vous jamais vu le Diable?

Sa mère l'avait élevée en lui montrant des images de Belzébuth, la langue pendante entre ses grosses lèvres cramoisies. Cette force du Mal me faisait au fond penser à cette célèbre stigmatisée du XIXe siècle, Palma Matarelli, qui vivait à Oria. Elle était connue, même en France, pour ses prévisions catastrophistes, dignes d'un climatologue du GIEC. « Il y aura trois jours de ténèbres au cours desquels l'atmosphère sera infestée par une multitude de démons ; pas un seul démon ne restera en enfer : tous en sortiront. » Même Pie IX, le pape en guerre contre la Modernité, avait trouvé en son temps que Palma en faisait un peu trop. Bianca serait-elle un jour excommuniée comme Palma ?

Pourtant sa bigoterie ne se transformait jamais en jugement sur les autres. C'était un trait très différent de nos bigotes des bords de Seine. On pouvait trouver aussi en France ce genre de mignonnes qui s'empourpraient pour leur foi. Mais, en général, ces pieuses jeunes filles savaient toujours mieux que vous ce qui était bon pour vous. Ce n'était pas le cas de Bianca. Voilà encore quelques années, je n'aurais pas été capable de saisir cette nuance qui permet d'expliquer l'étonnant climat moral qui règne dans cette région. Bien que très croyants, les gens d'ici ne sont ni paternalistes ni sectaires.

Il m'a fallu attendre cette immersion dans les terres ferventes d'Apulie pour saisir la différence entre bigoterie et fanatisme. La première est une forme d'ignorance crédule, ridicule mais pas bien méchante. Je pense à tous ces cultes de saints « myroblites », comme saint Nicolas de Bari exsudant de son corps une huile parfumée que les fidèles viennent recueillir pieusement. C'est un culte typique de cette terre du Sud où l'huile est symbole de paix et de purification. Au fond, cette bigoterie n'est que l'expression paisible de la souffrance humaine. Personne ne vient vous embêter. Bianca n'avait jamais cherché à me convaincre. Certes, mes livres de d'Holbach et Helvétius la rebutaient mais elle n'aurait jamais songé à me les brûler.

Tout autre est l'esprit de fanatisme qui veut contraindre les autres à croire ce qu'on vénère. Dans les derniers chapitres des *Considérations*, Montesquieu évoque la lutte ultime et cruelle à laquelle se livrèrent les Byzantins et les Turcs avant que ces derniers ne s'emparent de Constantinople et ne mettent définitivement fin à l'empire chrétien d'Orient. Les Byzantins étaient, selon Montesquieu, des esprits « bigots ». Leur général priait Dieu avant chaque bataille, en déplorant le grand nombre de gens qu'il allait tuer. Le camp adverse nourrissait d'autres sentiments, pleurant de douleur parce que « leur général avait fait une trêve qui les empêchait de répandre le sang des chrétiens ». Et Montesquieu concluait : « C'est que la différence est totale entre une armée fanatique et une armée bigote. »

Bianca n'ignorait rien de ces évidences. « Vous autres, Français cartésiens, vous avez fini par tout confondre. » Ces nuances expliquaient en partie l'ambiance paisible de ce pays de bigots byzantins, perclus de peurs inoffensives et d'enthousiasmes bizarres.

44

Le goût de l'olive

Après son travail, Bianca avait tenu promesse. « Je vous conduis toujours chez ma mère ? » Elle s'installa dans la petite Fiat qui devait bien dater de l'époque de mes premiers séjours en Italie. Elle avait à l'intérieur cette odeur âcre et métallique des bagnoles qui ont beaucoup servi. « Vous voulez que je mette un peu de musique ? » demanda-t-elle en ajustant son siège. Elle avait un vieux lecteur de CD, comme il en existait dans les années 1990. J'avais oublié que son chanteur préféré était Nandu Popu, ce djinn du reggae afro-pouilleux. Au bout de quelques minutes, je n'en pouvais plus.

— À la place de Popu, tu n'aurais pas plutôt Pupo ?

Ce jeu de noms n'était pas bien sérieux. Mais il m'était sorti naturellement. J'avais acheté à Rome *Su di noi*, un *tormentone* de l'été 1980, et l'écoutais à l'époque en boucle en préparant dans la grisaille de la banlieue parisienne les épreuves du bac. Cela me faisait rêver d'Italie, tout en aggravant ma solitude. J'étais bien le seul alors à aimer Pupo parmi mes amis de la plaine de Versailles.

— Pupo ? Non je ne crois pas, me répondit sérieusement Bianca.

Elle se pencha à mes pieds et sortit une vieille boîte poussiéreuse qui traînait sur le sol passager, au milieu de papiers et de vieux plastiques. C'était le coffre à CD de sa mère. « Ah ! J'ai peut-être quelque chose pour vous... Tenez, me dit-elle, voici un tube de vos années... » Elle prit le disque et le mit dans le vieux lecteur.

Miracle ! C'était *Amici mai.* « Amis, jamais ! » J'avais découvert le tube de Venditti lors d'un voyage dans le Sud en direction du port de Brindisi. Je préparais alors ma thèse aux archives du Vatican et vivais à Rome chez un copain napolitain. Nous écoutions en boucle les hits de l'époque, comme *In questo mondo di ladri*, un autre tube de Venditti qui faisait alors fureur. « Dans ce monde de voleurs. » Un beau résumé de nos années 1980 où triomphaient à Rome comme à Paris tous les « faiseurs de fric ». Les années Berlusconi et Tapie. Mais je n'y prêtais pas garde alors ; j'étais sur un nuage. Les premiers frissons de l'amour en Italie. « Cette musique me rappelle de beaux souvenirs », dis-je à Bianca. Elle se moqua de moi. « Cela ne m'étonne pas. Vous êtes un nostalgique ; vous aimez toutes les vieilleries. »

Le CD de Bianca s'est mis à dérailler lorsque nous avons dépassé le cimetière. Je n'émis aucun commentaire sur ces CD prétendus « indestructibles » qui avaient remplacé nos bons vieux trente-trois tours. Pas la peine d'aggraver mon cas.

La route sinuait maintenant dans la campagne et, au milieu d'une forêt d'oliviers gigantesques, je crus reconnaître dans le lointain le monastère où le *zio* se rendait de temps en temps lors de ses visites nocturnes à Lecce.

L'olivier avait résisté à la pauvreté de cette terre depuis des millénaires. Rien n'était venu déranger ces vétérans depuis les premiers Messapiens. Certains avaient plus de trois mille ans – ils étaient plus vieux que Romulus et Remus. Prodige même de la Méditerranée qui nous rappelait nos lointaines racines. Comment ne pas penser à la main d'une divinité quand un fruit aussi gras que l'olive sortait d'un terrain aussi sec ? Ce miracle conduisait les gens à croire. Cet arbre côtoyait le ciel. La tradition hébraïque affirme que la première graine d'olivier est tombée du paradis terrestre sur la tombe d'Adam. Et n'était-ce pas par une branche d'olivier que la colombe céleste annonça à Noé la fin du déluge ?

Tout à coup, le paysage changea brusquement. Les arbres étaient tous desséchés. Certains perdaient leur écorce comme un irradié se dépossède de ses peaux. À terre gisaient des milliers de branches sans âme. Ces oliviers semblaient avoir subi une attaque nucléaire.

— C'est la *xylella* ? demandai-je à Bianca.

— Oui, hélas.

La bactérie avait commencé à frapper le Salente pendant l'été 2013. La *xylella fastidiosa* – elle portait bien son nom – s'était d'abord attaquée aux feuilles d'argent des oliviers, suçant leur suc vital, tout en leur infligeant d'intenses brûlures. Les feuillages virèrent d'abord couleur cuivre puis le dépérissement gagna la houppe et les racines. Les oliviers se craquelaient et mouraient de soif. Certains disaient que cette monstrueuse *xylella* aurait été importée d'Amérique centrale par un pépiniériste indélicat de Gallipoli.

Avec une incroyable rapidité, ce microbe vorace était remonté dans la région de Lecce puis avait gagné le nord des Pouilles. Maintenant tout le sud de l'Italie était menacé. Même la Corse.

Nous continuions de rouler entre les murets en pierre quand Bianca ralentit à l'orée de Villa Baldassarre, en me montrant du doigt une immense carcasse. « Vous voyez, cet olivier ? C'était un des plus majestueux du coin. » Il avait connu Pyrrhus, Hannibal et les armées de Pompée. « Si vous l'aviez vu à sa grande époque... Jusqu'à l'année dernière, son tronc démesuré se dressait fièrement au milieu de la campagne. Il paraissait avoir résisté à toutes les invasions. Je le croyais invincible. » Et, pourtant, l'année dernière, à Pâques, certaines de ses feuilles avaient commencé à se cuivrer. C'était la marque de la peste. « En moins de quinze jours, il a été emporté comme le premier venu. » À la fin de l'été, il n'était déjà plus qu'un morceau de bois inanimé.

Cette *xylella* démentait Virgile. Dans les *Géorgiques*, le poète prétendait que le « stérile olivier sauvage » résistait à tout. Il « survit seul avec ses feuilles amères ». Eh bien, même lui n'avait pas pu se défendre.

Pour le Salente, la mort des oliviers signait la fin d'un rêve sans âge. Que deviendrait ce « peuple de l'huile », ce monde de racines et de nuages, de vents et de poussière, si cette mémoire naturelle disparaissait ? Que deviendrait même notre monde ?

Le goût âpre de l'olive entre les dents est celui de l'enfance de notre civilisation. Il est plus vieux que celui de la viande et du vin. Le progrès réussira-t-il aussi à nous priver de ce qui est « vieux comme l'eau fraîche », selon le mot de Lawrence Durrell ?

Pour la première fois, l'homme réalisait que cette saveur des origines n'était peut-être plus éternelle.

Nous sommes arrivés à la maison de la mère de Bianca au moment du déjeuner. Elle nous attendait seule sous son *cannizzo*. Elle se leva précipitamment pour me saluer avec beaucoup de gentillesse. « Ah ! ma fille me parle beaucoup de vous. » Je me suis senti un peu embarrassé. « Si, si, elle vous apprécie beaucoup. » Je rougis : « N'exagérons rien. » Elle leva les bras au ciel. « Ah vous les Français. Vous ne savez jamais accepter les compliments. Bon, je vais vous montrer tout de suite mes citrons. » Elle me prit par le bras et nous conduisit dans un petit local où elle conservait les vivres. Bianca nous suivit sans rien dire. Elle semblait métamorphosée, comme une petite fille confite en dévotion devant sa mère. *Si Mamma*.

Quand j'ouvris la porte de l'annexe, une odeur un peu forte s'échappa. Il flottait dans l'air des arômes de prunes, de pêches, de thym, etc. Je vis avec satisfaction qu'il y avait beaucoup de citrons. « Prenez-en autant que vous voulez. » La mère de Bianca refusa que je lui paye le petit cageot que je pris pour ce soir. Puis elle engagea la conversation. « Tu lui as montré la chapelle de la Madonna ? » demanda-t-elle à Bianca. « Tu sais, on n'a pas beaucoup de temps », répondit cette dernière, presque désolée. « Mais si, mais si, montre-lui ; ça l'intéressera. » Et elle se tourna vers moi. « C'est la chapelle de la Vierge. Elle fait des miracles. Vous connaissez le pouvoir des mères ici. »

Je souris en pensant à cette puissance de la *Mamma* dans ce Sud profond, où la religion et la maternité avaient su si profondément s'imbriquer. La mère est tout, tandis que l'épouse n'est rien. La mère est une sorte de divinité tutélaire du foyer. À ce titre, elle a partie liée au sacré. La plus grande église du *paese* s'appelait la Chiesa Madre et ce nom témoignait à lui seul de la puissance de la *Mamma*. Cette omnipotence est du reste un des traits propres à toute l'Italie. Ici, tout ce qui est important ou jugé positif est associé au culte de la mère. Pour parler de la levure naturelle, aujourd'hui tant recherchée depuis le docteur Keys, on dit dans la Péninsule le « *lievito madre* », la « levure maternelle » ! Une idée forte, l'aspect fondamental d'une théorie, « *idea madre* ». Nous avions nous aussi hérité en France de cette habitude mais moins appuyée. Pour parler de sa langue, on dit la langue maternelle, *madrelingua* ; pareil pour la mère patrie, *madrepatria*. Dans le droit des affaires, comme en droit canonique, *Casa madre* désigne la « maison mère », si l'entreprise a des filiales, ou le couvent des maisons secondaires. Mais on ne verra pas en France un quartier s'appeler, comme au *paese*, *Mamma Bella*.

Je me souviens de ce magnifique sketch des *Nouveaux Monstres* qui m'a fait tant aimer l'Italie à l'aube de l'adolescence. *Pronto soccorso* illustrait à merveille cette incompréhension entre le Sud catholique et le Nord protestant ou agnostique. Alberto Sordi y joue un aristocrate dégénéré et obsédé sexuel, Giovan Maria Catalan Belmonte, qui transporte un accidenté dans sa Rolls. Ils font en vain le tour des hôpitaux de Rome, tous saturés en ce samedi soir. Arrivé devant un hospice militaire qui les refuse encore, Belmonte, de guerre lasse, engage la conversation avec les soldats. Il finit par leur conter ses « exploits » lorsque, le 8 septembre 1943, il dut abandonner son uniforme pour rejoindre sa mère, dame de compagnie de la reine d'Italie qui s'était enfuie dans une course effrénée vers Brindisi pour échapper aux Allemands. Quand il se présenta devant les lignes anglaises, Belmonte fut arrêté, dit-il, par un officier britannique qui lui demanda ce qu'il cherchait en fuyant Rome. On craignait un espion. *Vada trovare Mamma.* « Je vais retrouver ma mère. » Les Anglais ne comprirent pas. « Qu'est-ce que je n'avais pas dit ! s'esclaffe ce fin de race à l'italienne. Les Anglais me rouèrent de coups. »

— Dis-nous pourquoi tu veux franchir les lignes !

— Mais je vais retrouver *Mamma.*

« Apparemment, les Anglais ne conçoivent pas qu'un homme adulte aille retrouver sa *Mamma.* Les mamans abandonnent leurs enfants comme des chiens là-bas », concluait Belmonte.

Italie-Angleterre. Deux conceptions très différentes de la *Madre.* En France, il me semble que c'est plutôt le père qui a les faveurs des écrivains. *Mon père ce héros.* L'acrimonie à l'encontre de la mère, de *Poil de carotte* à *Vipère au poing*, serait jugée proprement inconcevable dans la Péninsule. On a même créé un verbe pour rendre hommage à la mère : *madreggiare* qui signifie ressembler à sa mère.

Je ne détestais pas au fond cette civilisation méditerranéenne de la *Mamma.* Je n'ai jamais aimé cette discrétion à l'anglaise dont ma mère incarnait à son corps défendant une filiale française. Elle n'était pas froide mais elle m'a toujours refroidi par sa réserve. Je l'adorais car je savais que c'était quelque chose de contraint chez elle ; on avait dû lui apprendre qu'à Paris mieux vaut ne pas montrer ses sentiments. J'avais hérité en partie de cette retenue. Michela me le reprochait souvent. Si elle savait combien j'aurais préféré cette exubérance loufoque des Latins. Elle me faisait mieux songer au prix de la vie.

J'étais donc tout à fait partisan de faire un détour par la chapelle de la Madonna dell'Alto pour admirer ce vieux reste de l'époque médiévale. Nous empruntâmes un petit sentier en pierres perdu au milieu d'une forêt d'oliviers. Nous étions seuls. L'église abandonnée était tapie sous l'ombre des arbres qui laissaient passer quelques rayons du soleil. Ce contraste donnait une atmosphère féerique, alors même que les environs n'avaient rien de particulier. On se serait cru au jardin de Gethsémani, le jardin des Oliviers où le Christ passa sa dernière nuit.

Au retour, Bianca voulut me confier un secret. « Vous êtes capables de ne le dire à personne ? » Évidemment. Elle regarda autour d'elle. Il n'y avait personne. Elle prit alors un ton mystérieux.

— Il se passe des choses bizarres dans cette région. Cette peste de *xylella*, eh bien, croyez-moi, ce n'est pas ce qu'en disent les médias.

— Ah bon ?

— Non, il y a autre chose.

— Quoi ?

— J'ai de forts soupçons.

— C'est-à-dire ?

— Eh bien, gardez votre langue, mais il y a la mafia là-dessous.

45

La « mafia de la *xylella* »

J'étais rentré au *paese* proprement consterné. J'aimais bien Bianca mais son « complotisme » me paraissait frôler autant l'absurdité que sa bigoterie. Quel intérêt une mafia aurait-elle eu à diffuser le pire des virus sur ses propres terres ? Bianca m'avait répondu dans la voiture. « Vous savez la Camorra a bien pollué le nord de Naples, où vivent ses propres enfants, avec des décharges illicites de dioxine. » Elle me noya sous une kyrielle de sigles obscurs, l'Arif, la TAP, l'Allelyx, d'où il ressortait, selon elle, que les responsables de l'Arif, l'organisme des Eaux et Forêts, auraient encouragé l'arrachage intensif des arbres dans les zones que devait traverser le TAP. Il s'agissait du grand projet de gazoduc allant de la mer Caspienne à l'Italie, *via* la Turquie, la Grèce et l'Albanie. « Ça ne vous paraît pas bizarre ? Hein ? dit-elle. À peine l'accord conclu, certains arbres ont commencé à mourir, justement dans la zone concernée... » Elle me regarda d'un air entendu : un moyen commode pour exproprier les paysans si leurs terres sont infestées par la *xylella*. Car elles ne valent alors plus rien...

Le lendemain matin, après ma promenade matinale, je croisai à nouveau Bianca dans la cuisine, en train d'astiquer le vieux vaisselier, toujours ses écouteurs sur la tête. Elle était de plus en plus matinale à cause de la chaleur. Je repensais à la discussion de la veille.

Je lui fis signe d'enlever son walkman. *Vuoi un caffè* ? Je ne suis pas sûr que Bianca était désireuse de parler. Mais il fallait approfondir cette question de la « mafia de la *xylella* ». Bianca s'assit pour boire son *espresso*.

— Vous savez ce qui se passe à Trepuzzi ? dit-elle sur un ton incertain, voire équivoque.

Trepuzzi était une petite ville tranquille, non loin du *paese*. Comment aurais-je su ce qui s'y passait ? Bianca plongea son regard vers sa tasse de café. Elle hésitait. J'insistai.

« Allez, qu'est-ce qu'il y a ? » Elle souffla. « Mais, enfin, vous devez bien vous en douter. »

Pas du tout. Comment aurais-je pu ? Je crois qu'à cet instant elle vit dans mes yeux que je disais vrai. Je n'avais aucune idée de ce qui se tramait dans les environs. Alors elle se versa une nouvelle tasse de café. Puis elle me regarda en face, solennelle.

— Vous ne savez vraiment pas qui est l'ancien député-maire de Trepuzzi ?

J'avais déjà rencontré ce type et sa femme ; nous avions même déjeuné ensemble le jour où nous avions pris la décision de restaurer cette baraque. Lors de cette « grande bouffe » sur les hauteurs du *paese*. Le couple m'avait paru très sympathique. Bianca avait-elle appris que nous le connaissions ? Bon, peu importe. Où voulait-elle en venir ?

— Eh bien ! vous vous souvenez de ce qu'on a dit hier ? Cet ancien maire, c'est lui...

Elle resta quelques instants mystérieuse. Elle se leva de table.

— Lui qui ?

— Mais c'est lui... le chef...

— Le chef de quoi ?

— Enfin, vous voyez, vous me comprenez, non...

Je ne voyais ni ne comprenais rien.

— Mais enfin ! C'est lui le chef de la mafia de la *xylella* ! finit-elle par lâcher, visiblement très impressionnée par ce qu'elle venait de me révéler.

Je la regardai, estomaqué. « Mais que dis-tu ? » Bianca s'effondra sur le fauteuil, à côté de la cheminée. Elle m'expliqua alors tout ce qui, selon elle, se tramait ici en coulisse depuis la découverte de la « bactérie killer », comme elle dit. J'avais noté à plusieurs reprises que Bianca aimait reprendre les titres des journaux. Ça lui donnait un ton savant ; après tout, elle avait fait des études.

L'ancien maire de Trepuzzi était devenu le directeur général de l'Arif et aurait commandité l'arrachage intensif des arbres essentiellement dans les zones que devait traverser le grand projet de gazoduc.

Cette révélation était plus qu'extravagante. L'ancien maire du bled d'à côté, boss de la mafia de la *xylella* ? J'avais vraiment du mal à le croire. D'autres, je n'aurais pas dit. Mais lui... Tout cela me semblait parfaitement loufoque.

Bianca ne se laissa pas démonter. « Cette terre cache de lourds secrets », me répéta-t-elle, en regardant par la fenêtre pour s'assurer que personne ne puisse nous écouter.

— Si les oliviers meurent mystérieusement depuis quelques années, ce n'est pas par fatalité, reprit-elle. Cette *xylella* est bien utile ; elle a été voulue par certains.

Par certaines multinationales, ajouta-t-elle. L'une d'elles s'appelle d'ailleurs l'Allelyx, l'anagramme de la *xylella*.

— Comme par hasard !

— Ce virus frappe tous les arbres, pas seulement les oliviers. Vous avez vu vos citronniers et vos orangers ?

Elle était sûre que ces traces noires sur les feuilles étaient une maladie. Moi aussi. Mais de là à dire que cette maladie avait été provoquée par une mafia...

Je continuais à croire que ce désastre de la *xylella fastidiosa* venait d'une bactérie d'Amérique latine, une sorte d'*alien* transporté dans les Pouilles à la faveur d'un monde sans frontière.

« Pas du tout ! Il y a eu un complot. Et tout se joue à Trepuzzi ! » m'assura-t-elle.

Je la regardai, toujours sceptique, même si je ne savais plus quoi penser.

« Le parquet de Lecce a même ouvert une enquête à ce sujet en 2015 ; et il a mis en examen certains chercheurs accusés de propager de fausses nouvelles qui ont égaré l'Europe, en laissant croire à un virus venu d'ailleurs. »

Le parquet de Lecce ! Diable. « Croyez-moi, insista-t-elle, tous ces savants et experts sont payés à nous tromper. Et tous ces politiciens sont complices. Ah ! il faudrait un bon coup de balai, je vous dis, une belle révolution. Comme chez vous en 1789 ; sans la guillotine quand même. »

— Mais tu as des preuves de ce que tu dis ?

Bianca reconnut qu'elle n'en avait pas. Mais elle avait entendu des sources « très fiables », des gens qu'elle estimait beaucoup, confia-t-elle.

« Qui donc ? » Elle hésita quelques instants. « Tu n'as rien à craindre, dis-je. Je ne suis d'aucun clan ici. » Elle s'adoucit et me demanda : « Vous vous souvenez de Nandu Popu ? » Comment aurais-je pu oublier ? Son chanteur préféré. Mais qu'avait-il à voir avec la *xylella* ?

« Nandu a eu le courage de dénoncer ces profiteurs de la *xylella*. » Elle m'apprit à cette occasion qu'il donnait des conférences sur des « sujets *citoyens* », me dit Bianca, très fière du courage de son barde qui, avant d'être un artiste, était d'abord un « militant de sa Terre », ajouta-t-elle fièrement. Il avait été un des premiers à dénoncer Trepuzzi comme « capitale de la mafia de la *xylella* ».

« Mais ton Nandu, ce n'est pas un enquêteur ? Comment a-t-il eu ces informations ? » Elle refusa net de me répondre sur ce point. Mais elle ajouta : « J'ai un ami qui a un blog sur ces questions mafieuses. C'est lui qui m'a parlé de Nandu... »

Et elle ajouta, troublée : « Croyez-moi, certains pourris touchent très gros. Vous savez, mon ami, il a reçu des menaces après ses reportages sur la *xylella*. »

46

La plage

Une foule de pensées se bousculèrent dans ma tête après cette discussion surréaliste. Comment croire un seul instant à cette histoire ? La « mafia de la *xylella* » ! Cette invention me semblait surtout témoigner de la crédulité de Bianca qui voyait le Diable partout. Depuis l'arrivée de cette « peste des Pouilles », pas mal de monde avait commencé à divaguer dans le coin. Ce fléau avait nourri les mises en garde du chanteur de reggae des Pouilles, l'enquête du parquet de Lecce, les suspicions des opposants à ce gazoduc qui allait traverser ces terres antiques où les moines basiliens avaient édifié les premières abbayes de la chrétienté. Tout cela renforçait l'impression de confusion baroque du pays. Et, étrangement, ce chaos ne me dérangeait plus. Il finissait même par me séduire. Au moins, on ne s'ennuyait pas.

Seule la chaleur restait pénible. Après le petit souffle de *tramontana* le soir de la *pizzica* avec Laura, les vents du nord avaient de nouveau cessé, même la nuit. C'est alors que l'envie d'aller se baigner s'imposa. Les cousines avaient parlé un jour devant nous de leur abonnement à l'année sur une des plages privées de la côte ionienne, à quelques minutes du *paese*. « Venez quand vous voulez, nous y allons tous les jours », avait lancé Maria Teresa. Nous avions résisté au début. Seule la restauration de la baraque nous occupait. Mais l'appel de la mer avait fini par s'imposer.

Il restait à choisir la bonne journée. Tout dépendait des vents. Dans le Salente, ils ne sont pas nécessairement gages de fraîcheur. Par temps de *Libeccio* ou de *Scirocco*, mieux valait s'abstenir de sortir ; ces vents provenant du Sahara charriaient une moiteur étouffante et poussaient sur la côte ionienne tous les détritus qui flottent en Méditerranée. Mieux valait attendre que soufflent les vents du nord, le *Grecale*, la *Tramontana* ou le *Maestrale*. Ils rafraîchissaient l'air et purifiaient l'eau en poussant les saletés vers le large ; alors les bords de mer semblent aussi limpides que ceux des Maldives, comme disent les gens d'ici, très fiers de la transparence de leur mer par ces temps caniculaires.

Ce matin-là, vers neuf heures, nous sommes partis dans la voiture de Maria Teresa en direction de la plage. Un petit quart d'heure à travers les oliviers et nous étions sur le parking du club, protégé par une vigie digne d'un centre de la CIA. La plage s'étendait juste derrière, formant une anse protectrice, comme sur les îles en Grèce.

En saluant les gardiens, Maria Teresa nous dit que c'était le plus ancien club du coin : « Nos parents le fréquentaient déjà dans leur jeunesse. »

Elle se gara sous un des auvents en vinyle pour protéger les voitures des rayons du soleil, vieux legs d'une civilisation de la bagnole triomphante en Italie. Dans tous les parkings au sud de Rome, y compris dans les stations-service, ont été installés ces sortes de parasols pour automobiles. En marchant, je regardais les voitures sagement garées. Il y avait dans les box une belle brochette de grosses cylindrées et je me mis à repenser aux histoires de Bianca. Ce club était-il louche ? Trop de bagnoles de luxe. Pouvaient-elles appartenir à des boss locaux ? Difficile de le savoir car le lieu paraissait plutôt sympathique, nullement guindé ou canaille comme on s'imaginerait un rendez-vous supposé d'hypothétiques *mafiosi* de la *xyllela*.

Mais il ne fallait juger de rien.

En arrivant sur la plage par le restaurant avec vue plongeante sur la grande baie et la mer turquoise, il se dégageait une impression de calme. Les parasols étaient suffisamment bien espacés. Enfin, il ne fallait pas rêver non plus ; on était en Italie. Un haut-parleur diffusait à fond une musique d'Eros, de Sabrina, de Patty Bravo, Gino Paoli, etc. Des tubes des années 1970 surtout. Au fond, j'aimais bien ce boucan. Style *dolce vita* un peu *old fashion*. Le débraillé à la Gassmann ; torse nu et maillot de bain de marque. Cela restait très *seventies* ; une façon de me rassurer sur mes penchants un peu « beauf ».

J'étais pourtant rendu inquiet par les foules du côté de Torre Lapillo ou, au sud, vers Gallipoli, une sorte d'Ibiza de la côte ionienne. Là-bas, c'était l'enfer touristique à l'état pur. L'ancien port crétois avait trouvé une juteuse reconversion. Nous y avions été une année chez des amis de Michela qui possédaient un appartement dans la vieille ville... Je m'étais fait violence pour l'accompagner. Dès l'arrivée, il était évident que nous n'étions pas dans le même pays. Bouchons, parkings bondés, queues le long de la mer, *fiesta* à chaque coin de rue. Pas un magasin normal dans la citadelle, pourtant fort belle, mais seulement des boutiques pour touristes. Les policiers municipaux ne cessaient de verbaliser ceux qui, après des nuits d'errance au clair de lune, la bouteille à la main, pissaient ou vomissaient sous les porches, quand ils ne baisaient pas à la belle étoile, près des remparts. Un comité local s'était constitué contre le tourisme *maleducato*. Son nom ? *Comitato cittadino di Liberazione*. COMITÉ CITOYEN DE LIBÉRATION. Le tourisme comme une armée d'occupation dont il faudrait se libérer ! Et pourquoi pas ? *Popolo alla riscossa* !

Ce genre d'initiatives commençait à surgir tout le long du pourtour méditerranéen, à Barcelone, à Majorque et maintenant ici, à Gallipoli. Les amis de Michela étaient désespérés. « Si la ville était moins belle, on dormirait mieux. »

47

Une légende « usée et démodée »

À peine arrivés sous leur parasol, Maria Teresa et Oronza commandèrent quelques chaises longues supplémentaires. Ici, les familles louent à l'année le droit de se retrouver chaque été à la même place. La routine protectrice, même en vacances. En attendant que nos sièges arrivent, elles nous présentèrent quelques personnes dont j'ai oublié le nom mais j'ai noté avec amusement qu'elles les désignaient par leur titre. Il y avait quelque chose de ridicule et de touchant à conserver des traditions mondaines dans ces circonstances. La *bella figura* à la mer ! Le plus drôle, c'étaient ces vieux aristos bronzés qui faisaient le baisemain, ventre à l'air, seulement vêtus de leur maillot. Après tout, ce style débonnaire confirmait bien ce qui, pour une fois, était une annotation si pertinente de Stendhal : l'Italie est le pays où la vie sociale n'opprime pas la vie tout court. Ce pays se fout du ridicule. Il s'autorise tout, à condition que cela ne choque pas la religion.

Les chaises longues sont enfin arrivées. En étendant nos serviettes, je dis à Michela que ce reste de fantaisie, ce baisemain en slip de bain, ne me déplaisait pas. Était-ce une forme de panache grotesque que j'avais connu chez mon père ?

Michela me regarda d'un air dubitatif.

— Arrête tes niaiseries ! *Tutto il monde è paese.*

Ce qui voulait dire que c'était partout pareil. Il n'y avait pas plus ou moins de reste de manières ici qu'ailleurs.

— Eh bien, tu te trompes ! lui rétorquai-je.

Et je m'expliquai. À l'époque du *zio*, l'écrivain français Paul Bourget, un conservateur patenté, avait été frappé lors de son voyage dans cette « terre italo-hellénique » par la persistance d'une certaine « noblesse d'âme », y compris chez des révoltés, comme ce noble de 1848 qu'il alla voir dans son palais délabré de Lecce. Ce proscrit conservait, notait-il dans ses *Sensations d'Italie* (1891), une « sorte d'héroïsme ancien » qui révélait un « lecteur assidu des beaux livres grecs et romains ». Bourget ajoutait que ce conspirateur moderne était resté au fond un républicain classique, à la Caton, pétri de cette « fière légende de Plutarque qui, pour nous, est un thème de littérature usé et démodé ».

À Paris, à la même époque, le réalisme avait gagné avec la supériorité désolante de l'esprit d'affaires et la grandeur d'âme y était déjà secrètement tenue pour un *thème usé et démodé.* Rien n'avait changé depuis. C'était peut-être la différence, à la lecture, entre *Au plaisir de Dieu* et *Le Guépard.* Ces petites nuances font et défont des univers, comme Bourget avait su le saisir.

— Attends, tu ne vas quand même pas te mettre à citer Paul Bourget, coupa Michela.

Elle se tourna vers moi, comme accablée. « Rassure-moi, tu n'en es pas arrivé là ? »

— Mais pourquoi ? rétorquai-je. Les écrits de Bourget sur le Salente sont tout à fait remarquables, dis-je en ajustant mes lunettes de soleil.

— Quand même ! Un tel réac... Parfois tu me désespères, conclut-elle en se rallongeant sur la chaise longue...

Plus personne ne lit Bourget depuis des années, je le sais bien, sauf François Mitterrand qui en était un grand admirateur. Son récit italien témoignait bien d'une connaissance de deux peuples en apparence assez familiers et finalement différents dans tous ces petits détails. Au fond, ce que voulait dire Bourget, c'est que, malgré tous nos tralalas, nous étions déjà bien plus proches en France de l'utilitarisme des Anglo-Saxons que de l'esprit antique de ces gens des Pouilles. La fière légende de Plutarque avait encore un sens pour ces derniers.

J'avais eu l'occasion de connaître dans le Finistère breton un univers en apparence semblable à celui que j'avais sous les yeux : un monde désuet de manoirs et de Sainte Vierge, en rébellion ouverte contre la modernité. Mais, dans cet extrême Ouest, tous ces notables avaient beau protester depuis le XIXe siècle contre leur époque, se ruant à l'enclos paroissial, pleins de dévotion dans la tête, ils respectaient sans le vouloir les valeurs de la modernité. Ils relevaient au fond de ce processus désenchanté, impressionnés par l'efficacité allemande, la rationalité comptable, le goût des *winners* à l'anglo-saxonne, etc. Rien de baroque dans leurs discussions. Du concret. Ces gens n'avaient que la religion pour les démarquer du cynisme de l'esprit du temps.

Tout autre était l'univers que je découvrais dans les Pouilles. La plupart de ces notables avançaient des idées *progressistes*, comme le *zio*, mais vivaient dans une profondeur archaïque dont ils ne mesuraient nullement l'ampleur. Leur monde était encore peuplé de superstitions, de croyances chimériques, d'idéaux antiques et de rêveries médiévales dont ils ne soupçonnaient pas eux-mêmes l'incongruité. Une sorte de croyance inébranlable dans un « ordre éternel » derrière l'ordre apparent qui restait le même depuis les Romains.

Dans le Finistère de la France, on avait des Modernes qui feignaient de déplorer la Modernité. Dans le Finistère d'Italie, on avait des Anciens qui jouaient aux Modernes. Et, pour le dire simplement, c'était quand même plus sympathique.

Vivre dans un pays étranger est assez commode. Et même rassurant ; on peut observer les habitudes locales sans en souffrir. On est comme un Suisse en pleine guerre mondiale. On reste « neutre ». Alors qu'en France je m'irrite ou m'indispose de la dégradation des choses, ici je regarde, l'esprit tranquille ce qui se passe. Seule réserve : on me présentait un peu comme un animal de foire. « Le mari français de ma cousine. » Vis-à-vis des étrangers, les Italiens du Sud se partagent en deux groupes bien distincts. Il y a ceux qui raffolent de tout ce qui n'est pas italien. Ce sont les plus nombreux. L'Italien est en général très ouvert sur le monde. L'étranger, même l'Anglais ou le Français, est toujours digne d'intérêt. Pour peu que l'interlocuteur soit d'un certain âge, ça virait au témoignage fleuve. « J'ai bien connu Paris à l'époque de Juliette Greco... » Dans ce cas-là, mieux valait prendre son mal en patience. Impossible de s'éclipser sur la plage. Généralement le fâcheux revenait inlassablement à la charge. « Et vous avez connu Lacan ? »... Et il y avait aussi les nostalgiques. Là encore, même traquenard. « Ah ! Rome... Comme cette ville est affreuse maintenant ! Quel dommage que vous ne l'ayez pas connue dans les années 1960. La via Veneto. C'était vraiment la *dolce vita*... » Je n'avais aucun mal à le croire. Je ne suis pas de ceux qui s'imaginent que c'est toujours mieux aujourd'hui et que ça sera encore mieux demain. Mais égrener le nom des artistes, des actrices, des réalisateurs, des princesses que ces vieillards avaient connus m'ennuyait passablement puisque j'en ignorais tout.

L'autre catégorie d'Italiens, plus rare, se méfie de l'étranger comme de la peste ; surtout s'il est français. Pour eux, les compatriotes sont jugés arrogants et sans la moindre autodérision, à la différence des Anglais, plus fréquentables pour cette raison même. Mais ce qui choquait le plus, c'était l'irréligion supposée du Gaulois. Et sa grivoiserie. La femme qui se pointa à ce moment sous notre parasol faisait apparemment partie de cette catégorie de francophobes avérés. À la seule indication de la France, elle eut un geste effarouché, serra ses deux petites filles contre ses hanches, comme si j'étais un émule du marquis de Sade et de DSK réunis, et retourna s'installer sous son *ombrellone* un peu plus loin.

Une des deux fillettes se mit à jouer avec sa tablette de jeu japonaise. À chaque addition réussie, la machine passait en accéléré l'alphabet de Mozart version *Mister Toony* avec des « Bravo » métalliques en fond sonore. Je l'entendais de mon parasol malgré les cris des estivants et les hits que passait le haut-parleur, en particulier ce joli petit air des années 1960, *Insieme a te non ci sto più*. Impossible de lire tranquillement la *Gazzetta*. Je songeai à mes rêveries sur la vie en commun des Spartiates de Tarente. Quand je pense que j'en faisais l'éloge à mes étudiants dans mes cours sur les « Biens communs » ou la *Res publica* ! Je n'aurais probablement pas tenu une journée. L'homme n'est pas à une contradiction près...

J'ai quitté le parasol et suis allé me réfugier au petit bar qui donnait sur la crique. Je m'assis et examinai du café tous ceux qui fréquentaient le cercle des cousines de Michela. Difficile d'y déceler des adeptes de la *pax mafiosa*. Tous les petits groupes semblaient bien innocents.

Près des toilettes, mon œil fut attiré par une pancarte traduite en anglais, en allemand et même en français. Mais, dans toutes ces langues, ce panneau était aussi bizarre que dans la langue de Dante. Pour qui est habitué à l'océan Atlantique, cette classification des drapeaux de mer avait quelque chose de baroque. Le drapeau blanc indiquait que « l'emplacement de sauvetage est actif » (*sic*). Le rouge rappelait comme en France qu'il est « dangereux de se baigner à cause du mauvais temps et de l'absence du service de sauvetage ». Mais c'est le jaune qui était le plus cocasse. Il indiquait qu'il faut « fermer les parasols en présence de rafales de vent ». Il m'a semblé tout à fait grotesque d'avoir un drapeau pour cela, jusqu'au jour où je vis ces *raffiche di vento* s'abattre sur la plage avec une violence de tornade tropicale, emportant tout sur leur passage. Le dieu Éole se déchaînait. Heureusement, d'ailleurs ; cela permettait de supporter les chaleurs d'Afrique.

Après avoir bu mon café frappé, je revins dans le groupe. La mère et ses deux filles étaient parties se baigner. Maria Teresa parlait avec un homme d'une soixantaine d'années, nez aquilin, regard supérieur, le ton très assuré et le ventre prospère. Il était du genre prétentieux, à ne pas laisser parler son interlocuteur. J'avais noté que, parmi les notables de toutes les époques et de toutes les contrées, il y a ceux qui écoutent pour mieux vous berner et ceux qui n'écoutent pas pour mieux s'écouter. Les Italiens ont un adjectif parfait pour désigner ces fausses gloires qui donnent leur avis impérieux sur tout : le *prepotente*. Le terme existe aussi en français – prépotent – mais, va savoir pourquoi, il est tombé en désuétude, comme s'il était trop proche de l'autobiographie d'une nation, en tous les cas de ses élites médiatico-politiques.

Le Monsieur-je-sais-tout devait être un industriel ou un propriétaire du coin. Alors, comme pour m'enlever un doute, je tentai de l'interroger sur la *xylella*. « Qu'est-ce qu'il faut penser, selon vous, de cette histoire de « mafia de la *xylella* » ? Est-ce crédible qu'un groupe de corrompus infeste toute une région pour leur simple intérêt » ?

— Évidemment, cette histoire n'a aucun sens ! dit le gros monsieur important.

Il avait répondu bien vite et sans réfléchir. Je ne sais si cela me rassura.

48

Ferragosto dans l'*Italia minore*

De retour à la maison, je repensai à ce que m'avait dit ce propriétaire prépotent. J'étais enclin à le croire. Mais je voulais avoir l'avis de Michela. « Il a raison, cela n'a aucun sens », me confirma-t-elle, alors que nous sirotions le soir même un verre, sur la terrasse, toujours devant le dôme de la Chiesa Madre. Bizarrement, ces péripéties contribuaient à m'attacher un peu plus à ce pays. J'étais allé demander à Pippi les différents rapports qu'il conservait dans son kiosque au sujet de la *xylella*, émanant tant de l'université de Bari que de celle de Lecce. Chacune semblait se renvoyer la balle. Bref, je n'y compris rien. Et puis j'avais d'autres urgences. Il me fallait achever ce livre sur la République. Le temps pressait. Nous avions pris avec Thomas un peu de retard. Alors je chassai ces idées de *xylella* de mon esprit et, dès le lendemain, je replongeai dans Machiavel et Rousseau.

Cet exercice m'occupa jusqu'au week-end du 15 août, le *ferragosto* comme on dit en Italie. Nous avions eu la naïveté de vouloir rester au *paese*. Passer un 15 août au fin fond de l'Italie mineure, l'*Italia minore* comme on dit, est aussi joyeux que de se rendre sur l'île d'Ouessant fin novembre. Un vrai désert. Le jour de l'Assomption, toute l'Italie est comme à l'arrêt. C'est toute une nation qui, après la messe, court se baigner. Dans l'intérieur de la Péninsule, il n'y a plus que des touristes étrangers et quelques rares adeptes locaux de l'*agriturismo* pour arpenter villes ou campagnes qui ne donnent pas sur la côte. En dehors de ceux qui travaillent pour ces mêmes flâneurs, tous les Italiens profitent de ces quelques jours pour bronzer à la mer. Depuis les années 1950, le culte de la *spiaggia* ne s'est jamais émoussé ; en témoigne cette transhumance de tout un peuple, renouvelée chaque année comme une sorte de rite païen accompagnant celui de la Madone.

En ce week-end d'août, la radio annonçait les bouchons considérables qui paralysaient les deux autoroutes descendant parallèlement du nord au sud, de chaque côté des Apennins.

Au *paese*, les commerçants avaient fermé dès la veille. Même le curé avait terminé sa messe à la hâte. Il faisait si chaud qu'après le Notre Père il proposa que le rite de paix se fasse « par le cœur », sans se serrer la main « car chacun est en sueur ». C'était vraiment la première fois que j'assistais à une telle émancipation. L'office s'acheva au pas de charge, encore plus vite que d'ordinaire.

Comme par hasard, ce jour-là, en rentrant, j'ai donné involontairement un coup de genou dans le guéridon de l'entrée. Toutes les petites clefs du couvent tombèrent par terre et les petits billets qui indiquaient à quelle cellule chaque clef était affectée s'éparpillèrent sur le sol. « Flûte ! » Impossible de les reconnaître. Je sentis la voix du commandeur, celle de *l'œil qui voit*. « Ne t'avais-je pas dit d'aller acheter des étiquettes ? » Heureusement, Michela était dans son bureau, à l'autre bout de la maison, et ne se doutait pas du désastre. J'ai passé discrètement une petite heure à essayer chaque clef dans chaque serrure. Et, pour ne plus être confronté à une nouvelle mésaventure, j'ai décidé d'aller vite, avant le déjeuner, acheter un trousseau avec des étiquettes.

En sortant, il paraissait évident que tout était bien fermé. Mais ne se trouverait-il pas un mécréant parmi la population commerçante ? Je pris le téléphone pour appeler Gigi à l'aide. « Tu ne connaîtrais pas un grossiste encore ouvert aujourd'hui ? » Gigi n'eut pas d'hésitation. Le seul espoir, c'était les *Cinesi*. Les Chinois ? Au *paese* ? Ils sont vraiment partout ces Chinois, pensais-je. Dans le Nord ou à Prato, je le savais évidemment. Les triades mafieuses dominaient le monde de la confection. Mais au *paese* ? C'était plus que surprenant. Gigi m'indiqua leur magasin, sur la via Medaglie d'Oro, à côté du local des *carabinieri*. « Ils sont toujours ouverts », me dit-il, en ajoutant, un peu mystérieux : « Mais il n'y a jamais grand monde dans leur magasin. Qui sait ce qui s'y trame. »

Il n'en fallait pas plus pour gamberger. Qui sait ce qui se passait dans l'arrière-cour du magasin ? Des salles de jeu, comme dans notre ancien cercle, des ateliers de contrefaçon, des animaux en cage servant aux trafics d'organes, des jeunes enfants esclaves ? L'actualité était pleine de ces révélations. Cette situation était plutôt cocasse. Comment imaginer que la mafia locale, la puissante Sacra, ait laissé se développer un « circuit » de mafieux asiatiques au *paese*, dans une de ses capitales historiques ? Et si les triades chinoises se mettaient à leur tour à chasser les criminels du cru ?

Ces réflexions géopolitiques s'évanouirent quand je tombai enfin sur les étiquettes plastifiées. Soyons honnêtes. Le consommateur qui sommeille en moi, comme en chacun d'entre nous, sortit satisfait de ce petit tour dans une hypothétique annexe de l'empire du Milieu. Il n'est pas sûr que le citoyen ait eu autant de raisons de l'être... Mais, aujourd'hui, qui s'en soucie ?

Les quelques jours qui ont suivi le 15 août, la chaleur ne diminua pas. Les magasins avaient rouvert mais les rues demeuraient encore très calmes. Dans mon souvenir, ce devait être moins d'une semaine après *ferragosto*. Il n'y avait toujours pas grand monde dans le *paese*. Ce matin-là, je prenais le café sur la terrasse quand j'entendis à nouveau un haut-parleur dans la rue. Il invitait tous les « habitants des *corti* » – je ne savais pas ce que c'était – à se réunir le soir même derrière la mairie pour raconter leur vie. Je me penchai sur la balustrade. Une voiture passait en contrebas avec un mégaphone sur le toit. On n'est plus habitué à voir ce genre de choses en France. Cela me rappelait ces Peugeot 403 qui servaient de haut-parleur dans les rues de Bayonne à l'époque de mon enfance.

En redescendant à la cuisine, je demandai à Michela si elle avait déjà entendu parler des *corti*. Elle n'en savait rien. Je lui dis qu'il y avait une réunion ce soir à ce propos derrière la mairie. Ce serait peut-être une occasion de sortir, de voir des gens. Michela s'en irrita. Voir des gens pour voir des gens l'exaspérait. « Tu ne crois pas qu'on a d'autres chats à fouetter... » Mais on n'avait strictement rien à faire ; ce soir-là comme les autres... Je lui rappelai que nous étions en vacances.

Vers dix-neuf heures, elle accepta de m'accompagner faire une petite promenade. Près de l'église, nous sommes tombés sur Emma, l'architecte associée de Matteo. Comme nous, elle n'avait pas succombé à l'appel des plages bondées. « Alors vous venez ce soir ? Je fais partie des organisatrices. » Michela grommela : « Mais c'est quoi ces *corti* ? » Emma s'exalta. « Ah ! c'est passionnant. » Cette histoire semblait lui tenir très à cœur.

Michela l'interrompit avec ironie. « Quelle plaie ces trucs historiques ! Nous sommes en vacances et *celui-ci* va vouloir aller à tout prix à ta réunion. » Emma répliqua : « Mais il aurait bien raison. »

Celui-ci allait pouvoir arriver à ses fins.

49

Les *Corti*

Vers neuf heures et demie du soir, on se rendit à cette « assemblée civique » qui se tenait derrière la mairie. Les rues du *paese* étaient totalement vides. Quand nous arrivâmes, on se serait cru au temps du *Guépard*. Une cinquantaine de *vecchi* étaient réunis en cercle au milieu d'une sorte de *vico* éclairé par une lanterne diffusant une belle lumière cuivrée. On aurait dit de vrais comploteurs ; les petits vieux se penchaient les uns vers les autres en chuchotant, comme des *Carbonari* préparant un nouveau complot ou des bandits de Pizzichiello mettant en place l'assaut d'un régiment de Piémontais.

Ambiance Risorgimento et loges secrètes.

Nous sommes allés nous asseoir contre un des murs ocre du palais qui protégeait de son ombre massive la petite place. Emma s'installa près de nous. « C'est une expérience », nous souffla-t-elle, très fière. « Tous ces gens sont d'anciens habitants de ces *Corti*. Dans chaque groupe, un « facilitateur » recueille leur parole et leurs expériences de vie. »

Je n'y tenais plus.

— Mais c'est quoi finalement ces *corti*?

Emma nous expliqua qu'il s'agissait de vieilles communautés paysannes. Elles vivaient dans des cours en U ou en L, souvent fermées par un porche. Ces cours accueillaient plus d'une centaine de personnes et on en comptait plus de cent au village. Elle m'indiqua le *vico* derrière la maison, celui où le voisin garait sa Mercedes devant notre porche: «Eh bien, c'était une *corte*», dit Emma. Nous avions atterri dans un des bourgs du Salente où ces *case a corte* (ou *corti*) étaient les plus nombreuses. Une partie des habitants y avaient vécu pendant des siècles à l'écart du reste de la population. Ce mode de vie en communauté était typique des temps anciens et correspondait bien à l'esprit utopique des habitants de l'ex-royaume de Naples... «Aujourd'hui, ces cours ont été transformées en rues du village.» Je compris mieux pourquoi on se perdait si facilement dans le *paese*, au milieu d'un dédale de petites maisons blanches qui se ressemblaient toutes et qui, parfois, aboutissaient à des culs-de-sac improbables. La topographie incompréhensible des rues était liée à ce passé insolite.

Cela faisait près d'une demi-heure qu'on était assis sur cette place et la réunion n'avait toujours pas commencé. Les vieux commençaient à s'impatienter. Le maire arriva enfin. Je le reconnus à sa voix. Notre moderne Peppone empoigna le micro et fit son discours d'ouverture. «Ce sera bref», dit-il. Il rappela que cette expérience originale était destinée à préserver la «mémoire» du pays et sa «spécificité culturelle». Il insista sur l'importance de la culture. «Nous avons nos racines, dit cet ancien communiste. Il faut les protéger car c'est ce qui nous constitue»... Vingt minutes après sa première phrase, il précisa : « Je pourrais encore parler plus d'une heure. Mais ce n'est pas une menace. » Heureusement. Il laissa en souriant la place aux *focus* (groupes).

Les participants évoquèrent aussitôt le « bon vieux temps ». Certaines femmes, fort émues, se mirent à pleurer en évoquant leur ancienne vie dans les *corti*. « On faisait tout en commun dans ces cours », expliqua l'une des participantes. Les maisons restaient ouvertes, les enfants jouaient ensemble. On filait le tabac, on filtrait l'huile ou on embouteillait le vin. Le soir, on fêtait les heureux événements, ajouta une vieille femme, et tout le monde dansait ou préparait la *pasta*.

Je me mis à penser à cet idéal de vie en commun, un idéal de *gemeinschaft*, comme disait le grand sociologue Ferdinand Tönnies (1887), qui s'opposait au monde actuel, celui de la société individualiste, la *gesellschaft* ! Au fond, à en juger par mon expérience de la plage, je ne sais si je n'étais pas plus du nouveau monde que de l'ancien. Mais, en repensant à mes soirées solitaires, je pouvais comprendre l'attrait des *Corti*.

Ce passé communautaire n'était pas très français. Il avait existé aussi chez nous, au Moyen Âge, mais il eut une existence bien plus éphémère ; il disparut quasiment dès le Grand Siècle car l'esprit cartésien ne s'accommodait guère de ces fantaisies sociales. Il ne survécut en France que dans certaines régions reculées, notamment dans les « communautés taisibles » de la Creuse ou du Berry de George Sand. Certains tentèrent d'en ressusciter l'esprit en Mai 68, avec les communautés du Larzac. Mais toutes ces communautés libertaires ne durèrent pas longtemps. Elles étaient trop individualistes.

Il en allait tout autrement dans ce coin reculé d'Italie. Personne ne jouait à inventer un passé oublié. Cette vie communautaire avait été bien réelle pour la plupart des participants jusqu'aux années 1970 ; elle avait ses défauts mais, avec le recul, elle semblait finalement avoir mieux tenu ses promesses que les « années permissives » et télévisuelles qui suivirent la fin du vieux monde.

Les souvenirs enjolivent toujours un peu les choses, bien sûr. Mais tous semblaient regretter cette tradition de vie en commun qui remontait aux Spartiates et répondait à des besoins précis. Ces antiques communautés voulaient célébrer la force de leur être commun. Les Anciens étaient hantés par le péril de dissolution de la vie organique. La véritable communication passait, pour eux, non pas nécessairement par la parole mais par ces moments en commun. C'était le sens profond de toutes ces fêtes religieuses de l'ancien royaume de Naples.

La ferveur des intervenants me fit penser qu'il faudrait peut-être là encore revoir certaines de nos certitudes modernes. Ces gens avaient vécu ici comme au Moyen Âge, voire comme à l'époque antique. Et les vieux semblaient regretter amèrement cet héritage du vieux « communisme agraire ». Ils l'avaient connu et avaient encore bien présente à l'esprit leur propre histoire qui ne s'était achevée que fort récemment, à la fin des années 1970.

Un Milanais, plus élégant que les autres et qui se présenta comme le *dottore* Carlo Neroni, prit alors la parole. Cet homme devait avoir comme moi une petite cinquantaine d'années. Au micro, il se présenta comme un historien et commença en utilisant des mots un peu emphatiques. « Je voudrais faire avec vous un parcours de reconstruction de notre mémoire. »

Les participants des *focus* se regardèrent, sceptiques.

— *Microfono*, crièrent certaines vieilles qui firent mine de ne pas entendre.

Le *dottore* Neroni comprit le message ; pas besoin de faire le singe savant ici. Il se reprit et devint beaucoup plus concret. « Je reste très nostalgique de ma terre. » Il expliqua que, né dans une de ces *corti*, il avait dû quitter le *paese* voilà plus de quarante ans. Mais il y était resté fortement attaché.

Tout à coup, son discours me surprit. Il se dit très déçu par l'évolution du *paese* : « Il a considérablement changé, dit-il, par rapport à celui que j'ai quitté dans les années 1970. » Il énuméra les vieilles boutiques, les fours à bois, la gentillesse des gens, les animaux en liberté, les environs de la ville si enlaidis depuis... « Ce n'est plus comme avant. »

Ce propos me plongea dans un abîme de perplexité. J'avais commencé à me passionner pour le *paese* justement parce qu'il me faisait songer au Bayonne de mon enfance, dans les années 1970, et que je ne retrouvais plus aujourd'hui cette impression en France... Et voilà que je tombais sur un type de Milan qui, lui, éprouvait le même sentiment de dépossession que moi, mais à propos du *paese* !

Le *dottore* Neroni ne s'y retrouvait plus.

J'étais pris de court. De deux choses l'une. Ou Neroni et moi n'étions que deux imbéciles à la recherche d'une « authenticité » qui n'avait jamais existé, comme ne cessent de le répéter nos sociologues-anthropologues. Ou le Bayonne que j'avais connu dans les années 1970 était très différent du *paese* de la même époque, lequel n'avait probablement pas bougé depuis le Moyen Âge. Cette impression de pérennité avait aussi existé en France au moins jusqu'au XIXe siècle. Je me souviens des *Souvenirs d'enfance* de Renan évoquant sa petite ville natale de Tréguier. « En Bretagne, avant 1830, écrivait-il, le passé le plus reculé vivait encore. Le XIVe, le XVe siècle étaient le monde qu'on avait journellement sous les yeux. » Probablement, le *paese* du *dottore* Neroni ressemblait-il encore dans les années 1970 au Tréguier des années 1830 ; donc au Moyen Âge.

Moi, à Bayonne, j'avais connu dans mon enfance un monde déjà chimiquement modifié. C'était la France de Pompidou, une France encore heureuse mais avec des élites brutalement « modernisatrices » – c'est une tradition en France depuis nos physiocrates. C'était la France de Tricatel, le cynique PDG de *L'Aile ou la Cuisse*. Ces « progressistes » – qui voulaient alors « adapter la ville à la voiture » – avaient convaincu le président Pompidou de déclarer avec superbe : « La bonne cuisine ! Les Folies Bergère ! Le gai Paris ! La haute couture [...], c'est terminé ! La France a entamé une révolution industrielle. » (Conférence de presse, 21 septembre 1972.) Jamais aucun dirigeant italien de la même époque n'aurait osé déclarer : « La bonne cuisine italienne, c'est fini. La haute couture, tout ce qui fait notre singularité dans le monde, c'est terminé. Vive le tournant industriel ! » Au pays de Michel-Ange, on l'aurait pris pour un dément. Nous n'avons pas les mêmes « statocraties ». Et pourtant le président Pompidou était un des plus littéraires de nos dirigeants...

Un jour ou l'autre, le *paese* connaîtra peut-être à son

tour une évolution semblable à la nôtre. Peut-être le mot de Péguy, dans *L'Argent*, sera-t-il à l'avenir applicable au *paese* : « Nous avons connu un peuple que l'on ne reverra jamais. » Ce n'était probablement qu'une question de temps. Qui sait ? Mais autant en profiter quand c'est encore possible. La Grande Grèce avait réveillé en moi une sorte d'innocence, comme ces chants qu'on marmonnait à l'*infans* avant la nuit. Il s'agissait de l'enchanter pour qu'il s'endorme. L'enchantement des origines ! J'en retrouvais l'esprit au *paese*. Bien sûr, comme le disait Neroni, on voyait bien qu'ici aussi le progrès menaçait et s'insinuait un peu partout. Mais le vieux monde résistait. Cela venait-il du « retard fécond » du *paese* ?

Neroni fut très applaudi par les habitants des anciennes *corti*. Tout à coup, il y eut un petit souffle de *tramontana* qui se faufila dans le *vico*. Les vieilles femmes levèrent les mains au ciel, comme si cette brise tant attendue était un cadeau des dieux. *Finalmente !* La soirée devenait délicieuse. Un type en profita alors pour s'emparer du micro. Il portait beau, malgré sa soixantaine bien frappée. Plutôt grand, mince, la voix grave, genre crooner ; mais ses propos étaient vides. « C'est qui ? » demandai-je à Emma. « *Un gran chiacchierone.* » Un beau parleur. C'est fréquent hélas en Italie. Un des pires travers du pays de la *bella figura*. On veut se montrer. « Est-ce trop vous demander, dit-il, de me regarder dans les yeux pendant que je parle, si c'est trop, dites-le-moi. » Le type ne manquait pas de culot. Il existe en italien un terme pour décrire de tels gens vides et prétentieux : *borioso*. Le terme n'a pas son équivalent en français. C'est dommage. Cette expression décrit si bien tant de vedettes qu'exaltent nos sociétés du spectacle. Des bavards creux et prétentieux.

Le *borioso* avait sonné l'heure de la retraite. Il était à peine dix heures mais Michela se leva, exaspérée.

— *Sciamune !* me dit-elle.

Elle se reprit : « *Andiamo* ; allons-y ; ça suffit ! » Mais l'expression dialectale « *sciamune* » lui était venue machinalement. C'était un terme qui s'utilisait encore dans son enfance. Les souvenirs rejaillissaient sans prévenir. Je me levai en lui faisant remarquer qu'à son tour elle se faisait prendre par l'esprit des lieux.

Elle sourit en comprenant le clin d'œil.

50

Le barbier de Séville

Ce soir-là, de retour à la maison, nous avons profité de la belle douceur apportée par la *tramontana* pour rester dans l'*ortale* jusqu'à tard dans la nuit en écoutant tout le *Barbier de Séville*. Pas l'opéra de Rossini. Non, celui de Paisiello, un enfant du pays que Mozart avait découvert lors de son séjour à Naples et qu'il appréciait tant. Son air de mandoline, *Saper bramante*, avait illustré certaines des plus célèbres scènes de jeu de *Barry Lindon*, le film de Kubrick. Le son de cette mandoline si douce de Paisiello flottait dans les airs. Et, sous cette lune brillante qui éclairait les murs blancs de la *Casa Bianca*, j'éprouvais un sentiment nouveau : je me sentais maintenant en parfaite harmonie avec cette terre du Salente. Michela aussi je crois. Elle nous avait permis de nous retrouver.

J'avais toujours rêvé d'une vie paisible sous ce ciel d'Orient. Serrés l'un contre l'autre, nous voguions tous les deux partout en Méditerranée, dans la Sicile des Guépards de Lampedusa, dans la Lucania de Carlo Levi et de son Christ resté à Eboli, dans la Calabre de Campanella et de sa *Cité du Soleil*, dans le Salente de

Vanini ou même en Andalousie. Si Michela m'avait laissé faire, j'aurais bien mis à fond la *Fantasia para un gentilhombre* de Joaquin Rodigro car je me sentais aussi au fin fond d'une autre Péninsule, celle des fiers *hidalgos* de Cadix ou de Séville. J'étais devenu un adepte de ce Sud rugueux où la musique et le chant accompagnaient depuis les Grecs toutes les étapes de la vie. La *mattinata*, la *serenata*. Je m'attendais à y couler encore de longs jours tranquilles. Cette terre d'Apulie était devenue notre nouvelle terre promise. *Et in Arcadia ego*. Nous avions prévu de ne rentrer qu'à la mi-septembre.

Hélas, le lendemain des *Corti*, je reçus un coup de fil. C'était la banque de ma mère. Il y avait un gros souci d'argent. Cela nous obligea à rentrer au plus vite en France, près de trois semaines avant la date que nous avions programmée. Il fallut annuler toutes nos obligations, comme le dîner avec le maire de Trepuzzi ou la fête d'inauguration du couvent que nous avions prévu d'organiser avec les amis de Tarente.

Tout était reporté à l'année prochaine. J'étais très inquiet pour ma mère et déçu de devoir quitter le *paese* si vite. Il me restait encore tant de choses à découvrir. Et quelques petits mystères à éclaircir : ce cercle de jeu, la *xylella*, les énigmes du journal du *zio*, etc..

Il me faudrait attendre notre retour.

J'espérais pouvoir revenir à Pâques.

Le jour de notre départ, la *tramontana* continuait à diffuser son souffle bienveillant dans les ruelles du *paese*. En allant prendre mon ultime *Gazzetta* chez Pippi, je croisai Bianca sur la place, cheveux au vent. Je lui dis que nous devions rentrer en toute hâte à Paris. J'aurais bien voulu lui conseiller d'aller s'inscrire à la fac. Mais qui étais-je pour me mêler de sa vie ? Je m'abstins de tout conseil.

51

Les temps ont changé

Traverser la banlieue ouest de Paris, en plein mois d'août, a quelque chose de paradoxal. C'est peut-être le meilleur moment de l'année. Tout le monde est en vacances. Il règne une atmosphère presque insouciante. On pourrait même y retrouver un petit air italien. Il fait beau, les jardins des pavillons en meulière n'ont plus la rigueur grise des mauvais jours. Seule la fausse rationalité de ces grandes tours réfrigérantes de la Défense est un véritable désastre ; le résultat le plus raté de tout le gaullisme immobilier. En contournant par le boulevard circulaire ces buildings de verre où se reflétaient les rayons du soleil, je regrettai notre mystérieux et envoûtant Sud. Le baroque répond mieux par ses façades tumultueuses et bavardes à l'angoisse de l'existence. C'est un art aristocratique et populaire ; l'art des palais et des crèches, des églises et de la pâtisserie ; l'art des charmes de la vie qui tranche tant avec le « brutalisme » sans âme des places fortes financières. Pourquoi un tel monde ? Il me fait penser au pire cercle de l'Enfer de Dante, le neuvième, qui n'est pas un monde en flammes mais le lac gelé où se tapit Lucifer.

Passé Rueil-Malmaison, à l'approche de la banque, mon estomac se noua. Le style classique, petit-bourgeois, de Chatou et du Vésinet me renvoya par son immobilité figée de certitudes à la question angoissante d'une identité qui se perd. Tout se joue maintenant en Californie ou en Chine. Et tous ceux qui n'avaient cultivé depuis deux siècles que les chimères du progrès se retrouvent orphelins, contraignant, faute d'autres idéaux, leurs progénitures à s'exiler vers ces nouveaux eldorados.

Ce matin-là, en entrant dans l'agence bancaire de Saint-Germain-en-Laye, je revisitais mes rêves d'ado, quand au collège des oratoriens, à quelques mètres de la banque, j'aspirais déjà à partir vers ces pays du Sud. J'étais inquiet et, quand je suis inquiet, mon esprit se perd. Pourquoi cette banquière voulait-elle absolument me voir ? Les comptes de ma mère étaient dans une situation dramatique. Les dettes s'étaient accumulées et personne ne m'avait prévenu.

La fille me reçut avec un spécialiste de l'évasion fiscale et des détournements de fonds. Qu'avait-il bien pu se passer ? À près de quatre-vingt-dix ans, je ne voyais pas ma mère jouer les Cahuzac en jonglant avec des comptes *offshore* aux Bahamas ou à Singapour. Elle ne possédait plus grand-chose, mon père n'ayant pas été un modèle de gestionnaire. La banquière n'y alla pas par quatre chemins. « Voilà, la situation est grave. Toute l'épargne de votre mère a été liquidée en quelques mois. » Quelles étaient les raisons précises de ce désastre ? C'était l'objet de la réunion avec la banquière et son spécialiste des fraudes. Ils avaient de forts soupçons sur l'auteur des détournements. Mais il n'y avait pas de preuve.

— Tu devrais relire *L'Idiot* de Dostoïveski, me conseilla Michela, quand je lui expliquai la situation.

Elle n'avait pas entièrement tort. Je me retrouvais à mon tour comme ce pauvre prince Mychkine, un gros bêta naïf qui avait cru s'appuyer sur des personnes « de confiance ».

Mais au diable Mychkine ! Désormais, ce qui comptait, c'était la protection de ma mère. Il fallait au plus vite combler le découvert, vendre son appartement et lui trouver une maison de retraite où elle serait protégée des malveillants. J'avais trop tardé à me décider. Maman avait semblé désireuse de rester le plus longtemps possible chez elle. Mais la situation n'était plus tenable. Comment lui dire qu'elle allait devoir quitter le foyer où elle avait vécu avec mon père pendant plus de quarante ans ? Je lui en parlai sans tergiverser. Pour trancher dans le vif. Elle accepta sans difficulté. « Après tout, si tu penses que c'est mieux. » Elle était si accommodante. Au moins, de ce point de vue, j'étais soulagé.

J'ai repensé, une fois l'orage passé, aux mésaventures du *zio* qui le conduisirent, lui, au désastre. À la fin de sa vie, sans que je comprenne bien pourquoi, il ne lui restait plus qu'une grande propriété, m'avait dit la cousine de Michela. Sa fille naturelle (qu'il avait eue avec Cosima, la première de ses trois *mantenute*), épousa alors un homme d'affaires qui ne savait pas faire des affaires. Assez vite, les deux jeunes gens eurent besoin d'argent. Pour aider sa fille naturelle, le *zio* commit une imprudence ; il emprunta auprès d'usuriers. Il dut garantir son emprunt par une hypothèque sur son domaine. Évidemment, les affaires des jeunes époux ne décollèrent jamais. Il fallut rembourser les créanciers. Quand les prêts vinrent à échéance, le *zio* n'avait plus d'argent. À plus de quatre-vingts ans, il se retrouvait dans une situation financière désastreuse. Les créanciers débarquèrent et menacèrent de saisir son dernier bien. Cela se sut au *paese*. Le fils d'un de ses colons l'insulta à l'occasion des vendanges de l'automne, en refusant même d'exécuter un de ses ordres. L'ancien monde du *zio* était fini. Il avait cru être de la race des seigneurs et il se retrouvait à son tour du côté des vaincus, peut-être parce qu'il n'avait pas joué parfaitement la partition des vainqueurs.

I tempi sono cambiati, avait-il écrit dans un brouillon de lettre inséré dans son journal et adressé à un neveu. « Les temps ont changé. » Il n'avait jamais expédié cette missive inachevée mais elle laissait penser qu'il avait une correspondance fournie, cachée quelque part. Où se trouvait-elle ? Il y aurait peut-être quelque révélation à trouver en fouillant bien au *paese*.

En attendant, je devais parer au plus pressé. Les temps avaient-ils aussi changé pour moi ? Dans le sillage de la banque, je vis débarquer toutes les ombres qui vous rendent la vie si laide et attristante, ces professionnels, assureurs, courtiers, prestataires divers, arnaqueurs en tout genre, etc. Évidemment, c'est dans ces moments-là que d'autres emmerdes vous tombent dessus. Un collègue de mon ancienne fac m'appela : « Dis-moi, le rapport de cette thèse que tu as présidée, voilà cinq ans, sur les méga-gangs du Salvador ; je ne le retrouve plus. Tu me l'as rendu ? » Et me voilà obligé de replonger dans des ordinateurs mis à la cave !

Chaque jour, je m'attendais à une nouvelle tuile. Comme le *zio*. Il n'y avait plus qu'une solution : vendre ou se résoudre à appeler à la rescousse. Alors, les larmes aux yeux, le *zio* supplia ses cousins de l'aider, « sinon il ne me reste plus qu'à mourir ». Comment avait-il pu se mettre dans une telle impasse ?

J'eus plus de chance que lui. Michela fut admirable. Je me serais perdu sans elle entre les taxes, les impôts, les trois banques, le syndic, et tous les créanciers de ma mère. Je me voyais déjà frappé et vendu sur un marché de Délos comme esclave pour dettes ; c'était l'usage, disait-on, après la campagne de Macédoine. On doit payer pour ses parents.

Au début du mois de février, Matteo appela du *paese*. Il voulait savoir s'il devait lancer la procédure pour obtenir l'autorisation de construire un couloir de nage. Comme tout cela me semblait loin ! On dut renoncer à tout. Il serait de toute façon impossible de retourner dans le Sud avant l'été.

Nous devions vider l'appartement de ma mère pour le vendre au plus vite. On se surprend à aimer curieusement tout ce qui vous rappelle l'enfance, au moment où elle disparaît pour toujours. Trier toutes les traces d'une vie passée. En tournant les pages des albums, au milieu de l'appartement, sous le grand lustre du salon, je vis défiler tous mes souvenirs d'enfant, les lettres et les photos de vacances en Allemagne qui témoignaient, par leur insouciance, de tous nos espoirs déçus des années 1970, ces années heureuses, celles du couple Giscard-Helmut Schmidt. L'espoir d'une Europe sociale-démocrate. C'était le rêve giscardien de « Deux Français sur Trois ». Tout le monde y croyait. Les études étaient gratuites et personne ne parlait « d'excellence ». On regardait *L'aventure, c'est l'aventure*, je rêvais de Rome et de paradis exotiques, j'écoutais Abba, je voulais porter des pantalons orange à pattes d'éléphant mais ma mère me l'interdisait. Tout cela, c'était avant les années Reagan-Thatcher, avant le retour des grandes inégalités, et tout ce qui va avec, le recours au religieux, le « progrès », le fric, la télé-poubelle pour endormir les masses, etc. Le grand bazar.

Quand tout a été plus ou moins déblayé, après Pâques, une question restait ouverte : qu'allait-on faire de tous ces meubles de famille ? Ils n'ont aucune valeur et plus personne n'en voulait. Beaucoup venaient de maisons branlantes de Gascogne, du Quercy ou d'Auvergne. Impossible à caser dans un appartement à Paris. Il fallait du dépouillé à la milanaise. Les bazarder ? Michela, qui détestait le *usa e getta*, avança une idée audacieuse et saugrenue : « Puisqu'on a de la place, envoyons-les dans les Pouilles. » Un déménagement de plus de quatre mille kilomètres aller-retour ? Heureusement, les déménageurs des Pouilles ne sont pas gourmands. Ceux de France avaient fait des devis improbables pour se désister à la dernière minute. Les Italiens ont été parfaits. *Non c'è problema.* L'Italie est la nation de tous les possibles, même si elle ne le sait pas. Tout s'est fait en trois jours. Réveil en fanfare à cinq heures du matin pour accueillir les *traslocatori* du Salente qui avaient roulé pendant deux jours. C'était la dernière fois que je dormais chez ma mère. Nuit agitée dans cet appartement des souvenirs. Mais pas le temps de s'apitoyer. Les pièces se vidèrent à la vitesse de l'éclair. À midi, tout était fini. Un monde avait disparu. Quarante ans de vie de mes parents...

La dernière partie se jouait maintenant en ce mois d'avril. *Vendre*. Je fis venir deux agents immobiliers. Le premier, d'un naturel optimiste, paraissait très confiant. Je lui fis remarquer que l'appartement avait besoin d'être entièrement restauré. « Ne vous en faites pas, les gens ont l'habitude. » Cet agent me fit l'impression d'un « vendeur de vent ». Il était trop « positif » à mon goût. La seconde arriva en retard mais semblait plus prudente. Elle pointa tous les défauts, en particulier l'entrée, grande comme une salle de bal. Au prix du mètre carré, cet espace perdu était une indéniable faiblesse. Elle m'annonça qu'on le vendrait bien au-dessous du prix fixé par le premier expert. J'étais un peu perdu et, par nature, plutôt porté à croire la seconde. Je craignais même qu'un prix trop élevé ne retarde la vente. Or, je voulais m'en débarrasser au plus vite pour rembourser les dettes de ma mère. Mais je me suis décidé à faire confiance au premier agent. Après tout, pourquoi ne pas, à mon tour, jouer la partition de l'époque ? Dans ce monde à moitié dément, je me rangeais donc pour une fois à l'avis de Pascal : « Les hommes sont si nécessairement fous, que ce serait être fou par un autre tour de folie de n'être pas fou. » Et il avait raison. En une semaine, nous avions une offre ferme. « Pour un truc qui ne pourrait jamais se vendre », dis-je à Michela, triomphant.

On avait été plutôt chanceux. Au moins cette fois !

Après la signature de la promesse de vente, je me suis rendu encore une fois chez ma mère pour achever de déblayer les derniers objets. C'était un matin. Un beau rayon de soleil illuminait le salon totalement vide. L'appartement me sembla ravissant, moi qui l'avais tant détesté jadis, avec ses tentures sombres et ses meubles anciens. Je n'avais jamais été heureux ici ; et maintenant qu'il fallait partir, tout me parut tout à coup plus attachant.

TROISIÈME PARTIE

Deuxième été

52

Un homme *à ne rien faire*

En cette première quinzaine de juillet, la ligne directe Paris-Brindisi avait repris son cours. Dans l'avion bondé, Michela me dit que ses amis de Gallipoli l'avaient appelée la veille, terrorisés : « les touristes reviennent ». Le *comité citoyen de libération* n'avait pas réussi à endiguer la lame de fond tant redoutée. Ses amis voulaient venir à Paris. Le monde qui voyage chasse celui qui voudrait rester, contraignant chacun à fuir pour trouver un peu de paix. Mais rares étaient désormais les lieux épargnés du cercle vicieux de la transhumance globale. Il était du reste difficile d'y échapper. Nous étions tous un peu touristes. *Turisti per sempre*. À chacun de résister comme il pouvait.

— Cet été, c'est sûr, conclut Michela, on ne bougera pas du *paese*.

Comme si nous avions beaucoup voyagé l'été dernier...

Lorsque l'avion s'est posé sur le tarmac de Brindisi, on se demanda dans quel état nous allions retrouver la maison. Après un an d'absence, c'était légitime. « Gigi aura veillé au grain », dis-je pour rassurer. On lui avait laissé les clefs, avec pour mission de jeter un œil de temps en temps. Michela me glissa alors :

— Heureusement qu'il reste encore quelques hommes *à tout faire* ; car, si j'en juge à l'expérience, ajouta-t-elle en me regardant, il y a aussi beaucoup trop d'hommes *à ne rien faire*.

Cette pierre dans mon jardin ne me gêna pas ; elle me fit même plutôt sourire. Je n'étais pas le meilleur homme d'intérieur. Il valait même mieux ne pas trop compter sur moi pour éviter le pire. Ça se savait. « Comme c'est commode », soupira Michela, qui semblait mieux prendre son mal en patience.

Gigi était venu nous chercher à l'aéroport. En foulant à nouveau cette terre des Pouilles, je basculai dans un autre monde. Mais je n'arrivai pas pour autant à oublier les tracas que je laissais derrière moi. Les banques et les assurances avides et sans scrupule, les syndics pressants, les escrocs, toutes ces chicanes qui rendent à mes yeux la vie si dégradante...

La lumière du Salente me parut une délivrance.

Gigi nous déposa au couvent en début d'après-midi. Il s'excusa de ne pas entrer. « Je file. Il me faut changer une chaudière à l'autre bout du *paese*. En été, ça n'arrête pas à cause de la clim'. » Je pris peur : quelle tuile allait-on découvrir ? En voyant ma mine défaite, Gigi chercha à me rassurer : « Ne vous inquiétez pas, je suis passé chez vous la semaine dernière ; tout va bien, je repasserai demain. » Et il repartit en trombe.

Gigi disait-il vrai ? J'ouvris le *portone* le cœur battant. Bruit familier de l'huisserie. À l'intérieur de l'*atrio*, les vases et les jarres étaient en place. Rapide regard général. Tout semblait dans l'état où nous l'avions laissé. Nous avons déposé nos affaires dans le grand hall et Michela alla dans le jardin fumer une clope. J'allais de mon côté dans les anciens salons du cercle. Matteo y avait fait installer les meubles de ma mère.

J'éprouvais une certaine émotion à voir ces « vieilleries » conservées pendant des siècles dans cette terre sage de Montaigne, de Montesquieu et de Mauriac prendre place désormais dans ce Salente baroque. Les grands fauteuils Louis XIV en os de mouton, les portraits, les tapis roulés, les commodes et les armoires, avaient perdu de leur lourdeur sous les hauts plafonds en voûte d'ogive. Ce retour au berceau de notre civilisation, sur cette terre de la Grande Grèce, avait été leur dernière chance. Car, à Paris, plus personne n'en voulait. L'hospitalité de la vieille terre du Salente a pu leur éviter une liquidation programmée.

Et le mélange des genres a finalement été plutôt réussi. La greffe du classique dans le baroque produisait un bel effet. Ces meubles, j'en étais sûr, allaient bien s'enraciner dans cet ancien royaume de Naples, comme la tomate à la Renaissance. En irait-il de même pour moi ?

— Dis donc, ils font tout petits, ici non ?

Michela était revenue de sa visite du jardin. Je répondis à sa provocation en lui disant que mes meubles étaient bien plus raffinés que la plupart de ceux que j'avais pu voir dans ces palais ou ces *masserie* des Pouilles, ornés d'un lourd mobilier de style Empire, quand ce n'étaient pas ces horreurs du XIXe siècle qu'on aurait cru tout droit sorties d'un *saloon* du Far West. Mais Michela se moquait bien de mes considérations esthétiques.

— Ne reste pas dans la poussière, viens dehors, je veux te montrer les arbres du jardin ; il y a eu comme un miracle...

53

Per amore della mia terra

Quelque chose avait changé dans l'enclos. L'année dernière, nous avions tenté de traiter le parasite qui dévorait nos arbres avec un produit toxique, fruit de l'industrie chimique allemande la plus avancée. Il fallait l'appliquer feuille à feuille. Mais le résultat avait été presque nul. Gigi m'avait montré ses propres arbustes. Il les avait fait traiter sans plus de résultat.

Que s'était-il passé cette année ?

Le citronnier, les deux mandariniers et les orangers avaient perdu leur croûte sombre et pendante ; leurs feuillages étaient redevenus d'un vert fortifiant. Tous les stigmates avaient disparu. Par quel miracle ? Matteo nous donna le fin mot de l'histoire. Michela l'avait appelé pour régler la déclaration de fin de travaux. « Il a suffi de deux jours de neige cet hiver pour exterminer les points noirs ! » expliqua-t-il. La nature avait été bien plus efficace que tous les produits chimiques. Le progrès déréglait le climat. Et finalement, seule la nature avait pu venir à bout des parasites. Fallait-il toujours suivre la voie tracée par les apôtres de la *via moderna* ?

La *xylella* des oliviers, elle, résistait. Il ne fallait pas abuser avec les miracles.

Maintenant que les arbres avaient retrouvé leur splendeur, cet enclos de dimension modeste avait une certaine allure. Point n'est besoin d'immensité pour séduire. J'en avais toujours été convaincu.

— Cette année, on aménage le jardin. Et tu t'en chargeras, me dit Michela, en arpentant la pergola.

J'étais prêt. Il fallait juste trouver un jardinier pour m'aider.

Nous sommes retournés à l'intérieur. Je retrouvai mon bureau et son haut plafond voûté. Puis je me remis scrupuleusement aux corrections des pages sur la République. Revenir à Juvénal des Ursins, à Bodin ou à Montesquieu était un plaisir, mais il fallait aussi s'intéresser à des types bien moins glorieux, comme l'affairiste Lesseps, les chefs du lobby colonial à la Charles-Roux ou les ex-communards antisémites héritiers de Blanqui. C'était comme avec le journal du *zio*. Je ne pouvais comme Machiavel me limiter à fréquenter Polybe, Cicéron ou Tite-Live. Il fallait étudier autant les Anciens que les Modernes. Cela ramenait à plus d'humilité.

Le lendemain matin, je me suis réveillé de bonne heure et j'ai repris mes habitudes. Tout me parut plus facile que l'an dernier. Même la chaleur semblait supportable. Le ciel restait un immense désert blanc, silencieux, écrasant, une solitude abstraite planant sur nos têtes. Mais le grand soleil m'inspirait désormais plus de bienveillance. C'est cet éclat que je recherchais avant tout depuis mes aventures financières. « Dieu vit que la lumière était bonne et il sépara la lumière des ténèbres », dit le *Livre de la Genèse*. Je voulais surtout échapper à mes propres ténèbres. Il n'était pas encore sept heures qu'en bas, dans la rue, les gens s'activaient déjà depuis plus d'une heure...

J'ai tout de suite aimé retrouver les petites ruelles blanches et sans prétention du village. Toutes les constructions me semblaient maintenant presque jolies, même celles de l'Italietta. Il n'y avait que celles des années 1950-1960 auxquelles je n'arrivais pas à me faire. J'avais pourtant lu un livre d'architecture sur ce Salento Moderno qui faisait l'apologie de ce « spontanéisme architectural », le rattachant à l'esprit baroque du coin. Je demeurais hermétique à cet anarchisme esthétique qui me rappelait moins l'esprit rococo de l'Italie que les banlieues du Texas. Pour le reste, je me sentais en Grèce, en Andalousie, aux confins du Portugal et ces impressions superficielles ne m'affectaient pas.

Je savais bien que j'étais dans ce petit coin du monde où la « fière légende de Plutarque » n'était pas encore pour tous un thème « usé et démodé ». Je retrouvais avec plaisir tous les commerçants de l'an passé, la boulangère, les tenanciers du PAM, Laura, chez qui je repris mes commandes d'« herbes ». Cela me faisait plaisir de passer ce nouvel été en sa compagnie. Je suis ensuite passé chez le *caseificio* pour mes mozzarelles et enfin à la boutique de Pippi.

— *Professore ! che piacere.*

Pippi continuait à avoir quelques problèmes avec son petit ventilateur. Mais il était toujours fort loquace. Je lui demandai de me mettre chaque matin une *Gazzetta* de côté, ainsi que le *Quotidiano di Puglia*. Ici, ils partent comme des petits pains et, l'après-midi, il n'y en a plus.

Il me demanda, l'œil inquiet, comment était la situation à Paris. Il avait suivi au *paese* tous les récents événements et ajouta, embarrassé, que les écoles de la région avaient toutes annulé leurs voyages scolaires à Paris. « À la place, maintenant, les enfants vont à Prague. »

Je voulus changer de discussion et, puisqu'il avait évoqué notre « peste terroriste », je lui demandai tout de go s'il avait quelques nouvelles au sujet de leur propre peste, la *xylella*, la « peste des Pouilles ». Pippi se frappa le front. « Ah, j'avais oublié... Tu es parti trop vite l'année dernière. Il faut que je te donne un journal. Je l'avais mis de côté. » Il alla farfouiller dans son arrière-boutique en marmonnant : « Où l'ai-je mis ce *Quotidiano di Puglia* ? » Il revint bredouille. « *Mi dispiace*, je ne l'ai pas retrouvé. » Il ne voulut rien me dévoiler. « Demande à Bianca, elle te racontera ; je lui ai dit de t'en parler. »

De retour à la maison, je croisai un *serial* dragueur faisant rugir sa décapotable dans les ruelles du village, la musique de Sanremo à fond. En l'observant manœuvrer dans la petite rue étroite, près de la *piazza*, mon œil fut distrait, derrière l'église, par la présence d'un nouveau glacier. Ce magasin venait d'ouvrir. Il avait disposé de jolies tables sur la grande place. Je jetai un œil à l'intérieur de la boutique bien élégante pour le *paese*. Toutes ces glaces, dans leurs bacs dorés, étaient tentantes par cette chaleur ; il allait être difficile de résister. Il vendait même du *spumone*, la spécialité du coin, une sorte de mousse glacée à deux parfums fourrée aux noix et pliée avec soin dans des petits papiers. Le *paese* serait-il sur le point de devenir « touristique » ?

Après le déjeuner, Bianca poussa le *portone*, toujours

avec son casque de musique sur la tête. Quelque chose avait changé en elle. Je n'aurais pas su dire quoi. Elle semblait plus fatiguée, plus triste. Elle me salua de façon un peu évasive. Je la laissai retrouver Michela qui l'attendait à la cuisine. Pendant sa pause, elle passa quand même la tête dans le bureau, comme l'année dernière. Nous allions pouvoir reprendre nos discussions. Je lui ai demandé si elle s'était inscrite à la fac cette année. Elle me fit non de la tête. Son mari trouvait cela inutile ; mais elle ne semblait pas certaine de son choix. « J'ai des moments où je regrette », finit-elle par m'avouer. Je n'allai pas plus loin, inutile de remuer le couteau dans la plaie. Je sais ce qu'il peut en coûter.

Je changeai de sujet en lui demandant ce que Pippi lui avait dit de me dire. Elle parut embarrassée. C'était à propos de son chanteur préféré, Nandu Popu. Peu de temps après notre départ, il avait fini par présenter ses excuses à l'ancien député-maire de Trepuzzi. Et il avait retiré ses accusations ! « *Non è mafiaso.* »

« Et donc ? » demandai-je à Bianca. Elle leva les bras au ciel, comme pour dire qu'il fallait maintenant passer à autre chose. Alors, insistai-je, cette fable de la « mafia de la *xylella* » s'est envolée d'un coup. Il n'y a plus de mafia ? Elle haussa les épaules. Je la regardai, intrigué, et ne pus m'empêcher de songer à ce trait si particulier de la nation italienne, ce que d'aucuns appellent son « manque de sérieux ». Rien n'y est vraiment grave ; la contre-information règne en maître. Qu'importe ! Le diffamateur se réclame de la constitution selon laquelle « chacun a le droit de manifester librement sa propre pensée » (art. 21). La « mafia de la *xylella* » ? Un jour, elle hantait les discours. Le lendemain, elle n'existait déjà plus. Le chanteur s'était expliqué sans rougir sur Facebook : il avait lancé son accusation, dit-il, par amour de sa terre, *per amore della mia terra !* Au moins, la liberté d'expression n'était pas comme chez nous sous la menace de la moindre plainte.

Quand nous avons eu l'occasion d'en reparler un soir chez le maire de Trepuzzi, je fus étonné par sa magnanimité à l'égard du chanteur. « Bah ! c'est un garçon que je connais bien. Un moment d'égarement. » C'était aussi ça le charme de l'Italie. Il y a un prix à payer pour tout. Il faut choisir entre le sérieux impavide des Anglo-Saxons qui font des procès pour un rien, la triste hargne idéologique des Français, qui rend tout absolu, ou la superficialité baroque et fantaisiste des Italiens. Pour moi, le choix était fait depuis longtemps.

Le maire fut plus critique, en revanche, contre ceux qui avaient relayé ces rumeurs, comme l'ami blogueur de Bianca, ceux qui pratiquaient, me dit-il, un *giornalismo d'assalto*, expression que je n'avais jamais entendue, littéralement un « journalisme d'assaut ». Comme il y a le fusil d'assaut ou des sections d'assaut. Ce genre de « journalisme d'assaut » est parfois nécessaire contre les puissants ou les vraies mafias. Mais, contre les innocents, il devient atroce.

Je continuais à discuter avec Bianca quand Michela, qui était dans la chapelle, lui demanda de commencer à défaire les tapis des salons. J'en profitai pour faire un tour chez les cousines. Maria Teresa nous avait appelés avant notre arrivée. « Vous savez qu'il y a toujours vos affaires dans nos *cantine* », évoquant les livres et les dossiers déposés chez sa sœur depuis un quart de siècle. Flûte ! Je m'étais promis l'année dernière d'aller les débarrasser et j'avais oublié. Michela avait levé les yeux au ciel lorsque j'avais raccroché le téléphone. Je lus sur son visage : « Toujours cet esprit de procrastination ! »

Cette fois-ci, il n'était plus possible de repousser. Je frappais chez notre voisine et Oronza me conduisit dans un grand salon du rez-de-chaussée qu'elle n'avait pas dû ouvrir depuis une décennie. « Voilà ! Tout ça est à vous. » Elle indiqua un fatras poussiéreux bien trop volumineux pour que je puisse songer à tout rapporter à la maison, même en une journée. *Non c'è problema*, me dit Oronza. « Prends ce que tu peux. » Je sélectionnai quelques piles de vieux classeurs poussiéreux sur lesquels avaient été apposées des étiquettes précises : *Acquedotto*, *assicurazioni*, *banche*, *Federterra*, *tasse*...

En retournant dans notre *atrio*, je m'apprêtai à déposer tous ces documents dans un coin du bureau. C'est alors que je vis Bianca sortir des salons et courir vers l'*ortale* en hurlant affolée : *le tarme*, *le tarme*. Puis je vis Michela sortir de la cuisine en courant. Je crus prudent de les rejoindre, laissant tous les dossiers aux pieds de l'armoire Savonarole, me jurant de mieux les ranger dans les prochains jours.

En arrivant à l'entrée de l'enfilade des salons, je saisis l'ampleur du désastre. En italien, *tarme* veut dire « mites ». Michela était furieuse : les vieux tapis de ma mère restés des années roulés dans son appartement étaient tous infestés. « Tu vas contaminer toute la maison ! » me cria Michela, en essayant d'écraser avec ses mains les bestioles qui volaient au-dessus de sa tête. Comment aurais-je pu le savoir ? Je repensai un peu mesquinement aux horaires de ménage payés par ma mère à celle qui prétendait s'en occuper avec ferveur. Quel Mychkine !

L'Italie avait grâce à moi importé des mites françaises qui allaient faire des petits dans les Pouilles, des monstres pour les tapisseries aussi voraces que la *xylella* pour les oliviers ou les frelons asiatiques pour les abeilles !

Je décidai de jeter tous les tapis de ma mère. Dans ces maisons du Sud, la chaleur rend ce genre d'objet bien superflu... allez hop ! Poubelle. Michela s'étonna pour une fois de ma rapidité. Je n'ai pas un goût pathologique des vieilles choses, lui rappelai-je. J'ai longtemps pensé que je serais plus libre sans attache. Quand elle m'avait demandé de me débarrasser de la maison du Perche, je n'avais pas hésité une seconde. Je me suis toujours méfié de l'enracinement têtu. Mais je ne condamnerai jamais celui qui me dit être attaché à sa terre. Comme à sa famille. Avec le temps, j'ai même commencé à éprouver le plaisir de retrouver un univers qui me rassure. Je sais simplement que, pour moi, ce lieu pourrait être partout où mon esprit se sent bien. Je n'ai pas un fétichisme du lieu. Toute la vieille latinité est ma patrie. À Bastia, dans une bastide de Gascogne ou du Quercy, sur la côte amalfitaine ou à Naples.

Le soir, après le repas, j'ai proposé à Michela d'inaugurer le nouveau glacier. C'était contraire à la diète du docteur Keys mais, avec cette chaleur, l'insoumission était tolérée. Nous sommes revenus pratiquement tous les soirs pour commander des glaces et des *spumoni* aussi bons que ceux de l'ancien Alvino de Lecce...

J'ai flâné dans l'*ortale* avant de me coucher, essayant d'oublier l'année écoulée et ses rebondissements. La lune surgissait dans l'encadrement des terrasses de la cour. Son reflet sur les murs blancs et la margelle du puits me rappelait des impressions familières. Une casbah d'Occident. J'avais retrouvé la paix de mon ciel d'Orient.

54

« Il n'est pas de chez nous »

À la fin de la première semaine, Matteo arriva de bonne heure accompagné d'un type aux traits rugueux, le visage buriné, le regard sombre. « Je vous présente Enzo. » C'était le jardinier. Enzo parlait peu et me rappelait ces *braccianti* du *zio* qui cultivaient les champs du Salente depuis la plus haute Antiquité. Ils étaient habités par une forme de fatalité. Il fallait juste apprendre à percer cette carapace de protection. Enzo allait se révéler plein d'intuitions et de prudence.

Nous sommes allés aussitôt dans le petit jardin pour lister les travaux nécessaires. Je n'avais pas beaucoup d'ambition pour ce modeste enclos. Je voulais juste y planter quelques arbres. Je montrai à Matteo et à Enzo un coin, près de la petite maison, au fond, après la pergola, où je voulais mettre des cyprès. Ces arbres évoquaient pour moi les vues d'Italie de mon enfance, les allées des villas toscanes ou romaines. Il n'y en avait pas dans ce jardin et je le regrettais. Enzo resta impassible mais Matteo fit la moue. « Les cyprès, c'est bon pour les cimetières. » Ah bon ! Mais, en Toscane, il y en a partout. « Nous, ici dans le Salente, on ne met pas de cyprès dans les jardins ; ça porte malheur. » Rien de moins ! Je découvrais que Matteo était aussi superstitieux que Bianca mais je gardai le silence, repensant à cette discussion avec un Toscan à San Miniato. « Les gens des Pouilles n'y comprennent rien aux cyprès. » Et les palmiers ? Même réticence. *Non è un albero nostro*, se hasarda Enzo. « Ce n'est pas un arbre de chez nous. » Là, je me suis insurgé. J'avais vu des allées de palmiers à Brindisi, à Lecce, et même sur la place du *paese*, tout autour de la Chiesa Madre. Ils étaient éclairés la nuit, ce qui donnait à cette collégiale baroque des airs de cathédrale andalouse. Je décidai d'en planter deux ou trois autour du bassin pour égayer cette partie du jardin.

Je veux bien respecter les usages d'un pays et même m'y conformer le plus fidèlement pour y être mieux accepté. Mais cela ne m'empêchait pas de suivre mes propres préférences esthétiques dans mon jardin. Du reste, qu'est-ce qui, dans cet enclos, était vraiment *d'ici* ? Rien ou presque. Toutes les variétés d'arbres, comme le grenadier, le *melograno* ou le plaqueminier, le *cachi* étaient étrangères au *paese*. La plupart de ces arbres provenaient de Perse ou d'Asie plus lointaine. Les uns avaient été importés au Moyen Âge, avec les croisades, voire plus récemment, après la redécouverte de la Chine par Matteo Ricci. Le plus caricatural était ce *cachi*, un arbre de Chine importé en Italie seulement au début du XXe siècle.

Alors quelle importance cela pouvait-il avoir que les cyprès ou les palmiers ne soient pas « d'origine » ?

Même les orangers et les citronniers qu'on associe le

plus à ces terres du Sud étaient ignorés dans le Salente à l'époque antique. Pline et les auteurs romains ne connaissaient qu'un seul agrume, le cédrat, qui a pratiquement disparu aujourd'hui. Le goût aigre des citrons et des oranges n'est pas, contrairement à celui de l'olive, un trait d'origine de cette terre de frontière entre l'Orient et l'Occident. En italien, on désigne d'ailleurs toujours le citron sous le terme de *limone* parce que son nom est emprunté au persan *limun*. Il en va de même du jasmin d'Espagne qui avait dû courir sur les colonnes de la pergola et dont je voyais quelques plants moribonds. Le nom de « jasmin » dérivait lui aussi du persan *yâsaman*. Et j'aimais son odeur, au printemps ; les Indiens le regardaient comme un symbole du dieu Kâma, celui du *kâma sutra*. Rien au fond dans ce jardin n'était vraiment *d'ici*. Moi non plus je n'étais pas *d'ici*. Et cela ne me dérangeait jamais quand on me présentait en disant : *non è delle nostre parti*. « Il n'est pas de chez nous. » Cela n'avait aucune connotation malveillante. Juste un fait. Mais cela n'empêchait pas de vouloir m'y enraciner.

Ce bout de jardin était à l'image de nos paradoxes. L'homme est universel et pourtant il a besoin de racines. Dès qu'il en est coupé, il en souffre. Depuis l'*Iliade*, où Achille, las de la guerre, voulait revoir sa patrie, ce sentiment hante les hommes. Ulysse aspirait à retrouver Ithaque, Ovide les eaux du Tibre. Même Rome ne suffit pas à combler tous les hommes puisque le grand poète du Bellay se languissait dans les ruines du Forum et rêvait de son Anjou natal, espérant revoir *de son petit village fumer la cheminée*. Et je repense aux conscrits de l'an II, qu'on veut toujours nous présenter comme des soldats fiers de faire la guerre au nom des droits de l'homme. Un témoin décrit pourtant les larmes coulant sur leurs visages en entendant le *Chant du départ* : « Celui-ci pleurait sa chaumière [...] ; un autre versait des larmes au seul aspect d'une charrue, un autre enfin songeait que, dans la ville qu'il avait quittée, il avait abandonné des liaisons les plus chères. » Non, la liberté ne guidait pas leurs pas ; non, ils ne voulaient pas qu'on leur « ouvre la barrière ». Pourquoi ne pas admettre que la fragilité de la condition humaine trahit notre besoin de refuge ? Ce petit enclos apaisait mes pensées les plus sombres. Malgré les clôtures, tout y avait circulé : les plantes, les animaux, le pollen...

Le terme même de jardin traduit ce besoin inhérent à l'être humain ; il vient du mot germanique *gart*, qui veut dire clôture. Le *garden* est un lieu défendu par de petits murs ; c'est la raison pour laquelle l'homme s'y sent bien ; il y est protégé. Ces clôtures n'ont rien de barbare ; elles sont une reconnaissance des limites, un souffle de paix sans menace. Ce besoin de repli n'est pas un refus de l'extérieur mais une protection pour mieux se ressourcer.

L'éloge d'un monde sans confins est une illusion. Celle des *felici pochi*, les *happy few* de Stendhal : aristocrates et grands bourgeois ont toujours traversé les frontières avec aisance parce qu'ils sont partout chez eux. Mais ce petit monde qui fait l'apologie de ces vastes mers sans escale ne s'en protège pas moins ; peut-être mieux que tous. Ses frontières sont plus redoutables parce qu'elles ne se voient pas. Les domaines privés ultra-surveillés, ces redoutables *gated communities*, se consolident dans le monde, même à Paris. Dans ces cités protégées du regard des gueux, des « people » font l'éloge d'un « monde ouvert » *pour les autres*, tandis qu'ils se réfugient derrière de solides enceintes. Le monde actuel me semble le préambule d'un nouvel *encastellement* semblable à celui qui a surgi à la fin de l'Empire romain, quand le *limes* a cédé devant les Barbares et que la division entre les pauvres et les riches a été le signe d'un futur Moyen Âge, le triomphe du *Jus excluendi omnes*. Les pauvres sont restés dans le « plat pays » et les riches se sont protégés dans les châteaux.

Nous poursuivîmes la visite du jardin avec Enzo et Matteo. Tout était resté en friche, non par goût anarchique, comme dans certains jardins du Sud, mais simplement par abandon. Les haies de buis autour des colonnes de la pergola étaient pourries ; « il faudrait les changer », dit Matteo. Un simple petit calcul mental m'y fit renoncer. Je pensais en revanche faire pousser quelques plantes mélancoliques, des digitales, des ancolies et du tabac d'ornement, toutes ces plantes vénéneuses qui s'épanouissent dans les jardins italiens. Cent grammes de digitale pourpre avaient suffi pour tuer le seigneur de Vérone, protecteur de Dante, à qui ce dernier avait dédié son *Paradis*.

Un enclos devait, selon moi, ramener au spectacle du dépérissement et de la mort. C'est ce qu'avaient saisi les architectes italiens qui édifièrent ces envoûtants jardins de monstres, à Bomarzo, à Bagheria ou dans les ruines de Ninfa sur la via Appia. Au regard d'Enzo, je changeai de sujet et demandai à ce dernier si le mur, près du bassin, serait un bon endroit pour faire pousser les herbes dont les gens d'ici sont si friands, l'origan, le basilic et le romarin. Je lui dis aussi que je voudrais planter quelques figuiers de Barbarie, ces *ficus d'India* qu'on voyait un peu partout dans les jardins d'Apulie et qui avaient été rapportés du Mexique par Christophe Colomb. Je comptais les déposer dans des pots de *terracotta* pour décorer la cour de l'*ortale*.

J'avais en tête le jardin de l'abbaye de Cerrate, ce couvent basilien à quelques minutes du *paese*, avec ses plantes aromatiques, thym, camomille, souci (*calendula*), citronnelle, romarin, rangées derrière des petites bordures en pierre. La civilisation s'y était maintenue, comme à Ravenne, quand toute la romanité s'était effondrée partout ailleurs en Occident. À la hauteur du *paese*, une grande muraille de Chine, qu'on appelait le *Limitone dei Greci*, avait permis à la région de rester sous la férule de l'empire romain d'Orient, l'empire de Byzance. Depuis Constantin, cet empire d'Orient nourrissait un double esprit, romain et grec, qui s'était perdu en Occident avec les Goths et les Vandales.

Les moines basiliens des environs, conscients de la menace d'un effondrement total, avaient passé leur vie dans leur *scriptorium* à recopier les grands manuscrits antiques qui avaient disparu des bibliothèques d'Occident. Ils furent les premiers, avec les bénédictins du mont Cassin, à sauver les écrits d'Homère, de Platon, de Démosthène ou d'Aristote, conservés dans les bibliothèques de Byzance. C'est grâce à eux que ces monuments de l'esprit ne sont pas entièrement tombés dans l'oubli. Cette terre de confins avait toujours tenu à maintenir le contact avec l'Orient. Dans la vieille bibliothèque Calasanziana du *paese* était d'ailleurs conservé un des plus vieux manuscrits du XVe siècle en langue arabe, sous-titré en latin.

55

Le « miracle de la culture »

Le lendemain matin, pendant le marché, le maire du *paese* est passé prendre le café. Il n'était pas venu les mains vides. Il apportait un vieux coffret de CD contenant l'intégrale des *lieder* de Schubert dans leur transcription pour piano par Liszt. « Je vous l'avais promis l'année dernière. » Il avait tenu parole. Je passerai le reste du séjour à écouter en boucle *Ständchen*, ce *lied* qui exprimait bien mon état d'âme, un mélange de bonheur et de *spleen* car je savais qu'il faudrait un jour rentrer. Seule la musique offre ces moments de grâce et d'élégie que rien ne peut égaler.

— La culture est essentielle ; c'est grâce à elle que j'ai pu ici combattre la mafia.

Le maire nous avait déjà sorti cet argument l'année dernière. Je n'avais pas oublié. S'agissait-il d'une simple déclaration « en l'air », comme tant de nos politiciens en proféraient ? Je profitai de l'occasion pour lui demander de préciser ce qu'il voulait dire.

Le maire prit quelques instants avant de me répondre. Quand il fut élu à la tête de la cité, finit-il par m'expliquer, la Sacra Corona était à son firmament. C'était au début des années 1990, en pleine guerre mafieuse. À cette époque-là, diriger une petite ville comme le *paese* nécessitait du courage. « Ne nous leurrons pas, dit le maire. Dans le combat contre la mafia, ce qui compte en premier lieu, c'est la répression, ensuite la répression et enfin la répression. Les mafieux n'entendent que cela. »

Heureusement, à Lecce, une sorte de juge Falcone avait bien compris les contours du péril mafieux. Il ne laissa aucun répit aux incivilités, même les plus banales. C'était ce qu'en Italie on appelle la « lutte pour la légalité ». Éviter que ne s'installe le « déni » qui règne dans certaines cités du 93 ou de Corse.

Cependant, la répression ne suffit pas à rétablir de façon durable la paix civile. Il était essentiel de se « réapproprier la rue », dit-il. La mafia imposait, via le *pizzo*, un véritable « contrôle de territoire ». Personne n'osait sortir le soir. Le maire expliqua qu'il avait alors lancé un vaste programme de manifestations culturelles, des fêtes, des concerts, des théâtres en plein air, la foire du livre, etc., pour que les citoyens se réapproprient les rues de la cité. Ne rien laisser à la mafia. Il n'y avait pas d'argent. Qu'importe.

— J'ai mis tout le peu que j'avais dans la culture.

Bien sûr, au début, l'opposition nous a critiqués sévèrement, déplora le maire. « On connaît la chanson : il y a du chômage et les autorités ne pensent qu'à la culture ! »

— Je n'ai pas faibli.

La culture devait servir à se réapproprier le territoire. La mafia le comprit bien vite. Elle fit tout pour empêcher ces manifestations culturelles. En 1995, alors que la guerre mafieuse battait son plein, le maire invita en grande pompe un des plus célèbres enfants du *paese*, le dramaturge Carmelo Bene. C'était un geste hautement symbolique. Les « amis » de la Sacra se mobilisèrent. Quand l'artiste débarqua sur la place de la mairie, il trouva un petit comité d'accueil fort agressif. Des cris, des slogans hostiles. Un jeune se précipita contre Carmelo Bene en hurlant : *Stronzo, dammi lavoro !* « Connard, donne-moi du travail. » Saisissant aussitôt la provocation mafieuse, Bene ne s'est pas décontenancé. Il regarda son agresseur en face, ne dit rien et lui cracha au visage. Ce geste radical était la seule réponse, non pas à ce *picciotto* manipulé, mais à la mauvaise foi insigne des mafieux qui instrumentalisent le lumpenprolétariat, l'éternelle armée de réserve des forts pour maintenir leur oppression.

— La tradition festive l'a finalement emporté, dit le maire.

À cette époque-là, « je dois dire que le curé en place a été exemplaire », ajouta ce laïc impénitent. Les commerçants ont commencé à refuser de payer le *pizzo*, l'impôt mafieux. Ce fut le début d'un cercle vertueux. Les mafieux ont fini par comprendre qu'au *paese* c'était foutu pour eux. Ils sont allés s'implanter aux alentours.

— Ce fut le miracle de la culture, conclut fièrement le *sindaco*.

Puis il se rassit. « Un autre café ? » Je voulais lui parler de ce qui s'était passé ici en 1947 afin d'éclaircir le mystère du journal du *zio*. On sonna au *portone*. C'était la secrétaire du maire, essoufflée, qui venait le prévenir que son rendez-vous était arrivé. Il regarda sa montre et se releva subitement, comme l'année dernière. « Flûte, je n'ai pas vu le temps passer. »

Et il partit en un clin d'œil. Je n'eus pas le temps d'aborder 1947 au *paese*. En le regardant traverser la *piazza* au pas de course avec sa secrétaire m'est venue à l'esprit la critique de Philippe Muray contre l'*homo festivus*. Cet analyste du désastre contemporain aurait-il eu la même sévérité à l'égard du fêtard éternel après avoir entendu ce discours ? Je n'avais jamais pensé que la « teuf » puisse s'avérer une arme utile contre le crime organisé.

Finalement, l'*homo festivus* pouvait servir à quelque chose...

56

Summer camp

Le lieu avait des allures d'un *no man's land* à la frontière bosniaque ou irakienne à l'époque des interventions militaires de l'Otan. Des fils de fer barbelés partout. En ce matin d'août, j'attendais mon fils à l'aéroport de Brindisi. Il avait accepté de venir nous voir quelques jours au *paese*, laissant sa sœur et ses amis se la couler douce sur la Côte. Pas évident de venir s'enterrer quelques jours au fin fond de l'Italie mineure, au milieu des sanctuaires, des oliviers et des sorcières quand les copains font la nouba au cap Nègre.

Cette visite était de bon augure. Tout n'était pas perdu dans la transmission !

L'avion de Nice ayant comme à l'accoutumée une bonne heure de retard, j'en avais profité pour traîner en bout de piste, en plein milieu d'une friche industrielle des plus déprimantes. Des ingénieurs déments n'avaient pas hésité, dans les années 1960, à construire l'aéroport à côté d'un monument exceptionnel, l'église Santa Maria del Casale, à quelques lieues de la mer. Le bâtiment surgissait au milieu de cette zone militaire, de façon aussi incongrue que le casque gigantesque tombé dans la cour du château d'Otrante, au début du roman d'Horace Walpole. Dans les livres d'histoire sur le Salente que j'avais consultés pour préparer l'arrivée de mon fils, les experts s'entendaient tous pour dire que cet édifice religieux était l'un des plus beaux de la région. J'avais décidé d'y jeter un œil.

Il régnait ce matin un calme étonnant quand je suis arrivé sous l'imposant auvent en pierre de l'église gothique. Pas un touriste en vue. Seuls quelques types louches attendaient dans leur voiture. Apparemment, ce bout du monde n'était fréquenté que par des prostituées et leurs clients.

Par je ne sais quel miracle, on n'entendait pas le bruit des avions. En regardant ce lieu, comment ne pas penser que certains endroits sont bien trompeurs ? Cette impression m'était souvent venue à l'esprit dans mon enfance quand nous allions à Montségur ou à Carcassonne avec mon père. Je n'arrivais pas à m'imaginer comment cette terre si débonnaire avait pu servir de décor à tant de batailles et de procès d'Inquisition. Il en allait de même ici. Qui aurait pu se figurer le terrible jugement contre les Templiers du royaume de Sicile qui fut rendu en mai 1310 sur le parvis de cette église, sise alors au milieu d'une vaste forêt de pins ? Cette affaire fut semblable à celle qui avait conduit à la condamnation des Templiers français quelques années auparavant. Le roi de Naples, Charles II d'Anjou, prit modèle sur Philippe le Bel, son parent. On accusa les chevaliers du Temple des pires forfaits (apostasie, hérésie, sodomie, etc.) pour s'emparer de leurs biens.

À l'intérieur, cette église respirait aujourd'hui le

calme. Impossible d'imaginer le procès inique qui s'y était déroulé des siècles auparavant. Partout ailleurs, la magnifique fresque ornant la nef, un Jugement dernier, *Il giudizio universale*, de Rinaldo da Taranto, contemporain du procès, aurait attiré des queues de visiteurs. Mais la laideur environnante avait sauvé ces lieux du fléau touristique. Les ingénieurs qui avaient construit l'aéroport non loin de ce chef-d'œuvre avaient peut-être sauvé sans le savoir cette église de la perdition. Au milieu de cet univers dément, aux frontières de l'enfer moderne, elle était restée comme à son origine ; personne ne venait en rompre la solitude.

Une fois arrivé au *paese*, mon fils passa la journée à dormir. Ce grand ado de quinze ans était en plein décalage horaire parce qu'il revenait d'un *summer camp* américain.

Michela l'installa au premier étage, dans l'ancien *magazzino* où avaient dormi Lolotte et son copain. On avait acheté cette année un gros ventilo... Enzo passa en fin d'après-midi avec son Ape, la petite voiture à trois roues, pour apporter les plantes. Mon fils venait de se lever ; c'était l'heure de l'apéro et de la *passeggiata*. On alla boire tous les trois un verre sur la place du village. Après l'Amérique, le gamin crut basculer dans une autre dimension. Il n'en revenait pas. Tous ces *vecchi* assis sur leur chaise autour de la place... « On croirait un film des années 1950, dit-il. Il n'y a aucune femme ! » Je n'y prêtais plus attention.

Moi aussi, en arrivant, l'année dernière, j'avais cru me retrouver dans un village italien d'un film de Rossellini ou de De Sica.

57

Les Deux-Siciles

Les jours suivants, nous avons peu bougé. « Attention, m'avait dit sa mère, tu le laisses bien dormir pour récupérer. » On déjeunait tard et on allait à la plage l'après-midi ; j'avais loué une voiture à cet effet. On prenait le temps de se retrouver. Ce n'est pas toujours aisé quand on ne vit pas toute l'année ensemble. Après quelques jours, le charme des « Maldives » commença à le lasser et il aspira à voir les environs du *paese*. J'avais loué des vélos. « Il faudra te lever tôt. » Avec les grandes chaleurs, on ne pouvait partir qu'aux aurores. Qui n'a pas ressenti ce sentiment de liberté qu'inspirent les routes à l'aube ? Nous pédalions avec insouciance et cela me rappelait les promenades d'enfance en Gascogne avec mon père. Je repensais à ces moments heureux, au son chaleureux du violon de Stephane Grappelli et à la guitare de Django dont mon père raffolait. Ces ballades comme dans *Milou en mai*.

Mon père profitait souvent de ces moments privilégiés pour me faire des confidences sur ses goûts littéraires ou historiques. Je ne savais si je devais faire la même chose avec mon fils et l'ennuyer avec l'histoire de cette terre qui était en partie devenue la mienne. « Tu vas le lasser avec toutes tes histoires byzantines », m'avait averti Michela. Un jour, pourtant, sur les hauteurs du *paese*, alors que nous cheminions sur un petit chemin au milieu des oliviers et des *casale* de campagne, nous sommes tombés sur une *edicola* du XVe siècle et la discussion partit, je ne sais plus comment, sur cette ambition italienne des monarques français de la Renaissance. Les guerres d'Italie. Charles VIII, Louis XII, François Ier, Marignan, Pavie. « On ne connaît pas grand-chose à cette histoire en France », avoua mon fils au bout d'un moment.

C'est vrai et ces guerres étaient pourtant l'héritage direct d'un « rêve italien » né dans cette région à l'époque de Saint Louis. L'un des frères cadets du grand roi, l'ambitieux Charles d'Anjou, créa ce royaume de Naples. Une partie de la jeunesse française du Moyen Âge décida de le suivre et de partir à la conquête du sud de l'Italie. Et leurs descendants donnèrent naissance à de puissantes familles. Je voulus montrer à mon fils une des plus belles réalisations de ces « Français des Pouilles ».

Le lendemain matin, après une demi-heure d'une route droite, coupant un paysage plat et lunaire qui me faisait toujours penser à un désert texan, nous nous étions retrouvés dans la petite ville baroque de Galatina, la ville des *tarantate*, devant l'une des plus belles églises de tout l'ancien royaume de Naples. L'église Santa Catarina di Alessandria conservait de somptueuses fresques polychromes qui pouvaient rivaliser avec celles de Giotto à Assise. Des peintres de la *scuola giottesca* avaient été attirés dans ce Sud par un seigneur original, Raimondello Orsini del Balzo, issu d'une branche cadette des seigneurs des Baux en Provence – ce qui donnait en italien *Del Balzo* –, qui avait suivi à la fin du XIIIᵉ siècle Charles d'Anjou sur le trône de Naples. La femme de Raimondello, Marie d'Enghien, future reine de Naples, de Croatie et de Jérusalem, venait aussi d'une famille de Champagne, les Brienne. Tous ces Français avaient alors accompagné Charles d'Anjou dans son rêve de créer une grande monarchie méditerranéenne à partir du royaume de Sicile du grand Frédéric II de Hohenstaufen.

L'histoire n'a guère retenu cette ambition de Charles d'Anjou. Elle a même oublié le nom de ce frère cadet de Saint Louis. Contrairement à l'empereur allemand, qui est encore fêté dans toutes les villes des Pouilles, le roi Charles n'a pas laissé un grand souvenir. Il avait pourtant cherché à unir la Provence, la Bourgogne, les Flandres, la Sicile, les Pouilles, l'Albanie et le Péloponnèse, puis il avait même tenté de conquérir Constantinople et de se rendre ensuite à Jérusalem pour remettre les deux couronnes – celle de Rome et de Byzance – au pied du Christ en gravissant le mont des Oliviers. La prophétie *Karolus filius Karoli* prétendait que ce temps aurait alors marqué l'avènement de la paix perpétuelle.

Mais tout avait capoté. Le frère de Saint Louis était maladroit et velléitaire. Dans son *Purgatoire*, Dante le plaça dans la vallée des princes négligents. Il blessa l'orgueil des seigneurs locaux. En 1282, la révolte des barons siciliens, les fameuses « Vêpres siciliennes », conduisit à la partition en deux du royaume de Sicile, de là cette appellation bizarre des « Deux-Siciles ». Les Français, dont plusieurs milliers furent massacrés lors des Vêpres, durent abandonner la fraction insulaire du *Regnum siciliae*, celle qui était de l'autre côté du phare de Messine, la partie *ultra Pharum*, et ils gardèrent la partie *citra Pharum*, le Mezzogiorno continental, qui devint le premier royaume de Naples.

La Sicile *citra Pharum*, que les auteurs médiévaux décrivaient encore comme le royaume de Pouille, le *regnum Apuliæ*, était alors un royaume français.

— Tu n'exagères pas un peu ? dit mon fils. Tu vois des Français partout.

Il n'avait pas entièrement tort. Il y avait chez moi une forme de naïveté à vouloir sillonner ces landes désolées des Pouilles comme Kerouac la Bretagne à la recherche de ses hypothétiques origines bretonnes. *Satori à Paris*. Satori à Bari ? J'avais probablement besoin de me trouver des racines dans le coin. Mais ces Pouilles médiévales qu'avaient ignorées Madame de Staël et tant d'autres voyageurs, l'Italie du songe de Raymond des Baux, à Galatina, de Marie d'Enghien et de tant d'autres croisés, héritiers des fidèles de Charles d'Anjou, voire les barons « chypriotes », comme Henri Chabot, les frères Chinard ou Aimeri Savarin, possédant des fiefs d'Ostuni à Andria, avaient bien été à un moment de leur histoire une Italie française. Des familles venant de France s'étaient enracinées dans le Mezzogiorno, où elles étaient devenues célèbres. À Lecce, j'avais dégusté un soir une glace au parfum dénommé « Maria d'Enghien ». Seules les stars donnent leur nom aux parfums de glace.

Charles d'Anjou disparut à Foggia sans avoir jamais pu réunifier les « Deux-Siciles ». C'est pour renflouer les caisses de ce royaume divisé que son fils, Charles II, entama l'inique procès des Templiers à Brindisi. Finalement, cette monarchie franque s'effondrera au XVe siècle, sous les coups de boutoir des Aragonais. Les Anjou échouèrent à créer cette « autre Europe », où se seraient entremêlées les cultures de France, de Provence, de Flandres, de Toscane, de Croatie et de Palestine et dont Galatina aurait pu être la capitale artistique, le Paris d'une Méditerranée différente.

Il ne restait comme souvenir de ce rêve avorté qu'un parfum de glace dans les rues de Lecce.

58

Le *Capitan*

Pour sa dernière journée dans le Salente, nous avions décidé d'aller avec mon fils dans le nord de l'Apulie voir le plus célèbre château féodal de la région, Castel del Monte, un monument d'architecture ésotérique, construit par l'empereur Frédéric II. Ce château servit de modèle à la bibliothèque du *Nom de la rose*. Après les Pouilles françaises de Charles d'Anjou, direction les Pouilles allemandes de Frédéric.

« Réveil de bonne heure », avais-je dit la veille au soir. Le matin, je retrouvai le gamin déjà dans la cuisine, prêt au départ. Nous avons laissé Michela profiter de la maison.

Après le petit coup de klaxon usuel pour demander au voisin de déplacer sa Mercedes, nous avons pris la direction de l'*autostrada* à travers les forêts d'oliviers de la vallée de la Cupa. « Mets ta ceinture, dis-je à mon fils, les flics sont devenus plus sévères maintenant ; surtout l'été ; c'est comme en France. »

Adieu la *dolce vita* !

Le chemin est long pour remonter jusqu'aux grandes

plaines de la *Capitanata*. Ce nom bizarre remonte aux Byzantins. À l'époque, le préfet placé à la tête de la région portait le titre de *Capitan*. Ce nom me faisait songer à ce film d'enfance avec Jean Marais, le *Capitan*, dans le rôle du chevalier de Lagardère. Un chevalier errant de Gascogne. *Miseria e nobiltà*. J'étais bercé de ces illusions.

Nous avons emprunté en la remontant la *superstrada* qui longe le bleu éclatant de l'Adriatique, l'autoroute des vacances des Italiens vers la Grèce. En ce matin d'été, toute la campagne de Brindisi était d'un ocre poussiéreux, cramoisi, comme entièrement brûlée.

Mon fils avait apporté des CD des années 1980.

— On écoute encore ça à ton âge ?

— C'est revenu à la mode, me dit-il.

— « C'était mieux avant » ?

Il sourit. C'était un jeu entre nous : on n'a plus le droit de dire de telles choses. Il mit ses chansons, de la pure soupe franchouillarde, *Partenaires particuliers*, *Pull Marine*, *Week-end à Rome*, etc. Les tubes remplissaient la voiture tandis que défilaient les paysages de l'antique terre d'Apulie. Cette musique que j'avais tant écoutée et dont, à son tour, il s'emparait, me rappela un passé dont je n'étais pas si nostalgique au fond. Les vestiges de la France de « Mon Général », la DS noire, le regard pincé des cousins, le déjeuner et le bridge dominical, la grisaille de la plaine de Versailles. Rien de dramatique mais rien d'exaltant.

Nous nous sommes mis à chantonner ces tubes des années 1980 comme lorsqu'il était petit et que nous hurlions avec sa sœur tous ces vieux airs français, le

Chant du départ, Nini peau d'chien, Auprès de ma blonde... Nous nous retrouvions finalement sur des choses assez futiles. J'aspirais pourtant à lui transmettre d'autres valeurs plus estimables. Mais je craignais d'être maladroit. J'avais retiré de mon expérience avec mon père une leçon : il y a des moments pour transmettre. Si ce temps n'est pas encore arrivé, il ne sert à rien de le forcer ; cela peut avoir un effet contraire. Mon père était très libéral mais il avait des obsessions. Il voulait que je lise toute l'œuvre de Barbey d'Aurevilly, « le connétable des lettres », comme il disait. Je n'ai jamais réussi à finir l'un de ses livres pour cette raison même qu'il m'en avait imposé la lecture. En revanche, je me souviens avoir décelé sur son visage des moments de grâce à la lecture de certains auteurs. Je le revois encore sous le grand tilleul de la maison avec les *Caractères* de La Bruyère ou la *Lettre à Louis XIV* de Fénelon. Il ne m'en parla qu'un soir. Est-ce parce qu'il n'insista pas que ces œuvres m'ont marqué ? J'ai consacré une partie de ma thèse à l'héritage politique du clan de l'auteur de *Télémaque*. Fallait-il même aller jusqu'à penser que ce n'était pas sans raison si je m'enracinais dans sa cité idéale de Salente ?

On transmet bien mieux par l'imprégnation que par la force.

En traversant la vallée d'Itria, à défaut de longs discours, nous chantonnions dans la Fiat. Et il me vint soudain des images d'adolescence ; j'y repensai sans amertume. Le soir, à Paris, j'assistais à cette leçon de l'existence : les créatures sublimes qui descendaient des limousines pour aller dans les boîtes chics étaient aux bras de types avec qui je n'aurais pas passé une seule seconde. Je serrais parfois les dents. Cette tristesse passa heureusement avec les années. Les beaux moments sont venus plus tard. Patiemment. Un peu par obstination. Un peu par chance. Le hasard des rencontres. Et de la maturité. En vieillissant, on gagne en sagesse. Comme la civilisation. Plus elle est ancienne, plus elle mûrit.

Mon fils le comprendrait assez tôt. Si le monde nous en laisse le temps.

Peu avant San Vito dei Normani, nous avons croisé des groupes d'Africains le long de la route. Certains étaient à pied, d'autres sur des vélos. Non loin de là, dans une ancienne zone militaire désaffectée, l'ONU avait créé un *Humanitarian Department* pour y loger une partie des migrants qui débarquaient sur les côtes italiennes depuis la Libye et passaient par Lampedusa. Certains avaient même été accueillis au *paese*. Ces pauvres gens se retrouvaient seuls, coupés de leur famille, passant leur journée à faire le tour du village à vélo ou à errer dans le jardin public, qu'on appelait la Villa Comunale.

Ce qui me frappait était leur regard. Il n'était même pas triste. Juste absent.

Je repensai à la nostalgie de ces paysans kabyles déplacés par l'armée française qu'avait étudiée Pierre Bourdieu dans *Le Déracinement*. Ces hommes coupés de leur antique village et parqués dans des villes nouvelles du désert. Le déracinement les avait réduits à devenir des individus abstraits, se laissant définir « par ce qu'ils ne sont plus et par ce qu'ils ne sont pas encore, des paysans dépaysannés, êtres autodestructifs qui portent en eux-mêmes tous les contraires ».

Soudain, je réalisai l'absurdité de la situation. Ces

pauvres migrants avaient tout perdu. Ils avaient été victimes de filières mafieuses. Leur exil était absolu, ils n'avaient pas le moindre lien avec leur nouvelle terre. Et moi je dissertais sans pudeur sur mes petites craintes, mes velléités d'enracinement, mes inquiétudes pathologiques de me retrouver sur une terre qui n'était pas la mienne mais qui était quand même celle de toutes nos racines.

Le déracinement porte en soi une dimension tragique, que l'ère globale accentue sans le vouloir, parce qu'il humilie ceux qui tentent d'y résister. Bourdieu notait déjà que les paysans kabyles qui voulurent rester au bled, et perpétuer un art de vivre désuet, passaient pour des nostalgiques, c'est-à-dire des *bu-niya*, des « naïfs », les témoins un peu ridicules d'une culture disparue. C'est ainsi que les colonisateurs les regardaient. N'est-ce pas le même regard que les nouveaux maîtres de la globalisation jettent sur tous ceux qui cultivent ce « traditionalisme du désespoir » ? Des nostalgiques. Des naïfs. Des vaincus.

Au *paese*, on ne savait pas comment aborder sereinement la question des migrants. Longtemps traités de *terroni* (ploucs) par ceux du Nord, les habitants de l'ex-royaume de Naples avaient commencé à s'inquiéter. Certains s'étaient même mis à voter pour la Ligue. En ce Sud profond ! Les bonnes âmes des deux camps s'accusaient de maux respectifs : « Cyniques ! vomitifs ! racistes ! » accusaient les uns, tandis que les autres rétorquaient : « Irresponsables ! hypocrites ! » En fait, ils ne parlaient pas de la même chose. Les uns luttaient pour le droit des peuples à disposer d'eux-mêmes, y compris en se déracinant ; les autres pour le devoir des peuples à rester eux-mêmes. « Le déracinement détruit tout, sauf le besoin de racines », avait dit un jour Christopher Lasch. Étais-je plus avancé ?

Non loin de ce centre humanitaire, nous avons été contrôlés : *Documenti per favore*. Les flics n'avaient pas l'air commodes. Ils voulaient probablement s'assurer que nous n'étions pas des passeurs de migrants.

Soudain, une décapotable rouge avec trois jolies blondes s'arrêta à notre niveau. « *Fasano, bitte ! bitte !* » Les carabiniers nous lâchèrent pour se précipiter vers les jeunes Allemandes. Penchés sur les cartes routières, ils rivalisaient de précisions pour indiquer gracieusement la route de Fasano ; ce n'était pas bien compliqué. Il suffisait d'aller tout droit. Quand je finis par leur demander si on pouvait y aller, les gardiens de l'ordre nous firent un signe agacé de la main. *Vada, vada !* comme pour dire, « allez, arrêtez de nous déranger, foutez-moi le camp ».

On reprit la route.

— Tu avais raison, me dit mon fils. Les carabiniers ont vraiment changé. Beaucoup plus sérieux !

59

« Le futur a un cœur antique »

On s'arrêta à Ostuni pour déjeuner sur la *piazza* della Libertà, non loin de la *guglia* di Sant'Oronzo, une sorte de haute pyramide baroque, dédiée au saint local du Salente. La ville blanche était elle aussi dévorée par le tourisme de masse. La métamorphose avait été rapide. Voilà moins de cinq ans, Michela y avait donné une conférence. Le vieux bureau de tabac et la librairie avec sa vitrine en bois où j'avais acheté ce livre de Carlo Levi, *Il futuro ha un cuore antico* (Le futur a un cœur antique), avaient tous deux disparu. Sur la place de la Mairie, ce n'étaient plus que restaurants en file indienne, à la chaîne.

On quitta vite ce nouveau « paradis » des *dromomanes* pour nous diriger vers le nord. Au milieu d'une forêt de pins, nous aperçûmes enfin la fameuse forteresse octogonale de Frédéric II de Hohenstaufen.

— On visite ?

— Si tu y tiens.

Je prenais volontairement un air détaché en espérant que les lieux éveilleraient la curiosité du fiston. Nous avons déambulé au milieu des groupes de touristes dans les hautes salles trapézoïdales des huit tours du château... Les guides insistaient sur la modernité de ce monument qui aurait annoncé la rupture entre le Moyen Âge et la Renaissance. Je ne sais pourquoi mais, dès qu'il est question de Frédéric II, les historiens crient au génie et à l'avant-gardisme en tous les domaines. Ce féru de poésie, d'astrologie, de médecine, de mathématiques, aurait été le premier à tenter de concilier la civilisation chrétienne et la civilisation arabe. Mais, en architecture, à lire les commentaires de Bertaux, il fut loin d'être aussi novateur qu'on le disait. Il tenait tout son savoir de nos architectes français.

— Encore ? C'est une manie.

J'expliquai à mon fils, en lui montrant quelques détails donnés par Bertaux, que les architectes de Frédéric II s'étaient inspirés des techniques déjà utilisées à Saint-Remi de Reims ou à Notre-Dame de Châlons-sur-Marne. Il y aurait même des traits de Notre-Dame d'Étampes. L'empereur était alors fasciné par nos architectes dont il avait admiré l'œuvre, l'*Opus francigenum*, un peu partout en Terre sainte dans le sillage des croisés. Ces architectes étaient passés maîtres dans l'art de s'approprier les traditions barbare, byzantine et arabe, en les mélangeant à l'antique savoir-faire celte et gaulois. Ce miracle des croisements artistiques me fascinait. Il nous avait permis de dépasser l'héritage romain.

— Si tu le dis, avait lâché mon fils, sceptique. Mais tu crois quand même qu'ils voyageaient tant que ça à l'époque ?

Bertaux avait souligné l'importance de ces échanges culturels à l'époque des croisades. Difficile à saisir pour mon fils. Je pense que moi aussi, à son âge, je n'étais sensible qu'aux histoires de puissance et de domination. Saladin, Louis XIV, Napoléon. Il m'avait fallu du temps pour saisir l'importance de la culture, celle-là même qui avait permis au maire du *paese* de lutter efficacement contre la mafia. Cette vigueur était pourtant sous nos yeux. L'influence pacifique des architectes français à Castel del Monte avait marqué l'esprit de ce chef-d'œuvre du XIIIe siècle et ce génie avait irradié sur toute la région bien plus que la force brutale des vieux Normands. Par là même, les grands centres de l'art oriental, la Turquie, la Grèce, l'Arménie, la Perse, avaient pénétré dans notre civilisation et l'avaient enrichie. Les racines les plus substantielles ne sont pas toujours celles que l'on croit. Elles réservent souvent bien des surprises, même à ceux qui s'en réclament le plus. L'Apulie était là pour témoigner.

Je voyais bien que mon fils avait cessé de m'écouter. Nous étions assis sur les rebords de cette grande fenêtre à meneaux qui offrait une vue magnifique sur toute la forêt qui s'étendait jusqu'à l'Adriatique dans le lointain.

— Je peux te demander quelque chose.

— Bien sûr.

Je vis qu'il hésitait. Puis il se hasarda.

— Tu penses que tu te sentiras un jour complètement chez toi ici ?

La question me frappa. Avait-il perçu le sens caché de ma passion pour Bertaux ? En revenant dans le berceau de notre civilisation, je savais bien que je n'y cherchais pas d'ancêtres mais des racines. J'espérais y retrouver un peu de cet esprit des origines. Mais j'étais né à Paris dans le rêve des Trente Glorieuses. J'avais été marqué par le progrès. Mon nouvel enracinement pouvait-il être parfaitement authentique ? Qui pouvait dire si le désir de revenir en France, dans la terre de mon enfance, ne resurgirait pas un jour ? « On n'emporte pas la patrie à la semelle de ses souliers », disait Danton. Mais tout de même.

60

La *tabacchina*

Quand mon fils est parti, nous avons passé la semaine du 15 août calfeutrés dans notre enclos, comme l'année précédente. J'avais repris goût à cette solitude, au milieu des bouquins. Dans cette retraite, je repris la correction de notre *Histoire de la République* qui devenait un monstre de près de deux mille pages et qu'il fallait absolument réduire d'ici la fin de l'été. Nous avions déjà plus d'un an de retard avec Thomas. Et un sentiment d'urgence, une volonté de transmettre quelques principes hélas bien oubliés me hantait. Là encore quelque chose allait se perdre. Je ne sortais plus. Nous restions avec Michela toute la journée sans voir personne. Même Bianca avait cessé de venir. Michela lui avait dit qu'on pourrait maintenant se débrouiller seuls. J'avais été un peu affecté. Bianca aussi, m'avait-il semblé.

Seul le maire est passé un matin pour nous saluer et nous dire qu'il ne participerait pas à la fête de Sant'Oronzo. Depuis son altercation avec le curé, le maire n'en démordait pas : « Qu'il ne compte pas sur moi pour donner à Sant'Oronzo les clefs de la ville. »

Nos modernes Peppone et don Camillo n'en finissaient pas de se chamailler. Pour ce qui nous concerne, nous avions raté la fête l'année précédente à cause de ces histoires de banque et comptions bien nous rattraper cette année avec ou sans Monsieur le maire. Il semblait particulièrement remonté. Il nous annonça qu'il ne se représenterait pas. « La situation est grave, dit-il. Quand j'allais dans les *periferie*, dans les années 1990, les gens se précipitaient pour me demander un service. Maintenant, les portes se ferment. Les gens ont perdu confiance. La révolte gronde. Bientôt, il ne faudra pas s'étonner si le sang coule à nouveau, comme en 1947. » Je sautai sur l'occasion. Cela faisait un an que je voulais éclairer ce mystère du journal du *zio*. Pourquoi ce *diario* s'arrêtait-il précisément cette année-là ? Que s'était-il passé ici ?

« Les paysans sans terre ont commencé à occuper les grands domaines des latifundiaires », m'expliqua le maire. Je le savais plus ou moins. Mais il me donna plus de détails. Le peuple en a eu assez que l'État libéral ne tienne pas plus ses promesses que le fascisme. Les autorités avaient promis de distribuer des terres en 1918, en 1924 et en 1944 ; mais les démunis ne voyaient toujours rien venir. Alors ils se révoltèrent aux cris de « *terra, terra !* » Ce fut un temps de grands espoirs. Surtout dans le Salente. « Nous étions à la pointe de la révolte paysanne, dit le maire avec fierté. Il y eut même au *paese* une des plus grandes manifestations de l'époque à l'initiative du parti communiste, de la CGIL et de la Federterra »... Je sursautai en entendant ce nom.

Le téléphone du maire sonna à cet instant, interrompant son exposé. Il regarda son portable et nous dit : « Il faut que j'y aille. On ne se verra peut-être plus avant votre départ. Alors, bon retour ! » Et il fila comme à son habitude.

Cette fois-ci, j'ai laissé Michela le raccompagner pour me précipiter dans le bureau. *Federterra* me disait quelque chose. Dans mon souvenir, un des gros dossiers du *zio* que j'avais apporté de chez les cousines portait ce nom. Je le retrouvai dans la pile posée par terre à côté de l'armoire. En détachant la lanière en cuir, je découvris une foule de chemises cartonnées. Il y avait pléthore de contrats poussiéreux, des extraits de journaux et des tracts jaunis de la Federterra, cette centrale syndicale dissoute par le fascisme et qui s'occupait des travailleurs des champs.

À l'intérieur, l'un des classeurs était intitulé : *tabacchine*. C'était le nom de ces jeunes ouvrières des manufactures de tabac du Salente. Car la vallée de la Cupa n'avait pas seulement été une terre d'oliviers et de vin mais aussi de tabac. Tout avait commencé au siècle des Lumières, lorsque le pape Benoît XIII leva l'excommunication des fumeurs de tabac. Les jésuites l'avaient persuadé qu'une prise permettait de rester chaste avant la messe !

Je me demandai pourquoi le *zio* avait réuni autant de documents sur cette industrie. Ce fut certes une des plus florissantes du Salente. Mais quel rapport avec ses préoccupations ? Le tabac joua ici le rôle des houillères dans le nord de la France ; il offrit du travail, corrompit les âmes et modela le paysage. La monarchie avait concédé à des capitalistes locaux le droit de produire du tabac. Ces derniers firent construire de nombreuses usines qui sont aujourd'hui à l'abandon, non sans ressemblance avec leurs hautes cheminées à des friches industrielles du Nord-Pas-de-Calais. Un pays de corons au milieu des oliviers.

Seules les femmes acceptèrent de travailler dans ces entreprises infernales du tabac. Les hommes laissèrent cette tâche ingrate aux *tabacchine*. Des femmes contremaîtres étaient chargées de recruter ces jeunes ouvrières et elles le firent avec la même cruauté que les *caporali* aujourd'hui. Les *maestre* sélectionnaient chaque matin sur la place du village les filles qui auraient droit de travailler, écartant arbitrairement celles qui avaient démérité ou dont la tête ne leur revenait pas. Comme certaines de ces malheureuses avaient absolument besoin de nourrir leurs enfants, on assistait à des scènes pathétiques. Certaines suppliaient la *maestra* à genou. *Fammi venire !*

Le *zio* avait conservé de nombreuses photos de ces *tabacchine*. Je regardai leurs jeunes visages, l'un d'eux revenait de façon récurrente. Il s'agissait d'une belle brune, tête fine et altière, la mâchoire volontaire. Une chose paraissait évidente. Ces beaux minois avaient tous un sourire étrange, le regard dur. Comme ces vieilles que je croisais le soir dans le *paese*. Je me trompais en mettant cette dureté sur le compte de la *jettatura*, la superstition, le « mauvais œil ». Beaucoup de ces femmes avaient simplement perdu très jeune le moindre espoir. Leur regard témoignait de l'injustice et des humiliations qu'elles avaient subies. Pourquoi n'y avais-je pas pensé plus tôt ?

Certaines *maestre* prenaient un malin plaisir à humilier leurs *schiavette*, leurs « petites esclaves » qui devaient filer le tabac plus de dix heures par jour, dans un silence de mort. Le soir, à la sortie de la manufacture, elles étaient fouillées de la façon la plus impudique, y compris dans leurs parties les plus intimes, afin que personne n'emporte à la maison la moindre feuille de tabac cachée dans une manche ou roulée dans une chaussure. Celles qui se rebellaient étaient frappées, parfois violées, dans les ateliers par des hommes de main du concessionnaire.

Michela m'appela : « Prépare la table ! » En disposant les couverts, je lui demandai si elle savait quelque chose au sujet de ces *tabacchine*. Pourquoi le *zio* s'était-il intéressé à leur sort ? Elle n'en savait rien. « Dans mon enfance, je me souviens seulement de ces femmes qui filaient encore le tabac dans le *vico* della Giudecca, derrière la maison, là où les voisins garent maintenant leur Mercedes. » C'était une de ces *corti* si typiques du *paese*. Elle m'expliqua que, jusque dans les années 1980, les femmes passaient des heures, après les récoltes, à enfiler les feuilles de tabac sur une aiguille d'acier pour les faire sécher sur des tréteaux de bois. Une fois sèches, elles les apportaient à la manufacture.

J'avalai le déjeuner à toute vitesse pour retourner dans le bureau. Je brûlais de finir de consulter les dossiers pour percer le nouveau mystère du *zio* et de ces *tabacchine*. Michela soupira : « Ah ! tu n'es pas capable de te comporter normalement, même en vacances... »

Je ne fis pas attention à l'amabilité. J'avais déjà refermé la porte du bureau. En ouvrant la dernière chemise, je compris. Le *zio* avait plié dans une ultime brochure, avec d'autres photos jaunies, une dizaine de feuilles manuscrites reliées par une ficelle. Le texte avait pour titre un prénom : « Bianca. » Comme celui de l'ancienne femme de ménage. Probablement était-ce le prénom de la jeune fille dont le visage revenait souvent dans les photos. Ce que je découvris alors, je ne m'y attendais pas. Le *zio* avait eu une quatrième amante, une autre *mantenuta* dont il n'avait parlé à personne. Cette jeune fille pauvre, originaire de Guagnano, était la belle-sœur de Maria, la *tarantata* dont le *zio* avait décrit dans son journal la transe à Galatina... Elle avait été élevée avec elle et la chérissait comme sa propre sœur.

Bianca avait refusé de faire partie du harem oriental du *zio*. Personne ne connaissait son existence. Ils se voyaient en cachette dans une petite *masseria*, sur les hauteurs du *paese*. C'était une ancienne maison à la sortie du village, près d'un édicule de la Madone. On pouvait y entrer discrètement par une petite porte dérobée, derrière le tabernacle. Bianca et le *zio* s'y retrouvaient pendant la sieste. Les jours passaient. Jusqu'à l'arrivée du fascisme. Alors, tout bascula. Les nouvelles autorités firent enfermer certaines *tarantate*, arguant qu'elles étaient atteintes de folie. Les « hommes de progrès » de l'époque s'appuyaient sur les avis de certains médecins qui avaient étudié ces « épouses de saint Paul ».

Maria fut conduite dans un hôpital psychiatrique pour être traitée à coups d'électrochocs. Bianca implora le *zio* de faire libérer sa belle-sœur. « Mais je ne suis pas fasciste. » « Tu as des relations. » Le *zio* ne se voyait pas supplier un hiérarque du régime. Il refusa. Les deux amants se disputèrent. « Un peu de courage », lui cria Bianca. « Je ne veux pas me renier », lui répondit le *zio*. « Tu n'as jamais cru à rien ; alors qu'est-ce que ça peut te coûter ? » Blessé, le *zio* s'emporta. « Qui voudrait aider cette folle ! » L'être humain est souvent conduit à détester la personne qu'il ne peut sauver car celle-ci le renvoie à sa propre impuissance. « Pauvre type, minable, *vigliacco* », cria Bianca. En s'entendant traiter de « lâche », le *zio* ne se maîtrisa plus. Un coup de cravache partit. Il frappa Bianca au visage. Elle tomba. Un mince filet de sang coula sur sa joue.

Le *zio* rentra chez lui, ce soir-là, comme soulagé. Mais, dès le lendemain, Bianca lui manqua. Il alla chez sa mère pour se faire pardonner. Bianca refusa de lui ouvrir sa porte. C'était fini. Il apprit assez vite que, pour survivre, elle avait proposé ses services à une *maestra*. D'où l'intérêt soudain du *zio* pour ces ouvrières dont il ne s'était auparavant jamais soucié.

À plusieurs reprises, il chercha à sortir Bianca de cet enfer. Il l'attendait le soir, au retour de la manufacture et la suppliait. Mais Bianca était trop fière. Il n'avait pas été capable de sauver sa belle-sœur. Un jour, le *zio* remarqua que Bianca avait grossi. Elle était tombée enceinte. Un concessionnaire avait abusé d'elle. Un pauvre miséreux de Novoli accepta de jouer le rôle de saint Joseph.

Le *zio* perdit alors tout espoir, jusqu'à ce jour particulier...

61

« Ce fils de pute d'Umberto ! »

Je poursuivis la lecture de ces quelques feuilles éparses, rédigées probablement après 1947, voire peut-être à la fin de sa vie. Si j'avais eu la clairvoyance de les classer plus tôt, ces missives m'auraient livré depuis belle lurette le fin mot de cette triste histoire. Le « jour malheureux » qu'il évoquait dans son journal fut celui d'une manifestation qui mit fin à tous ses espoirs. Il avait été élu maire du *paese* en 1946 à la tête d'une liste opposée aux communistes. Le *zio* ne se faisait pas d'illusions sur ses soutiens. Ayant été un des seuls propriétaires des environs à n'avoir jamais frayé avec le fascisme, les autres agrariens l'avaient poussé à se présenter, faute de mieux. Cette élection fut, d'après le *zio*, à l'origine de ses malheurs. L'inflation était galopante, la guerre entre les paysans sans terre et les latifundiaires pouvait éclater à chaque instant. Les changements de régime ne calmaient en rien la colère des paysans. Le roi Victor-Emmanuel III, trop impliqué dans l'arrivée au pouvoir du fascisme, avait pourtant cédé la couronne à son fils, Umberto II. Mais, dans les rues du *paese*, les plus radicaux ne s'en satisfaisaient pas ; on les entendait hurler : « *Senti, conosci quel figlio di troia, di nome Umberto, cognome Savoia ?* » « Dis-moi, tu connais ce fils de pute de prénom Umberto et de nom Savoie ? » La ville de Lecce était restée royaliste. Mais les campagnes se rebellaient. Le choix de la République, le 2 juin 1946, ne mit pas fin aux tensions.

Les nouvelles autorités italiennes étaient terrorisées à l'idée que les communistes puissent l'emporter aux premières élections législatives de l'après-guerre, en 1948. Les services secrets américains se préparaient en cas de victoire du PCI à une guerre civile. À Naples, leurs agents recrutaient des troupes d'appoint dans les rangs de la Camorra ou de l'extrême droite. Dans le Salente, des nostalgiques du Duce sillonnaient la campagne pour alerter les paysans contre le danger du communisme.

De leur côté, les paysans sans terre avaient retrouvé l'audace de leurs ancêtres brigands. Le 12 septembre, des centaines de manifestants, des *braccianti*, émules modernes de Spartacus et de Carmine Crocco, aidés de *tabacchine*, prirent d'assaut le *paese*. C'était ce dont avait voulu me parler le maire avant de nous quitter. Les révoltés, à l'appel des sections locales du parti communiste (PCI), de la CGIL, la CGT italienne, et de la Federterra, bloquèrent les rues et empêchèrent les autres paysans de se rendre aux champs.

En toute hâte, le responsable provincial de la Démocratie chrétienne (DC), un banquier qu'on surnommait le *commendatore*, télégraphia au ministre de l'Intérieur, Mario Scelba, pour demander une intervention « immédiate et énergique » des autorités. La panique s'emparait des possédants.

La ville fut placée en état de siège. Le préfet suspendit le *zio* de ses fonctions. Ne le jugeait-il pas assez fiable ? Il le remplaça par un commissaire de la préfecture qu'il jugeait plus apte à affronter cette « guerre sociale ». Le 20 au matin, le traditionnel marché du *paese* fut « suspendu », les commerçants préférèrent baisser leurs rideaux de fer.

En fin d'après-midi, alors qu'il commençait déjà à faire nuit, les premières échauffourées opposèrent les jeunes communistes aux carabiniers et vigiles appelés en renfort par le *commandatore*. La situation dégénéra, observe le *zio* de la fenêtre de son bureau, au premier étage de la mairie. Le commissaire de la préfecture l'avait invité à rester à ce poste stratégique. Puis une terrible détonation éclata au milieu des forces de l'ordre. Quelqu'un, du côté des manifestants, avait lancé une bombe sur les carabiniers. Certains d'entre eux tombèrent, blessés aux jambes ou au torse, d'autres titubaient au milieu d'un nuage de poussière, le visage en sang. Alors leurs camarades, dans la panique, tirèrent à la mitraillette. Les manifestants se dispersèrent, laissant derrière eux une demi-dizaine d'hommes à terre. Deux étaient morts sur le coup, un autre se tordait de douleur près de la Chiesa Madre.

Très vite, après un moment de stupeur, des cris fusèrent parmi la foule.

Assassini, assassini !

Des militants désignèrent la fenêtre éclairée de la mairie où se tenait le *zio*. Une femme, dans la foule, cria plus fort que les autres : *Vergogna !* On accusait le *zio* d'être le bras armé des latifundiaires fascistes. On lui lança des pierres. Il eut juste le temps de se retirer du cadre de la fenêtre mais il reconnut son accusatrice à la lueur d'un flambeau. Bianca ! Elle avait pris la tête des *tabacchine* qui battaient le pavé avec les autres émeutiers. Elle savait pourtant que le *zio* ne partageait pas les préjugés de ceux qui l'avaient porté à la tête du *paese*. Mais elle ne lui avait toujours pas pardonné.

Elle se précipita sous les fenêtres du *zio*. Les plus agités tentèrent de forcer le porche de l'hôtel de ville avec un pied-de-biche. Le *portone* faillit céder. Les employés municipaux exfiltrèrent le *zio* par une petite porte dérobée et un employé lui prêta des habits de paysan pour rentrer en cachette se barricader au couvent. Ce soir-là, les esprits étaient si échauffés que, si on l'avait reconnu, traversant la place en douce, il aurait fini sous une lanterne.

Le lendemain, quand les choses s'apaisèrent, le *zio* reçut en fin d'après-midi une délégation de latifundiaires des environs. « Tu vois ce qu'il en coûte d'être trop généreux avec le peuple. Il est comme un enfant. Tu dois te forcer à être plus sévère. »

Le *zio* se moquait bien de ces leçons.

Il ne repensait plus désormais qu'à ces jours heureux passés dans la petite maison de Villa Baldassare avec Bianca, loin des fureurs du monde. Comment avait-elle pu l'accuser ? Savait-elle qu'il avait cherché tant de fois à la reconquérir ? Un immense vide s'empara de lui.

Le *zio* ne se remit pas de ce jour tragique. Bianca lui avait rappelé qu'un homme doit choisir son camp. Pour ne pas l'avoir fait, il avait tout perdu. Il y aurait toujours d'un côté les *vinti della vita*, les « vaincus de la vie », et de l'autre les vainqueurs. Ce n'était pas toujours les mêmes. Car la roue tourne, mais pas les esprits. Les faibles se laisseraient toujours abuser et les forts continueraient à les manipuler. Aucun d'eux ne comprendrait le courage avec lequel les faibles devaient affronter la vie. Tous se désoleraient en revanche de leur fureur brutale. Ceux qui ont ôté ses yeux au peuple se plaignent qu'il est aveugle, disait le poète Milton dans *Le Paradis perdu.* La seule voie à prendre, se dit le *zio*, c'est celle de l'huître : se protéger du monde comme il va.

Il retourna sans regret à sa vie d'avant, ses femmes et le jeu. Mais il n'était plus le même. Il passait parfois des heures dans le silence de la chapelle en attendant la révélation d'une combinaison numérique qui ne le fit jamais gagner. Il y mit une frénésie redoublée qui le conduisit à la ruine.

Sa famille avait réussi à cacher son journal pour masquer sa déchéance. Mais ces quelques notes secrètes avaient échappé à la vigilance des siens. Le *zio* concluait son récit par un mot de don Lele. Ce nostalgique de la monarchie des Bourbons n'avait cessé de dire au *zio* quand il était jeune : « Tu verras, un jour, tu me comprendras. *Si stava meglio quando si stava peggio.* » « On vivait mieux quand on vivait plus mal »...

Je refermai le dossier, un peu dérouté par cette étrange leçon. Il était tard. Je jetai un œil par la fenêtre. La nuit tombait. Je dis à Michela que le moment était venu d'aller voir la procession.

62

Le doigt de Jésus

En arrivant sur la place du *paese*, où se tenait la fête de Sant'Oronzo, je repensais à tout ce que nos monuments, même les plus simples, renferment de passé tragique. Je regardais la fenêtre de la mairie d'où le *zio* avait suivi la manifestation. Qui pouvait soupçonner l'histoire sanglante de ces lieux ? Nous traversâmes la place éclairée de *luminarie* féeriques.

Michela m'avait à plusieurs reprises parlé de cette nuit de Sant'Oronzo qui réveillait ses souvenirs d'enfant. « Tu verras toutes ces *bancarelle.* » Ces étals vendaient autrefois des petits poussins peints de toutes les couleurs, des *mustazzoli*, de petits biscuits secs à la pâte d'amande, d'origine arabe, typiques de la région, comme tant d'autres friandises, les *roccocò* ou les *struffoli.*

Malheureusement, la kermesse avait bien changé. Il y avait désormais deux fêtes de Sant'Oronzo, la religieuse et la civile. Cette dernière, qui avait pris possession de la *piazza* dès cinq heures du soir, n'avait plus du tout le charme que Michela conservait dans ses souvenirs. Les petits bancs remplis de poussins et de *mustazzoli* avaient fait place à de grosses baraques à frites et à des camionnettes de forains aux néons aveuglants. Ces dernières étalaient devant la Chiesa Madre tout ce qu'il y avait de plus vain et de plus vulgaire de nos sociétés commerciales, des appareils ménagers aux ours en peluche en passant par les barbes à papa multicolores. Le sacre de la pire réalité consumériste du Sud. Il régnait dans les allées une atmosphère de fête à Neu-Neu de la région parisienne. Michela fut très déçue. En philosophe de gauche, elle n'osa le dire, évidemment, mais il fallut bien l'admettre : « c'était mieux avant ».

La cérémonie religieuse semblait pour sa part inchangée depuis des siècles, ou tout au moins des décennies. La foule des fidèles sortit de la collégiale vers huit heures du soir et attendit, en demi-cercle, devant l'église de Sant'Oronzo. Les deux édifices se faisaient face. Les grandes portes de Sant'Oronzo étaient fermées toute l'année. Elles se sont ouvertes et, pour la première fois, je découvris l'intérieur de la chapelle, avec son immense autel en stuc rococo encadrant la statue de saint Oronzo. De longues minutes s'écoulèrent avant que la *banda* ne commence à jouer. Il fallait d'abord que les autorités prennent place devant les escaliers. « Qu'ils se dépêchent ! » Il y eut quelques protestations dans l'assistance contre leurs élus. « Pourquoi les attendre ? » Quand le représentant du maire arriva, dans un beau costume-cravate, il y eut quelques murmures et des applaudissements ironiques. « Enfin ! » cria la foule.

Les protestations cessèrent quand les membres des confréries de pénitents, vêtus de leurs scapulaires noirs, rouges, beiges, et de leurs bannières, se présentèrent sur le parvis de l'église. Chacun retint son souffle. Une dizaine de pénitents soulevèrent la statue du saint sur leurs épaules et la descendirent sur la place. La *banda* se mit à jouer avec entrain des airs du répertoire de l'époque de Verdi. La musique n'avait pas changé depuis le Risorgimento, allègre et harmonieuse. J'étais juste à côté du saint quand il pencha tout à coup sur la gauche, manquant de se renverser. J'aperçus Gigi et Pippi dans la foule, non loin de moi, qui poussèrent un cri. Les pénitents redressèrent la statue d'Oronzo et la déposèrent sur un piédestal recouvert de velours cramoisi.

À cet instant, la bande s'arrêta de jouer. Le représentant du maire s'avança vers la statue. Le *sindaco* avait tenu parole. Il ne s'était pas déplacé. L'adjoint monta sur une petite estrade et, de façon très solennelle, il déposa les clefs de la ville dans la main gauche de Sant'Oronzo, celle qui était levée vers le ciel. La foule était en extase. Et, pour une fois, j'arrivais à comprendre pourquoi : j'étais moi aussi saisi d'émotion devant cette communauté réunie autour de son saint patron. Quand la clef fut sur le doigt, les applaudissements de joie fusèrent de partout. Étonnant symbole... En France, ce genre de cérémonie bien peu « laïque » n'aurait suscité que des sarcasmes. Ici, San Oronzo n'était plus seulement un membre de l'Église ; il faisait partie des racines du *paese* ; même les communistes les plus laïques le vénéraient. Tout le village emboîta le pas aux pénitents, précédés par la fanfare.

Je restai sur le parvis de la Chiesa Madre pour suivre le cortège du regard. Je vis défiler tous les gens du *paese* que je connaissais. La famille de Gigi, sa femme et ses filles, la boulangère et son mari, Pippi, le kiosquier,

Emma et Matteo, les architectes qui nous avaient permis de restaurer la maison, Laura, la jeune marchande de légumes, qui me fit un petit signe de la main, serrant de l'autre son copain, la mère du jeune play-boy qui était venu le premier jour avec Gigi, Massimo, le macho poseur de *zanzariere*, Enzo le jardinier et même le *serial* dragueur qui avait abandonné sa décapotable. Il manquait Bianca ; elle arriva un peu en retard avec une copine et, quand elle me vit, elle se précipita pour me parler. Elle semblait métamorphosée. Nous ne nous étions plus revus depuis que Michela lui avait dit qu'on pourrait se passer d'elle. Ce soir, elle semblait heureuse, un peu excitée même. Elle me dit, provocatrice : « Cette année, je crois que c'est décidé, je vais retourner m'inscrire à la fac ; ce sera bien à cause de vous. » Cette perspective semblait la ravir.

Tout le monde avait l'air serein. J'ai aussi croisé Amelia, la « Corse » que j'avais rencontrée à la mairie bien avant de nous lancer dans les travaux. Elle me reconnut tout de suite. « Alors, *professore*, j'avais raison, non ? Est-ce que vous avez été embêté ici ? » Je souris, tout en pensant « Pourvou qué ça doure », comme disait la maman de Buonaparte.

Un petit vent commença à souffler sur le *paese*. Certains châles s'envolèrent. Des vieilles se mirent à courir. *Gli sbalzi di tempo*, m'avait dit Enzo, le jardinier, qui était venu prendre les dernières consignes pour s'occuper de l'enclos pendant notre absence.

Sbalzare, c'est comme le *swing* anglais ; ça bouge rapidement, ça saute ! Comme les *tarantate*...

En voyant toutes les confréries se suivre en file indienne, un bref éclair me traversa l'esprit. Avais-je bien jugé cette religiosité tridentine, faite de présence, de foi éclatante, de cortèges, de couvents et de moines, de superstitions mais aussi de rites ? Ce fruit d'un syncrétisme pagano-chrétien avait conservé une coloration magique. Je l'avais tant de fois jugé avec hauteur à Paris. Nous avions grandi au Nord dans l'idée que ce catholicisme méridional de la présence était d'un autre temps ; un répertoire de recettes magiques et frelatées qui devait disparaître. Il avait été la cible rêvée de la critique athée, protestante et agnostique. Je repense à ce que m'inspirait jadis cette terre miséreuse, où chaque pierre était gorgée de mystère et de candeur. Aujourd'hui, je m'interroge sur ce qui a conditionné nos ricanements. Où nous ont menés nos propres certitudes ? De partout, on entend des signaux d'alarme : la « maison commune » est en péril. Tous les savants sont unanimes, ou presque. La planète va devenir invivable et nous finirons par en être chassés comme Adam et Ève du paradis terrestre. Mais « freiner » est contraire à l'esprit des Modernes. Nous avons épousé un culte qui nous a permis d'aller sur la lune. Alors nous en avons soigneusement occulté tous les dangers. « Tu n'es pas de ton temps ! » est une insulte dont on ne se remet pas. L'esprit de résistance est partout banni. Nous sommes des malheureux qui foncent sur la route, tout en sachant qu'au bout il y a un précipice. Mais nous continuons d'accélérer parce qu'une pensée obtuse nous persuade depuis la fable de Mandeville que le premier qui ralentit est perdu.

Devions-nous tout remettre en question ? Je n'en savais rien. Je commençais seulement à percevoir, à travers une multitude de détails, la sagesse de ces provinces de l'ex-royaume de Naples. Cette terre décriée avait su

« modérer le temps ». Finalement, je m'étais peut-être trompé : ce n'était pas parce que le *paese* avait quarante ans de retard sur la France qu'il me plaisait. La piété affirmée mais paisible de cette procession était parmi tant d'autres broutilles l'expression fragile d'une autre sagesse. J'avais lu quelques livres au sujet de ces Lumières napolitaines qui comptaient parmi les plus brillantes d'Europe au XVIIIe siècle. Elles n'avaient pas voulu renoncer à l'enchantement de l'existence ; elles s'étaient montrées plus indulgentes que les Lumières anglo-françaises à l'égard des rites magico-religieux dont elles avaient soupçonné le rôle de cohésion organique, surtout chez les plus humbles. Ces penseurs, même les plus audacieux, étaient restés fidèles à leurs prédécesseurs de la Renaissance. Ils avaient la conviction que le rite trahissait un besoin de commun face aux aléas et à la précarité de la vie. Par ces cérémonies, les sociétés primitives croyaient accéder à une forme de fusion organique supérieure qu'elles s'efforçaient de préserver. Ces pratiques des vieux peuples du Salente, comme la cérémonie du feu de la *focara*, la vie en communauté dans les *corti* ou la danse des *tarantate*, répondaient à cette crainte de dissolution des liens.

Je regardais passer ces gens du *paese*. Ils se dévouaient pour leur église, passaient des journées entières à répéter la musique de cette *banda* digne d'un opéra rural, ils organisaient cette fête avec ces magnifiques *luminare*, ils sonnaient tous les matins les cloches de la petite chapelle de l'ancien monastère de don Cataldo, ils endossaient l'habit de pénitent, etc. Ils n'avaient rien d'exceptionnel, mais ils étaient les derniers héritiers d'un monde fragile et me paraissaient mieux à même de ralentir l'esprit de destruction des puissants. Pasolini avait fait l'éloge de nos vieilles traditions, tout au moins celles du « sublime », car elles pouvaient selon lui se transformer en un usage profondément subversif face à l'esprit étouffant et satisfait des Modernes. Je n'aurais pas osé me le formuler ainsi. Le sacré demeurait certainement la part de l'homme la plus profonde et la plus fragile, celle qui offrait le moins de résistance à la profanation du pouvoir. Tout cela m'est apparu en voyant la frêle procession disparaître dans les rues sombres du village. Je ne sais s'il faut opposer la magie et la rationalité, si la civilisation moderne est née de cette confrontation. Pourtant, si Houellebecq s'était promené dans ce Sud italien, peut-être n'aurait-il pas écrit avec autant de certitude que la religion de Rome ne pourrait plus répondre « à l'instauration d'une nouvelle phase organique de civilisation ».

Cet absolu de la terre du Salente m'avait transformé. Ce couvent avait-il agi comme une sorte de révélation, un retour vers le sens des origines, capable de vaincre un nouveau Minotaure tapi dans les entrailles de mes propres illusions ?

Attention ! Je n'étais pas comme Thésée, sorti entièrement régénéré du labyrinthe de Cnossos. Je n'arrivais pas totalement à me fondre dans ce monde de mystères, de possessions et de magie. Feindre d'avoir été illuminé par les feux du Salente, ce serait un peu comme se mentir à soi-même. Je restais un homme du Nord intrigué par le Sud mais toujours un peu circonspect. J'avais conscience, comme Pasolini, de mes manques.

Je restais pour cette raison entre deux eaux, comme le jeune publicain du tableau du Caravage de l'église

Saint-Louis-des-Français de Rome. J'y allais parfois attendre Michela quand elle tardait le soir à sortir de *Montecitorio*. Cette *Vocation de saint Matthieu* me fascinait pour le visage du jeune homme qui regardait le doigt de Jésus indiquant la division entre le monde divin et le monde terrestre. Il avait l'air attentif et sceptique tout à la fois.

Et c'était au fond cette même impression que je ressentais ici. Cette église du Salente ne m'agressait pas. Paisible, elle ne m'apparaissait ni glacée, ni mesquine, comme celle de mon enfance. Au contraire, elle irradiait du feu de la charité et de l'abnégation. Serait-elle capable de prévenir toute soumission à des cultes bien plus impérieux ?

Je fus soudain rattrapé par la crainte : et si tout cet héritage du pardon et du tragique disparaissait à jamais ? J'avais l'impression de tenir entre les mains un chef-d'œuvre en péril que d'autres, de plus en plus nombreux, étaient prêts à sacrifier. Aurais-je pensé un jour me retrouver dans cette situation étrange de regretter ce que, jadis, j'avais jugé de haut ? Dans la *Psychanalyse du feu*, Bachelard résumait ce paradoxe : « Ce feu qui nous brûlait soudain nous éclaire. » Les feux du Salente ne me brûlaient plus.

Ils avaient commencé à m'éclairer.

63

Ricordati di me

C'était notre dernier dimanche avant la fête anniversaire de Michela. Ce séjour avait été bien plus réussi que le premier. Nous avions pu vivre deux mois sans voiture (ou presque), sans télévision, sans aller au restaurant, sans abuser de la plage, sans fréquenter le moindre festival, pas même la fameuse « Nuit de la Taranta » de Melpignano, et en évitant, on ne sait comment, toutes les *sagre*, les fêtes de village, qui pullulent l'été dans le Salente. Il y en avait pour tous les goûts. La *sagra* des escargots, la *sagra* des olives, des *pomodori* (tomates), des fèves (*fave*), et même le « polpetta festival » de Poggiardo.

Au *paese*, les touristes avaient disparu. J'étais allé prendre une de mes dernières *Gazzette* chez Pippi. Il était plus sombre qu'à l'ordinaire. « Les gens disent que, dans quelques années, ce sera ici la Californie d'Italie. Mais regarde ; tout le monde est déjà reparti »... Il semblait désespéré. Ce nom de « Californie » me faisait penser à des forcenés en jogging, hyperindividualistes, fous de leur corps et de nouvelles technologies, tremblant de fitness et de rêve de jeunesse éternelle. Une

« humanité augmentée », comme ils disaient, qui me donnait surtout envie de revenir à une humanité diminuée.

De retour à la maison, je retrouvai Michela sous la pergola. « On est vraiment bien ici. » Ce Salente m'apaisait. J'étais sûr que ce serait une des dernières terres où l'on rencontrerait des humains « augmentés » comme en Californie. Michela ne comprit pas. Elle me regarda, étonnée. « Tu serais devenu sentimental ? » J'étais juste content d'avoir trouvé un petit port solide sur cet océan déchaîné, un lieu qui résiste à ma fâcheuse tendance à me lasser de tout. Une terre rassurante où je pouvais faire la paix avec moi-même.

J'ai même accepté un jour d'accompagner Michela à la chapelle familiale. Les Italiens du Sud vont souvent honorer leurs morts. C'est une des distractions du dimanche après-midi. À Bayonne, aussi, nous allions souvent sur la tombe de mon grand-père. Et puis tout s'est perdu.

Les gens du Sud ont le culte des morts. *Ricordati di me !* « Souviens-toi de moi », implorait Pia de'Tolomei dans le Purgatoire de Dante. Ce *ricordati di me* bouleversant est devenu en Italie un des vers les plus célèbres du grand poète. On parle souvent de cet appel déchirant de « la » Pia.

Dans le Mezzogiorno, le lieu où reposent les morts reste très attirant, avec ses allées de cyprès et ses sépultures baroques. C'était le cas de ce cimetière. L'entrée ressemblait à un temple néoclassique surmonté d'une inscription, où il était question du repos des os humains qui allaient ressusciter : *Per la pace delle umane ossa risorgiture.* Les chapelles des morts surpassent souvent en dorure et en ornements baroques les maisons des vivants. Surtout chez les plus pauvres. Plus la vie terrestre est laide, plus les gens s'efforcent d'embellir leur maison éternelle. Je reste sur ce point un homme du Nord. Cela continue à me sembler absurde.

La petite chapelle de famille était de style gothique, elle avait été reconstruite au début du fascisme, très sobrement en comparaison de tant d'autres caveaux. Il fallut s'y prendre à deux reprises pour ouvrir le porche. La poignée était coincée. La porte finit par céder en grinçant. En pénétrant à l'intérieur de la chapelle, j'eus le sentiment de violer la tombe de Néfertiti. Que venais-je faire ici ? Michela me montra les sépultures de ses aïeux. « Il n'y aura bientôt plus de place », ironisai-je avec embarras.

La mort, cette « première nuit de tranquillité », ne faisait pas partie de mon univers. Je suis sur ce point resté un pauvre Moderne. Dans ses *Minima moralia*, Adorno avait pronostiqué ce qu'il appelait la « mort de la mort ». On ne parle plus de ces choses simples. Peut-être parce qu'elles nous paraissent si effrayantes. On occulte la mort, on l'éloigne de nos centres-villes. Des hallucinés pensent qu'ils vont par quelque miracle rendre l'homme immortel. Ils n'ont pas saisi que ce jour marquera la disparition de l'humanité.

C'était une des grandes leçons des Anciens. L'homme disparaîtra, dit Lucrèce dans le *De natura*, quand il aura définitivement perdu le sens des choses : « Un corps ne peut subir *un changement qui le fasse sortir de ses limites*, sans que ce soit aussitôt la mort de ce qu'il est » (Lucrèce, *De Natura*, II, 750-54).

— Voilà, c'est là qu'on va reposer, me dit Michela en désignant le caveau vide, à droite de l'autel, sous celui de ses parents.

Cette vue me paralysa. Je regardai ce caveau où elle me proposait de finir et j'eus un frisson. À cinquante ans, je ne m'étais encore jamais posé la question de savoir où je serai enterré. À ce moment précis, je ressentis comme à Castel del Monte avec mon fils ce que pouvait bien signifier avoir des racines. Même à l'ère globale. Et j'ai songé à cet ami qui, lorsqu'il était secrétaire général d'une préfecture de la région parisienne, m'avait dit qu'il passait son temps à signer des autorisations pour envoyer les cadavres d'une partie de ses administrés en Afrique. « Au fond, on est du pays où l'on décide de se faire enterrer », résumait-il. En acceptant de reposer au *paese*, je franchirais une ultime étape d'enracinement. Ces petits détails réveillent de grandes questions. Avais-je les mêmes souvenirs, les mêmes émotions que les gens avec qui Michela me proposait de reposer ? Il existe en général, entre des individus d'une même patrie, ce que Jaurès appelait « un fonds invisible d'impressions, d'images, de souvenirs, d'émotions ». Avais-je ce même « fonds invisible » que les gens d'ici ? En même temps, l'avais-je avec les adeptes de Marat ou de Vacher de Lapouge ? C'était l'épreuve de vérité. J'écoutais la musiquette italienne dans ma jeunesse quand tout le monde autour de moi la détestait. Mais était-ce suffisant ? Pupo plutôt que Johnny ? Après tout, ce n'était pas pire de finir ici que dans un anonyme cimetière de banlieue. Et, puis, on avait encore le temps, c'est du moins ce que je me suis plu à croire.

En sortant de la chapelle, je vis qu'il y avait pas mal de monde en cet après-midi, dans les allées du cimetière. Je regardai une dernière fois les tombes fleuries, geste impuissant contre cette implacable loi des modernes qui fait oublier à chaque homme ses aïeux et lui cache ses descendants, tout en le séparant de ses contemporains ; « elle le ramène sans cesse vers lui seul et menace de le renfermer tout entier dans la solitude de son propre cœur », écrit Tocqueville.

En Italie du Sud, cette règle était un peu moins radicale qu'en France. *Ricordati di me* était aussi un tube populaire d'Antonello Venditti qu'on écoutait dans les années 1990. *Ricordati di me, quando ridi, quando sei da sola. Fidati di me, questa vita e questo tempo vola.* Souviens-toi de moi quand tu ris, quand tu es seule. Fais-moi confiance, cette vie et ce temps volent...

Les anniversaires sont là pour nous rappeler à notre finitude. Passé un certain âge, ce ne sont plus que de tristes prises de conscience déguisées en fête.

64

Une maison hantée

Ils étaient tous venus en bus de Tarente pour l'avant-dernier jour, précisément celui de la fête d'anniversaire de Michela. Rocco avait loué au club sportif de son village ce « poolman » énorme qui servait à transporter l'équipe de foot locale. Il avait lancé : « Si on y va tous ensemble en bus, on pourra boire comme on veut. » C'est ce qui avait emporté la décision. Tous les amis de la plage et du club, près de Tarente, s'étaient cotisés pour louer cet engin énorme qui les avait conduits au *paese* en traversant tout le Salente. J'imaginais le trajet, Rocco haranguant la foule sur les nécessités de reconstruire le mur de Berlin. Et je supposais la réaction de Giulio ou de Carmelo qui devaient se dire : « On ne peut pas le faire taire ce banquier coco ! »

Michela avait lancé les invitations dès le début de l'été. « Ce sera le premier anniversaire dans la nouvelle maison. Alors ne venez pas tard si vous voulez la voir avant la tombée de la nuit. » Évidemment, ils sont arrivés en retard. Ils étaient pourtant partis de bonne heure mais le bus n'avait pas voulu se hasarder au centre du *paese* ; il avait eu peur de rester bloquer dans les venelles et le chauffeur avait garé son mastodonte à l'extérieur, près de la *Corea*, une zone du *paese* qui s'appelait ainsi, avais-je cru à tort, parce qu'elle était toujours inondée par de fortes pluies. Une Corée des Pouilles.

Il avait plu à nouveau la veille. De façon brutale. Le temps ne se contentait plus de « swinguer ». Il se déréglait définitivement comme sur les îles grecques après le 20 août. « *Si sono rotti i tempi* », les équilibres se sont rompus, avait dit Gigi qui était venu réparer le four qui nous avait lâchés au pire moment. *Mannaggia !* dit-il, comme à son habitude au téléphone. Et il débarqua le plus vite possible.

L'été avait muté. Les fortes chaleurs africaines avaient cessé et le ciel s'était petit à petit dépouillé de sa blancheur saturée de chaleur, passant au bleu pur, comme en Gascogne. Il continuait à faire très chaud dans la journée mais, le soir, grâce à l'air des Balkans, on recommençait à respirer. La pluie de la veille avait été si forte, dévalant des terrasses par l'escalier de l'*ortale* en jets impressionnants, s'amoncelant dans la cour, que j'ai cru un instant que la maison allait être inondée. J'étais allé dans le jardin pour humer sous la pergola l'odeur de la terre juste après la pluie. Rien. Il n'y avait pas ce relent de glaise mouillée qui faisait le charme des lendemains de pluie en Gascogne. Tout était redevenu sec comme avant. La terre avait dévoré l'eau en une seconde comme un démon affamé.

Nous attendions les copains de Tarente de pied ferme. La mère de Michela était passée pour donner un coup de main. Plus de cinquante bouches à nourrir, en comptant Gigi, Matteo et quelques amis des environs, comme Augusto ou les cousines. Il fallait s'organiser. Michela et sa mère préparèrent en deux jours un buffet digne d'Apicius, ce goinfre de l'époque de Tibère qui n'avait pas hésité à affréter sur-le-champ un navire pour traverser le détroit de Sicile quand il entendit dire que les crevettes de Libye étaient les plus grosses du monde.

Je m'étais chargé à ma modeste mesure de ranger la maison.

Je disposais les chaises en osier sur la terrasse quand je crus entendre les Tarentais passer dans la rue. Je jetai un œil et les vis se diriger vers la place principale, guidés par Rocco. « C'est par ici », leur criai-je d'en haut, en leur indiquant le *portone*. La délégation rebroussa chemin. Je vis que les femmes s'étaient faites élégantes, portant des robes longues et de beaux colliers. Les hommes étaient en bras de chemise. J'ai souvent constaté dans le Sud que les femmes sont beaucoup plus sophistiquées que leurs maris.

En embrassant tout le monde sous la voûte du *portone*, je demandai à la cantonade si le voyage n'avait pas été trop difficile ; j'imaginais les prêches communistes de Rocco. Saverio me prit par le bras. « Rocco n'a pas dit un mot. » Je m'en inquiétai. « Alors Rocco, que se passe-t-il ? » Il me regarda puis il désigna d'un large geste de la main le groupe qui traversait l'*atrio* : « Avec tous ces petits bourgeois contents d'eux, qu'est-ce que tu veux dire ? Renzi par-ci, Macron par-là, l'époque des bouffons et des technocrates leur convient ; ils sont satisfaits. Voilà ! Alors, moi, je la boucle avant la tempête. » Au fond, Rocco ne perdait jamais de vue la perspective du

Grand Soir. J'admirais par certains côtés les entêtés, ne l'étant pas pour un sou.

Les amis de Tarente étaient tous venus en curieux, je le savais, parce que la plupart se demandaient ce qui pouvait bien nous retenir si loin de la mer en plein mois d'août. La maison était à dix minutes en voiture de la plage. Mais c'était déjà trop pour eux. Le culte de la plage est en Italie aussi sévère que le culte des reliques à l'époque de l'Inquisition de Pie V.

Nous étions de nouveaux apostats.

Les gens de Tarente se sont tout de suite présentés aux cousines et aux amis du *paese* que nous avions invités, sans ce moment d'embarras un peu guindé qu'on connaît en France. Les Italiens s'abordent franchement. Pas besoin de faire les présentations. J'avais disposé les buffets d'apéritifs, avec les *mozzarelle* et les *taralli*, dans l'*ortale*.

Les débats allaient bon train ; j'étais content. J'allais d'un groupe à l'autre, sans suivre les discussions. Je me souviens seulement du magistrat de la plage de Tarente qui vint assombrir un instant mon humeur.

— Vous n'avez pas trop de soucis ici ? me demanda-t-il.

— Non, c'est très tranquille, lui dis-je. Les années 1990 sont derrière nous.

Il fit la moue. Il semblait plus pessimiste que cette fois où nous nous étions parlé, cinq ans auparavant, avant de restaurer la maison.

— Nous allons vers des années compliquées, dit-il ; depuis la crise des *subprimes*, des clans du coin recommencent à faire parler d'eux.

— Tu n'es pas un peu trop sombre, fis-je.

Je pensais au fond de moi à cette farce de la « *mafia della xylella* ». Elle continuait à me hanter. Il me regarda, surpris.

— Ici, c'est peut-être calme mais va voir ce qui se passe en bord de mer. Tous ces hôtels de luxe, ces centres de vacances, ces boîtes... Crois-moi, si la mafia a perdu, l'État n'a pas gagné.

Et il ajouta, pour se faire bien comprendre :

— On peut tondre la pelouse mais les racines ne meurent pas.

Je voulais approfondir ce point avec le juge. Mais je n'en eus pas le temps. La mère de Michela apporta à ce moment les deux immenses *piattoni* de pâtes. Et je vis mon magistrat se ruer avec les autres invités sur ce qui est ici considéré comme le « clou » des buffets. En Apulie, comme partout en Italie, on mange des pâtes dans les réceptions. Il y avait des *orecchiette al sugo* et des *spaghetti al pesto*. Rouge et vert. Les couleurs du pays. Avec du parmesan ou du *cacioricotta* râpé. Les deux énormes soupières de pâtes furent dévalisées en un rien de temps.

Un petit malin – était-ce le libraire de Tarente ou cet avocat qui militait pour les Cinq Étoiles ? – s'était discrètement emparé de la sono et il avait changé la musique de jazz que j'avais mise en fond sonore pour passer la B.O. du *Guépard*, une façon de se moquer de ce passé condamné. Mais la musique de Nino Rota était au fond assez adaptée aux lieux ; elle rappelait l'esprit de l'ancien royaume de Naples.

Enfin le gâteau d'anniversaire arriva. Les pâtisseries du Salente ne ressemblent pas à ces bavaroises dont on raffole à Paris. Les gens du Mezzogiorno sont peu portés sur les desserts trop sucrés, à l'image de leur terre aride.

Leurs gâteaux sont depuis le Moyen Âge à la pâte d'amande. Parfois même « un peu secs », s'était plaint Lolotte. C'était voulu. Michela souffla les bougies et coupa la *torta* puis les amis sortirent de nulle part un immense paquet emballé dans du papier kraft. Une jarre en terre cuite de Grottaglie pour le jardin. Une spécialité depuis les Messapiens et les Spartiates. *Tanti auguri a te* !

Des voix commencèrent à scander : « Un discours, un discours ! » Michela monta alors quelques marches de l'escalier de l'*ortale* pour s'adresser à la compagnie. Elle n'avait rien préparé ; ou elle ne m'en avait rien dit.

« Merci à tous d'être avec nous ce soir dans cette maison où j'ai passé une partie de mon enfance. Jamais je n'aurais pensé y revenir. Les souvenirs que j'en garde ne sont pas tous joyeux ; c'est aussi une maison hantée par des secrets. Mais je sais qu'il faut parfois revenir sur les lieux de son passé et ouvrir les armoires pour faire la paix avec soi-même. »

Il y avait là quelque chose de paradoxal, me suis-je dit en l'écoutant. Elle ouvrait ses armoires et je refermais les miennes ; cette terre était celle de toutes nos racines et elle m'apaisait. Je ne savais pas combien d'années nous pourrions entretenir cette maison. Tout a une fin. Virgile nous a enseigné la vulnérabilité des bonnes choses et nous en avions fait plusieurs fois l'expérience, au point d'hésiter à tenter de nouveau l'aventure. Et puis nous avions replongé. Cette expérience nous avait réservé de belles surprises. La maison était devenue, un peu comme le couple que nous formions, un troisième personnage qui soutenait à la longue nos deux âmes. Je n'ai pas toujours eu cette disposition pour la vie à deux.

À vingt ans, quand j'y repense, mes modèles avaient, comme Montesquieu en Italie, d'autres perspectives. La *bella figura* ; les filles ; jouer les sigisbées. Mais était-ce vraiment vivre ? Il est des vérités qui ne se dessinent qu'au seuil de l'existence.

Un jour arrive où il faut se l'avouer, comme dans ce vers d'Apollinaire : « L'automne est morte, souviens-t'en ; nous ne nous verrons plus sur terre. » À ce moment, j'imagine, on doit mieux comprendre certaines choses, cette chance d'avoir rencontré la personne qui nous a donné la liberté d'être nous-même. Malgré tous les défauts de Michela, et tous les miens aussi, c'était ensemble que nous avions appris à découvrir cette liberté. J'avais peut-être toujours eu cette certitude, enfermée au fond de moi, comme le journal du *zio*, dans un coffre dont Michela m'avait permis de retrouver la clef. Rien ne me donnait plus de force et tout le reste semblait tentant mais bien superflu.

Michela venait d'achever son discours et j'ai gravi l'escalier pour l'embrasser. C'était à elle que je devais cette révélation. « Et souviens-toi que je t'attends »...

Rocco leva son verre et cria *Forza !*

Et tout le monde applaudit.

Épilogue

Cette fois-ci, c'était le dernier matin. La veille au soir, tandis que nous préparions notre départ, après deux jours à ranger la maison, des bourrasques de l'Adriatique s'étaient encore abattues sur le Salente. Il avait fait froid ; la terrasse du glacier s'était vidée. L'automne s'installait furtivement.

Dans le *paese*, tout semblait immuable. La mairie de Peppone faisait face à l'église qui la dominait. Le fromager recevait ses tubes pour sa *ricotta dura*, Laura rentrait ses cageots de roquette qui pique et Pippi restait bien calfeutré dans son kiosque. Le chien du village avait renoncé à l'ombre de la Chiesa Madre.

Moi, en cette matinée, j'avais le ventre noué parce qu'il fallait partir. J'avais redécouvert des impressions d'enfance, un souvenir gascon sous un ciel d'Orient. J'ai beaucoup repensé alors à ce pauvre Maine de Biran, à sa peine de devoir retourner dans une capitale où le consumait un sentiment de *perte de soi*.

Beaucoup ont prétendu avoir été métamorphosés par leur séjour en Italie. Stendhal, en revenant du *Bel Paese*, avait écrit : « Les gens secs ne peuvent plus rien sur moi. Je connais la terre où l'on respire cet air céleste dont ils nient l'existence ; je suis de fer pour eux. » Étant jeune, j'y avais cru ! Aujourd'hui, je me dis que Stendhal s'était bien moqué de moi ; il devait le savoir quand même : les gens secs l'emportent partout. Mais il est vrai que cet *air céleste* venu des temps antiques les empêche de triompher complètement. La « fière légende de Plutarque » subsistera toujours dans quelques coins oubliés de cette terre. Pour la retrouver, certains avaient hanté depuis des siècles les paysages de Fra Angelico, les collines du Chianti, d'Ombrie, ou du Latium ; rêvé aux sons des cloches de Lorette, en haut des rochers de Tibère ou sous les remparts de Gubbio. J'avais échoué beaucoup plus bas, sur une route poussiéreuse entre Brindisi et Lecce, dans une terre baroque qui aimait s'envenimer de mystères.

Une terre de miracles et de malheur. Une terre d'enfance. L'austère et fantasque Grèce d'Italie. Cette « fière légende » qu'elle charriait m'avait infecté.

En remontant le *vico* pour fermer une dernière fois le portail du jardin, je pensai à tous ces pauvres migrants des Pouilles qui avaient dû condamner à jamais la porte de leur maison et partir loin vers de fallacieuses Amériques, sans jamais revenir. Quelle douleur cela avait-il dû être de quitter leur terre pour toujours ! Je n'avais pas ce malheur. Si tout allait bien, je serai bientôt de retour à Noël ou à Pâques.

Je montai sur la terrasse pour observer encore une fois les tours et les coupoles du *paese*. De là-haut, je vis que la Mercedes du voisin bloquait toujours le portail de l'antique *corte* où les *tabacchine* filaient le tabac. La Mercedes pouvait bien rester là. Aucune raison de s'en faire.

Non c'è problema !

En descendant, Michela me demanda de fermer les volets des salons et le *portone*, tandis qu'elle vérifiait dans les chambres si nous n'avions rien oublié. J'étais heureux de laisser quelques affaires dans les armoires en sachant que je les retrouverai dans quelques mois. Je rangeai le journal du *zio* dans le tiroir du bureau Savonarole pour mon retour. Restait-il encore quelques secrets à découvrir ?

En passant devant la *piazza*, je vis les *vecchi* assis sur leurs chaises, profitant des premiers rayons du soleil et comme éternels. Je m'étais nourri de leurs histoires sans leur avoir rien apporté en échange. N'était-ce pas une fatalité ? Le monde ouvert ne peut rien offrir au monde clos. J'avais toujours su que le futur devait avoir un cœur antique. Je l'avais enfin trouvé. Un jour, l'horizon de mon monde se limiterait peut-être à ce cercle qui se refermait sur la Chiesa Madre. Je regardai ces vieux, héritiers d'un monde parallèle de vaincus. *I Vinti*. Ils seraient pendant longtemps encore les maîtres invisibles du *paese*. Car ils savaient ce qu'ils étaient.

Et, par certains côtés, je les enviais.

Remerciements

Ce livre doit beaucoup au Salente, à ses habitants qui m'ont familiarisé avec cet ancien royaume de Naples, en particulier mon ami Roberto, de l'université de Lecce, que j'ai connu à la fac à Paris durant ma thèse et retrouvé à Lecce après tant d'années ; comme s'il y avait une fatalité heureuse. L'histoire de cette petite ville du sud de l'Italie et de cette *casa bianca* n'aurait pas non plus été possible sans certains des protagonistes, Michela bien sûr, et ses parents, en particulier les récits et les documents de son père. Qu'il en soit ici particulièrement remercié, ainsi que Jeanne et Olivier, mes éditeurs. Bien évidemment, comme on dit, ce récit n'engage que son auteur.

Table

Première partie
ET, SOUDAIN, UNE AUTRE ITALIE

Deuxième partie

PREMIER ÉTÉ

Troisième partie

DEUXIÈME ÉTÉ

Achevé d'imprimer
sur Roto-Page
par l'Imprimerie Floch à Mayenne
en mai 2019.
Numéro d'imprimeur : 94375.

Imprimé en France.